河出文庫

日本怪談集　取り憑く霊

種村季弘 編

河出書房新社

日本怪談集　取り憑く霊／目次

日本怪談集　取り憑く霊

猫が物いふ話

森 銑三

一　冬の夜

冬の夜のことだつた。

林武次右衛門の家では、主人と三人の来客とが、火燵《こたつ》に当りながら雑談してゐたが、その中に、何れも睡くなつて来て、主人も客も、足を火燵に入れたまゝ、その場に倒れて、よい気持に寝てしまつた。

どれほど時が立つてからか、客の一人の半八といふのが目を覚した。外の者達は、鼾《いびき》をかいて寝入つてゐる。夜が更けたのであらう、家の人々も寝てしまつて、どこにも何の物音もない。真夜中らしい静けさがあたりを領してゐる。

何時だらうかなと、半八が思つてゐる折だつた。近くで、

「はあ、みな寝てぢや」といふ声がした。

おや、と思つて目を見開いたが、部屋にはそれらしい人もゐない。はてなと振向くと、半八の頭に近く、台所へ通ずる障子の猫のくゞりに紙を切つたところから、主人の手飼の猫が首を出して、ぢつとこちらを見入つてゐた。半八と猫と、視線が合つた時、猫はいかにもきまりわるさうに顔を引込ませて、そゝくさとどこかへ行つてしまつた。

さては、今のは猫がいつたのだらうか。

少し気味が悪くなつた半八は、起上つて障子をあけて見たが、外にも人影はなかつた。猫の姿も、もう見えなかつた。部屋では誰も熟睡してゐて正体がない。片隅に行燈がぼんやりともつてゐるばかりである。

やつぱり猫だつたのかな――。

さう思つた時、急に寒さが身に沁みて来た。急いでまた火燵に入つて、もとのやうに横になつたけれども、くゞり穴の方が気になつて、朝まで寝つくことが出来なかつた。

そして外の者達が起きてからも、ゆうべのことを話すのが何となく憚られた。猫は、どこへ行つたものか、それなり姿を見せなかつた。家の人達はそれを心配し始めた。

二三日してから、武次右衛門の家の屋根で、聞き馴れた猫の声がした。出てみたらそれは飼猫であつたが、どこでどうしたものか、足を一本斬られてゐた。びつくりして手当をしてやつたけれども、それなり助からないで死んでしまつた。

猫が物をいつたのを聞いたのは半八一人だつた。半八は、ふしぎな猫の死と自分と、何か引つかゝりがあるのではないかと思はれてならなかつた。半八はずつと後まで、武次右衛門の家にとまつた晩のことを誰にも話さないでゐた。

二　春の日

うらゝかな春の日に、浅井金弥のお婆さんは、新しい手拭を冠つて、庭先の縁台で白魚を選分けてゐた。後の壁の窓に、家の猫がうづくまつて、お婆さんの手元を見下してゐた。ぶざまなほど大きい、年の行つた男猫だつた。

お婆さんは選分けに余念がない。

猫は睡むさうな目付でそれを見てゐたが、少ししてから、ゆつくりした調子で、

「ばゝさん。それを、おれに食はしや」といつた。

おばあさんは、猫の言葉を聞いても、振向かうともしなかつた。仕事の手も休めずに、子供でも叱るやうな口調でたしなめていつた。

「おぬしは何をいふぞ。まだ旦那どんも食はしやらぬに。」

猫は微かに苦笑したやうだつた。そして、仕方がないと諦めたのであらう。物憂さうに目を閉ぢた。

僅かに離れてこの様子を見てゐた某は、猫とお婆さんとの対話に驚かされた。それで改めて猫を見、お婆さんを見たけれども、どちらにも何の変つた様子もない。暖かな日射が、お婆さんの頭の手拭を照らし、膝の上の白魚を照らし、窓の猫の背中を照らしてゐる。のどかな春の日和である。

今一言何とかいひはないかしらと思つたけれども、猫は睡つてしまつたらしい。それなり口を利かなかつた。

くだんのはは

小松左京

戦時中、僕の家は阪神間の芦屋で焼けた。昭和二十年の六月、暑い日の正午頃の空襲だった。

僕はその時中学三年だった。工場動員で毎日神戸の造船所に通って特殊潜航艇を造っていた。腹をへらし、栄養失調になりかけ、瘦《や》せこけてとげとげしい目付きをした。汚ならしい感じの少年だった。僕だけでなく、僕たちみんながそうだった。

阪神間大空襲の時、僕たちは神戸の西端にある工場から、平野の山の麓《ふもと》まで走って待避していた。給食はふいになるし、待避は無駄になったので、僕たちはぶつぶつ言った。芦屋がやられているらしいと聞いても、目前の疲労に腹を立てて、気にもかけなかった。またいつものように工場から芦屋まで歩いて帰るのだと思うと、情けなくて泣きたくなった。神戸港から芦屋まで十三キロ、すき腹と疲労をかかえ、炎天をあえぎながら、歩いて帰る辛さは、何回味わっても決して慣れる事はない。空襲があれば必ず阪神も阪急も国鉄もとまってしまい、翌日まで動かない事もあった。

その日も僕は工場が終ってから二、三人の友人と歩いて帰った。感覚のなくなった脚をひきずって枕木をわたって行くと、あちこちに茶色の煙が立ちのぼるのが見えた。沿線ぞいの一軒は、まだ骨組みを残してパチパチと炎をあげていた。芦屋の駅の近くまで来ると、僕はひどくとまどった。景色はすっかりかわってしまい、まるきり見なれぬ土地へ来たみたいだったからだ。僕の町の一角は、きれいさっぱり焼け落ちてしまい、まだ熱くてそばにもよれない赤土の山になっていた。所々にコンクリートの塀や石灯籠が残っていたが、あとは立木が一本まる裸になって立っているだけだった。僕は自分の家のあった所を見つけるのに、十分もかかった。見おぼえのある石の溝橋でやっとそれとわかったのだ。——道の反対側には、国民服に鬚《ひげ》をはやした男が一人、薄馬鹿のように口をあけて立っていた。それが父だった。僕がそばに行っても、ふりむきもしなかった。「今夜どうする、父さん?」ときいても「うん」と言ったきりだった。その家は父が建てたもので、父の僅かな財産の一つだった。芦屋に家を建てて住むと言う事は、戦前にはなかなか大した事だったのであり、父はサラリーマンとして、規模こそうんと小さかったが、その望みをなしとげたのである。今父は、ほんの一握りの広さしかない焼け跡を見て、自分の希望、自分の財産のあまりの小ささに、呆然としているようだった。

その夜僕たちが野宿もせずにすみ、また父の会社の寮まで、夜道を歩いて行かずにすんだのは、お咲さんのおかげだった。僕たち親子が何をするにも疲れすぎ、一時間近くもそこに立ちすくんでいた時、もんぺに割烹着《かっぽうぎ》の女の人が、焼跡の道をキョロキョロしながら歩いて来た。その人は僕たちの方をすかすように見ると、急いでかけよって来た。

「まあ旦那様、坊ちゃま、えらい事になって!」

とお咲さんは泣くような声を出して言った。

お咲さんはそのころ五十ぐらい、僕の家にずいぶん前から通っていた家政婦さんだった。子供好きで家事の上手な、やさしい人だった。僕はもう大きかったから、それほどでもなかったが、幼い弟妹たちはよくなついていた。末の妹などは、病的な母よりもお咲さんに甘ったれてしまい、彼女はいつも妹がねつかなければ帰れない事になっていた。物を粗末にせず、下仕事もいやがらずにやり、全く骨惜しみしない——信じられないかも知れないが、昔はそう言う家政婦さんもいたのだ。一つはお咲さんが何かを信心していたせいだろう。妹が妙な手ぶりをおぼえたりしていた所を見ると天理教だったかも知れない。こうして三年以上も通ってもらったろうか。母が弟妹を連れて疎開する時、お咲さんもやめる事になった。女手がなくなってしまうし、父と僕だけだと、昼間は全く無人になるからと言うので、もう少し通ってくれないかとたのんだが、義理のある仕事なので、まことに申し訳ないが、と言う返事だった。

「そのかわり御近所の事ですから、暇がございましたら参りますし、まさかの時は、向う様さえ大事なければ、必ずかけつけます」

「一体どこらへんなの？」と母はきいた。

「この下の、浜近くのお邸でございます」

「あそこらのお邸だったら、お給金もいいんでしょうね」と母は言った。あれほどつくしてもらっていながら、思う通りにならないといや味を言う。僕はそんなお嬢様根性のある母がきらいだった。

「お給金のためで参るのではございません——そりゃずい分頂けるそうですが。その家は体も楽だし、頂き物も多いのに何故だか家政婦が一週間といつかないんだそうでございます。それで会長から特に私がたのまれまして。——人のいやがる事、人が困っている時は、すすんでやれと言うのが、私共の御宗旨の教えでございましてね」

こうしてお咲さんは、お邸勤めにかわったが、その後も男世帯を時々見に来てくれ、たまった汚れ物を僅かの間に片づけたり、お邸からの貰い物らしい、その頃には珍しかった食物などを持って来てくれたりした。——その時も、駅前がやけたときいて、とるものもとりあえずかけつけてくれたらしい。お咲さんの顔を見ると、僕は気がゆるんで泣きたくなった。

「まあ、ほんとに何て御運の悪い。私、お邸の方も守らないといけないし、こちらさまも気がかりでやきもきしておりました」

「いいんだよ。お咲さん、これが戦争と言うものだ」と父はうつろな笑いを浮かべながら言った。

「でも、今夜おやすみになる所が無いんじゃございません?」

僕は父の顔を見た。父は困惑を通りこした無表情で、もう暮れなずんで来た焼跡を見つめていた。

「およろしかったらどうか私の所へお出で下さいな、私、今お邸へ住みこみでございます。——家政婦会の寮も焼けてしまいまして」

そう言ってお咲さんは笑った。

「お邸の奥さまに——おねがいしてみますわ。部屋数も沢山ありますし、何だったら今夜は私の部屋でお休み下さいまし」

芦屋のほんとうの大邸宅街は、阪急や国鉄の沿線よりも、川沿いにもっと浜に向って下った、阪神電車芦屋駅附近にある。山の手の方は新興階級のもので、由緒の古い大阪の実業家の邸宅は、このあたりと、西宮の香炉園、夙川界隈に多かった。ほとんどの家が石垣をめぐらした上に立っており、塀は高くて忍び返しがつき、外からは深い植えこみの向うに二階の屋根をうかがえるにすぎない。その屋根に立つ避雷針の先端の金やプラチナの輝きが、こう言った邸に住む階級の象徴の様に見えた。——そのお邸はこのひっそりとした一角の、はずれ近くにあった。一丁ほど先からはもう浜辺の松原が始まり、木の間をわたる風は潮気をふくんで、海鳴りの音も間近かだった。僕たちは薄汚れた姿で、がくがくする足をひきずりながら門の石段を上った。

お咲さんはとりあえず僕たちを玄関内に入れ、自分は奥へ行った。広い邸内のずっと奥へ、彼女の足音が遠のいて行くのをききながら、僕と父は敷石に腰かけて黙りこくっていた。ふと背後に人の気配を感じてふりむくと、そこには和服の姿があった。玄関奥の廊下に立ち、薄暗がりの向うからこちらをうかがうようにしていた。その顔は見えず、ただ真白い夏足袋の爪先だけが見えた。その人は声もかけず黙ってこちらを見て立っていた。丁度そこへお咲さんがもどって来て、「まあ奥さま」と声をかけた。——その人は初めて顔を見せた。渋い夏物をきちんと着付け、すらりと背の高い四十位の女の人だった。上品な細面に、色がすき通るほど白く、眼が悪いのか、薄い紫色の、八角形の縁無し眼鏡をかけていた。お白粉《しろい》けがなくて、顔色は青白かったが、髪はきっちりとなでつけていた。お咲さんはその人に僕たちの事を話した。その人は能面の様に無表情な顔をやや伏せて、お咲さんの話をきいていたが、そのうちちょっと眉をひそめて呟いた。

「そう、それは困ったわね」

その人が僕たちをいやがってそう言っているのではない事は、すぐにわかった。何か僕たちを泊めるとほんとうに困った事が起るみたいだった。僕は父の袖をひこうとした。

「でも――お咲さんの知り合いの方なら……」

その言葉をきいて、父は露骨にほっとした顔をし、思い出したように帽子をとり、名刺などを出してあいさつした。

「こう言う時はお互いさまですから」とその人はしずかに言った。

「お咲さんのお部屋、女中部屋でせもうございますし、――お咲さん、裏の方の離れにお床をとってさし上げて。お食事もそちらで上っていただくといいわ」

僕たち親子は、その夜六畳ほどの離れで寝かせてもらった。お咲さんは渡り廊下を通って、黒塗りの膳をはこんで来てくれた。僕たちは恥ずかしいくらい食べた。

「たんとおあがりなさいまし」とお咲さんは、ゆらめく蠟燭《ろうそく》の火の向うから、笑いながら声をかけた。

「奥様がそうおっしゃいました。こんな御時世にもったいないんですけれど――この家ではお米に不自由しませんの」

それでも麦が二分ほどまじっていたが、虫食い大豆や玉蜀黍《とうもろこし》、はては豆粕や団栗《どんぐり》の粉まで食べさせられていた僕には、まるでユメのようなものだった。おかずには、薄くて固かったが、とにかく肉が一片れ、それに卵と野菜の煮たのがついた。どれも僕たちには、奇蹟のような食物だった。

僕たちはお咲さんに蚊帳《かや》をつってもらい、しめったかびの臭いのする、でも爽やかな肌ざわりの夏蒲団にもぐりこんだ。蠟燭を消した真の闇の中で、僕はぐたぐたに疲れていたにもかかわらず、いつまでも眠れずにいた。

「何も彼も焼けてしまったね」と僕は隣の父に話しかけた。「教科書も、着物やシャツも……」

「ああ」と父は答えた。

「これから一体どうするの?」

父は一つ溜息をつくと、寝返りを打って背をむけた。——僕には父の困惑がよくわかった。戦争は生活と言うものの持つ、特殊なニュアンスを、その年頃の僕らにもよくわからせてくれた。僕は悪い事を聞いたと思って、口をつぐんだ。僕たちは戦争がどうなるかと言う事さえ、考えた事がなかった。毎日生きるのがせい一杯だった。

——大変だったね、お父さん。家がやけて僕よりも何倍か、辛く悲しいだろうね。——僕は父の背にそう言って慰めてやりたかった。それでも明日また足をひきずって工場へ行く事、明日はここを出て、どこか別の宿を探さねばならない事を思うと、いやでいやで身内が熱くなるのだった。——豊中だか箕面だかにある父の会社の寮へ行くのだろうか? それとも戦災者を収容している小学校の講堂へ行くのかしら? 鍋釜さえないのに——。焼け跡の防空壕をほり起して、友人の誰彼のようにあの中へすむのだろうか? 僕は考えながら暗闇で目を見開いていた。その時、僕は何か細い声をきいた。ふと耳をすますと、蚊《か》の鳴く声だった。僕はその甲高い、細い声をきくと身体がむず痒《がゆ》くなって目がさめてしまうのだった。闇の中でじっとしていると、遠くの潮騒《しおさい》や松風の音がかすかに聞えて来る。——そして、今度こそ、僕ははっきりとその声をきいた。

「父さん……」と僕は囁《ささや》いた。「誰か泣いてるよ」

父は既に寝息をたてていた。しかしそのか細い、赤ン坊のようなすすり泣きは、しんと静まり返った邸内のどこかから、遠く、近く、嫋々《じょうじょう》と絶えいるように聞えてくるのだった。

翌日、帰ったらもう一度そのお邸で落ちあう事にして、僕は工場へ、父は会社へ行った。その日、工場で僕は家が焼けた事をみんなに話した。みんな別に同情したような顔もしなかった。

その日、邸へ帰ると、父は先に帰っていて、お咲さんと話しこんでいた。

「弱ったよ」と父は僕の顔を見て言った。「今日突然うちの工場の疎開の指揮をする事になったんだ。——責任者が空襲で死によって……。一カ月半ほど、疎開先へ出張させられるんだ」

お前はどうする？　と父の目は言っていた。僕はお咲さんと父の顔を等分に見た。お咲さんは笑みを浮かべながら、膝《ひざ》でにじりよって来た。

「それで奥様におねがいしてね。お咲が坊ちゃんの御面倒を見させていただく事にしようと思うんですけど」

「お前だけなら、とこちらではおっしゃるんだ」と父は言った。

僕は黙っていた。父に行ってしまわれるとなると、今までどんなに自分が心の中で、父を頼りにしていたかわかった。たとえ一カ月半でも、心細さに鼻頭が熱くなった。その気配を察してか、父は僕の顔をのぞきこむようにした。

「それとも、学校を休んで母さんたちの所へ行くか？――汽車が大変だけど」

「ここにいる」と僕はぶっきらぼうに言った。

「行儀よくするんだよ。――こちらには御病人がおられるらしいから」そう言うと父は立ち上った。

「今夜、行ってしまうの？」と僕はきいた。

「ああ――今夜たつ。帰って来たら、住む所を何とかするよ」

　そう言うと父はお咲さんに後を頼んで出て行った。僕は阪神電車の駅まで送らず、邸の門の所から、白い道を遠ざかって行く父の後姿を見ていた。痩せて、少し猫背で、防空頭巾のはいった袋を腰の所にぶらぶらさせたまま歩いて行く父の姿は、何だか妙に悲しく見えた。

　会社も無茶だ。戦争中かも知れないが、自宅がやけた翌日に出張させなくてもよさそうなものなのに。だけどこれが戦争なんだ。そのうち敵が本土上陸して来て、もし神風が吹かなければ、僕たちは竹槍で闘って、みんな死ぬんだ。今の中学生から思えば、呆れるほど物を知らなかった僕は、そんな事を考えて、幼い子供のように涙ぐんでいた。父が僕一人をおいて、二号の女事務員のアパートへ泊りに行ったのだなどとは、思いもよらなかった。

　僕はお咲さんの部屋には泊らず、例の離れで一人で寝起きした。ひどくかわったのは、食生活だった。とにかく朝と晩には米の飯が食べられる。お咲さんは弁当を持って行けと言ったが、こればかりは断わった。朝晩に米飯を食べていると言うだけでも、友人に対して後めたかったのである。——動員先の工場での、友人たちとの生活は、日ましに苛烈なものになって行った。空襲はいっそう激しくなり、B29の編隊は午前中一度、午後一度、そして夜中と、一日三回現われる事も珍しくなかった。三日に一度ぐらいは大編隊が現われて、神戸、大阪、そして衛星都市を、丹念に焼き払って行った。その合間に艦載機の低空射撃がまじり出した。工場のつけっぱなしになっているラジオから流れる軍歌やニュースの合間をぬって、苛《いら》だたしいブザーがひっきりなしに鳴り、「中部軍情報……」と言う機械的な声が敵機の侵入を告げる。遠くでサイレンが鳴り、非常待避の半鐘がなり、空がどんどんと鳴り出すと、あちらこちらの高射砲が、散発的に咳きこむような音をたて始める。まもなくおなじみの、ザァッと言う砂をぶちまけるような音だ。するとパンパンポンポンはじける音が四方で起り、僕らは火の海の中を、煙にむせながら山の方へ逃げなければならない。

——毎日暑い日だった。やたらに暑い上に、空気はいがらっぽく焦げた臭いがし、焼跡の熱気は夜の間も冷える事なくこの暑さを下からあぶりつづけた。いらだった教師や軍人は、僕らをやたらに殴りつけた。腹の中は、熱い湯のような下痢でもって、みぞおちから下半身まで、いつでも一本の焼け火箸をさしこまれているような感じだった。騒音と爆音と怒声、それと暑さの中で、僕たちは自分たちが炎天の蛙の死骸のように、黒くひからびて行くのを感ずるのだった。——だが邸の中はちがっていた。植えこみが外界の騒音も熱気も遮断してしまったように、部屋の中は静かで、いつもひんやりしていた。庭は手入れもうけずに夏草がおいしげってはいたが、泉水の暗く濁った水の底では、尺余りの緋鯉や斑鯉が、ゆっくりと尾を動かしていた。葉を一杯つけた梧桐や、枝ぶりの見事なくろ松には、蝉が来て鳴いた。その声は邸内の物憂い静寂をかえってきわだたせるみたいだった。――まるで山の中みたいだ、と僕は縁先に腰かけながらぼんやりと思うのだった。電車が通ぜずに工場を休んだ日など、僕は枝折戸《しおりど》から庭をまわって、泉水の傍の石に腰をおろし、何時間も水中をのぞきこんだ。

「あの鯉、知っていますか?」

といきなり声をかけられた事もあった。――後にいつもの通りきちんと帯をしめたおばさん、い――僕は自分の心の中でそうよんでいた――が立っていた。僕は指《さ》された白っぽい魚を知らなかった。

「ドイツ鯉よ。鱗《うろこ》がところどころしかないの――一種の奇形ね」

とおばさんは言った。

「でも奇形の方が値打ちのある事もあるのよ」

好奇心などというものを、持つだけの体力もなくなっていた僕だったが――そう言えば、いつか工場の帰路、焼跡の瓦礫の上に坐って、腹をむき出し、片手に抜き身の日本刀を持ってしきりにと見こう見している人物を見た事があった。僕たちは一瞥《いちべつ》しただけで通りすぎた。その男が腹を切るつもりだったのか、あのあと本当に切ったのだろうか、と不思議に思ったのは、終戦後五年もたってからである――しかしおばさんと、この邸だけは、時折り不思議に思う事があった。この広い、間数の多い邸の中で、おばさんと、その病人とやらのたった二人だけで住んでいるのだろうか？　男というものはいないのだろうか？　それにおばさんは、もんぺなどはいた事もなく、いつもきちんと和服姿だった。外に出ないからいいとは言え、あの意地の悪い防護団や隣保の連中が、何故ほうっておくのだろう？　この家には火たたきも、防火砂もなかった。やけ出されて家のない連中が沢山いるのに、これだけ広い家にたった二人で住んでいて、どこからも何も言われないのだろうか？　金持ちらしいけれど、食糧はどこから手に入れるのか？——この最後の疑問だけは、ちょっと手がかりがあった。ある夜——その夜も停電だったが、裏口から頬かむりをした男が、何かをかついでこっそりはいって来た。僕は離屋の窓からそいつの姿を見た。月明りでちらと見えた顔は、ひっつり眼だった。その翌日、僕は何日ぶりかで肉にありついた。

——しかしこれらの疑問は、漠然と僕の胸に去来しただけで、それを追究するだけの気力はなかった。むしろ時折り、母屋の二階の方から聞える、あの泣き声の方が気がかりなくらいだった。

「病人って、女の子だね」と僕はお咲さんに言った。

「とても痛そうに泣いている」

「坊ちゃん、おききになりまして？」とお咲さんは暗い目付きをして呟いた。それからこわいようなきっぱりした態度で言った。

「母屋の方へは、あまりいらっしゃらないようにして下さいね」

「病人って、いくつぐらいの人？」

「存じません」とお咲さんは思いに沈むように顎を落して首をふった。「私もまだ、お目にかかった事がないんです」

それからもうひとつ――この邸の中にはラジオがなかった。そのころはタブロイド判になってしまっていた新聞さえとっていないようだった。ラジオがあってもどうせ停電続きで、電池式でなければきけなかったろうが、僕は戦局についてのニュースを知りたかった。工場ではいろんな噂が流れていた。大抵は新兵器の話とか、敵を一挙にせん滅する新型爆弾やロケットの話だったが、中にはアメリカで暴動が起るとか、戦争がもうじき終るとか言う妙な噂も流れていた。

西宮大空襲の夜、僕は起き出して行って、東の空の赤黒い火炎と、パチパチとマグネシウムのようにはじける中空の火の玉を見つめた。僕はいつもの習慣でゲートルをまいたまま寝ていたが、その夜ばかりは阪神間も終りかと思って、いつでも逃げられる用意をした。

「こちらに来ますでしょうか?」ともんぺ姿のお咲さんがきいた。

「近いよ。今やられてるのは東口のへんだ」と僕は言った。「この次の奴が芦屋をねらうかも知れない」

「だんだん近くなりますね」とお咲さんは呟いた。「あれは香炉園あたりじゃありませんか?」

ふと横に白いものが立った。見ると浴衣姿に茶羽織をはおったおばさんが、胸の所で袂《たもと》を重ねあわせて、西宮の空を見上げていた。

「逃げませんか?」と僕は言った。「山手へ行った方が安全ですよ」

「いいえ、大丈夫」とおばさんは静かな声で答えた。「もう一回来て、それでおしまいです。ここは焼けません」

僕はその声をきくと、何だかうろたえた。おばさんは頭が変なのじゃないかと思ったからだ。

だがおばさんの顔は能面の様に静かだった。ふち無し眼鏡の上には、赤い遠い炎がチラチラ映っていた。

「この空襲よりも、もっとひどい事になるわ」とおばさんは呟いた。

「とてもひどい……」

「どこが?」と僕はききかえした。

「西の方です」

「神戸ですか?」

「いいえ、もっと西……」

そう言うとおばさんは、突然顔をおおって家の中へはいってしまった――僕は明け方近くなって、離屋へ帰った。途中、庭先からふと母屋の方をのぞくと、戸をあけはなした灯のない部屋の真中に、白い姿が見えた。おばさんは十畳の部屋の真中に、きちんと坐っていた。三キロ西では、空を蔽いつくすほどの黒煙と火炎が立ちこめ、火の起す熱い風が灰燼《かいじん》をまき上げていた。その風の底に、火の手にまかれた人々の阿鼻叫喚《あびきょうかん》が聞えて来るようだった。おばさんは端座したままその遠い叫びに耳をかたむけているみたいだった。――しかし庭をはなれる時そうでない事がわかった。鍵の手に折れた母屋の、向う側の二階から、ぴったりとざされた窓を通して今夜もあのすすり泣きが聞えて来るのだった。

翌日から僕は下痢で工場を休んだ。離屋には便所がなかったので、僕は何度も母屋への渡り廊下を往復した。下便所があったが僕は母屋の庭ぞいの長い廊下を突っきって、階段の横手にある客用便所へ行った。——それは僕の我儘《わがまま》でもあり、この邸の豪勢さに対する反抗でもあった。母方の祖父の家は埼玉の豪家だった。僕は幼い時にそこを訪れて数多くの小作人や下男たちにちやほやされ、その十の蔵まである広い邸囲いや、二百年も経た古い棰《たるき》に漠然とした誇りを感じた。今この大きな邸の中にいて、妙に気圧《けお》される感じをうけるのが癪にさわったのだ。それに好奇心もあったのは確かだ。これだけ広い邸、廊下の向うがせばまって見えるほどの邸の中に、あれだけの人数と言うのはどうも納得できない。——便所へ行くのはちょっとした冒険気分だった。黒光りする廊下を僕はお咲さんも拭き掃除が大変だろうなと思いながら、歩いて行った。途中で両側の部屋に耳をそばだててみたが、どの部屋の障子もぴったりとざされて人の気配はどこにもなく、黒ずんだ障子の桟には薄い埃りがたまっていた。曲り角で、不意に何かに出くわしてびっくりすると、そこには古い木彫りの仏像がひっそりと立っていたり、くわっと口を開いて声の無い笑いをたてている、青銅製の伎楽面が壁にかかっていたりした。便所の向かいの壁には、古木を使った扁額《へんがく》がかかっていて、はげた胡粉《ごふん》の文字で、鬼神莫二と読めた。——一体どう言う意味だか、未だにわからない。

奥便所は男便所の反対側にあり、総畳の四畳半だった。砂摺《すなず》りの壁に三方に櫺子《れんじ》窓があり、青畳が明るく冴えていた。天井は杉柾目《まさめ》の舟形造り、便器は部屋の中央にあり、黒漆塗りで、同じ黒漆塗りの蓋には、金泥で青海波が描かれてある。籐編みの紙置きには水晶製の唐獅子をかたどった紙鎮がおかれ、便器の正面には赤漆塗りで高さ一尺ばかりの猫足の台があり、その上の青磁の水盤には、時に河骨《こうほね》が、時に水蓮が活けられてあった。丁度東北にあたる隅には、二尺ほどの高さの黒柿の八足があり、銀製の香炉がのっていて、そこからはいつも、馥郁《ふくいく》たる香が立ちこめていた。客便所の掃除は、お咲さんの重要な日課の一つらしかった。僕はお咲さんがちりとり一杯の杉の青葉をもって歩いているのを見た事がある。そして奥便所の便器の蓋をとると、底も知れぬ暗闇の中から、いつもぷんとま新しい杉の葉の香がした。この豪勢な、広い便所の真中で、一人坐って、豆腐の下痢をぶちまけるのは、ちょっと痛快な気分だった。しかし僕が一番驚いたのは、客便所の外で二階からおりてくるお咲さんにばったり出会った時だった。何故だか知らないが、お咲さんは腰のぬけるほど驚いて、手にもった洗面器を半分とりおとしかけながら叫んだ。

「まあ、坊ちゃま！——坊ちゃまでしたの！」

彼女はまっさおになり、はあはあ息をはずませていた。

「こんな所へいらっしゃるなんて……」

「来ちゃいけないのかい？」と僕は反抗的に言った。

「そんな事はございませんけど……」

そう言ってお咲さんは、ようやく手にした洗面器を持ちなおした。その中からは、ぷうんと腐ったような臭いがした。僕がのぞきこもうとすると、お咲さんはあわててそれを横に隠した。

「ごらんになっちゃいけません」と彼女は呟いて、足早に立ち去ろうとした。僕はお咲さんがひきずっているものを見て声をかけた。

「繃帯、ひきずってるよ」

お咲さんはふりむいた。その拍子に洗面器の中味がまる見えになった。それは洗面器一杯の、血と膿に汚れた、ひどい悪臭をはなつ繃帯だった！　お咲さんはすっかり狼狽して、台所の方へ走り去った。

僕は何か異様な感じにつきまとわれ出した。あの女の子の病気は何だろう？　ひょっとすると、――あの業病かも知れない。そう思うと、僕は身うちがむずがゆくなった。あのおばさんの、蚕が上る時のような透き通る肌も、その業病を暗示するみたいだった。僕は我慢できなくなって、その日の午後台所へ行って見た。大きな、暗い台所をこっそりのぞくと、お咲さんは大釜に湯を沸かして繃帯を煮ていた。そして傍には、先刻繃帯のはいっていた、さしわたし六十センチもありそうな大きな洗面器がおいてあり、その中には胸のむかつくような臭いのする、どろどろしたものが、なみなみとはいって、湯気をたてていた。そのげろのような汚ならしいものは、たしかに食物だった。――僕が声をかけると、お咲さんはまたびっくりして、今度は少しきつい目で僕をにらんだ。

「男のお子さんが、台所などのぞくものじゃありません」とお咲さんは言った。

「お咲さん、あの女の子の病気、何なの？」と僕は負けずに言いかえした。「癩病だったらどうするんだ？」

「坊ちゃま！」とお咲さんは真顔でたしなめて、手をふきふきこちらへやって来た。僕たちは上《あが》り框《がまち》に腰をおろした。

「ねえ、坊ちゃま、人様の内輪の事をいろいろと詮索するのは、よくないですよ」

「でも、もし癩病だったら?」と僕は言った。「おばさん、病人をかくしてるし、お咲さん以外の人は居付かないじゃないか。きっとそうだよ。癩病がうつったらどうする?」

「お咲には癩病はうつりません。うつったって平気でございます」とお咲さんは祈るような声で言った。

「お咲には神様がついております。――光明皇后様のお話、御存知ですか?」

「だって、あれは伝説だよ。癩だったら隔離しなきゃいけないんだ」と僕は言いはった。

「でも、坊ちゃま、――これだけは申せます。あの御病人は癩じゃございません」

「じゃ、何なの?」

「わかりません――。でも、奥様はお気の毒な方です」

「こんな大きな邸に住んで、あんな贅沢《ぜいたく》して、何が気の毒なもんか!」僕はとうとう叫んだ。それは嫉妬が、例の「聖戦遂行意識」とないあわされた――戦時中誰もが抱いていたあのいまわしい、卑劣で底意地の悪い憤懣の爆発だった。「あの人、非国民だ! 闇をやってる。もんぺもはかない。働きもしない! 憲兵に言ってやるぞ」

「坊ちゃま!」とお咲さんはおろおろ声でたしなめた。

「じゃ大きな声出さない。憲兵にも言わない」僕は卑劣なおどしをかけた。憲兵なぞ、僕らにとってもよりつきも出来ない恐ろしい存在だった。だが僕はお咲さんの無知にやまをはった。「そのかわり、あの洗面器の中、あれ何だか教えてよ」

お咲さんは青ざめて口をつぐんだ。僕はなおもおどしたり、懇願したりした。――僕は何といういやな少年だったか！　あれだけ上の連中にいためつけられながら、或いはかえっていためつけられていたが故に、ちゃんと権力をかさに着て、その幻影でもっておどしをかけ、我意を通す事を知っていたのだ。お咲さんは動揺し、ついにそれが、いろいろの物をまぜた食物だと言う事を白状した。

「私、ほんとうに何も知らないのです」とお咲さんは言った。「私が行けるのは、お二階の、あの鍵の手の所までです。そこへ一日三度、あの洗面器一ぱいの食物をおいておきますと、一時間ほどで綺麗《きれい》にからっぽになって、かわりにあの、汚れた繃帯がはいっているのです」

そう語ったお咲さんの顔は、苦痛に歪んでいた。脅迫でもって、お咲さんを裏切らせてしまった事に対し、僕の心は鋭くいたんだ。しかしそのために、僕はかえって意地悪くなった。

「お咲さん、あの子の病気、知ってるんだね」と僕はかまをかけた。

「うすうす存じております——だけど、これだけは坊ちゃまにだって申し上げられません。坊ちゃまにお話しただけで、私、こちらの奥さまに申し訳ない事をしたんでございますから」

お咲さんの毅然とした態度に、今度は僕が鼻白む番だった。おとなの反抗に出あえば、生意気な少年の我儘など、あえないものだ。

「よろしゅうございますか、坊ちゃま」いつの間にか板の間にきちんと正座したお咲さんは、背をまっすぐにして、正面切って僕を見つめた。僕は少し小さくなった。「どんな事があっても、お二階をおのぞきになろうなどと言う気を、お起しになってはいけません。もし、そんな事をなさって、将来坊ちゃまが御不幸にでもなられたら……」

お咲さんの訓戒が身にしみてか、僕はしばらくその「秘密」に近づきたいと言う気を起さなかった。だが今度は秘密の方から僕に近づいて来るようだった。――一日二日たったある日、奥の間からピアノの音がきこえて来た。僕はひさしぶりにきく楽器の音にさそわれて、庭から母屋の奥へとまわって行った。ひいているのはおばさんだった。一番奥の一つ手前の十畳に、アプライト型のピアノがおかれ、おばさんは細いきれいな声で歌っていた。その歌の文句は、うろおぼえだが、こんなものだった。

時代のゆうべは　ややに迫りぬ
見ずや地の上を　あまねく覆いし
黒雲はついに　雨と降りしきて
いなずまひらめき　いかずち轟く
たのしめる人　おののき恐れよ
たかぶれる者よ　かしこみ平伏せ……

おばさんは僕の姿を見ると、にっこり笑って、
「良夫さん?」と声をかけた。「こちらへいらっしゃいな」僕はこの前の事にちょっと後めたさを感じたが、それでもおばさんと二人きりになる事に、くすぐったい好奇心が湧いた。十畳の間

にあがると、おばさんは魔法瓶に入れた冷たい紅茶をコップについでくれた。

「毎日大変ね」とおばさんは畳みかけの着物をわきにどけながら言った。「私は毎日退屈してるの。――申し訳ないみたいだけど」僕はお咲さんがあの事を喋ったのかな、と思ってびくびくしていた。――目をそらして畳みかけの着物に目をやると、それは赤い綸子《りんず》模様の、十三、四の女の子の着るような、着物だった。

「あなたのような若い方たちが――本当にお気の毒だわ」

「気の毒なんて事じゃありません」と僕は気負いこんで言った。「僕らの義務です。上級生なんか、予科練へ行って、もう特攻で死んだ人だっているんです。僕らだって今に玉砕《ぎょくさい》するんです」

おばさんはその時謎《なぞ》めいた微笑を浮かべた。だがその微笑の暗さと寂しさとに、僕は背筋が寒くなるような気がした。

「そんな事にはならないのよ。良夫さん」とおばさんは言った。「決してそんな事にはならないの。もうじき何も彼も終ります」

「そんな事、何故わかるんです」僕はむきになって言った。「敵は沖縄を占領しています。機動部隊は小笠原からもフィリッピンからも来ています。――きっと上陸して来ますよ。そしたら、ここらへんも戦場になりますよ」そして僕は少し息をつぎ、おばさんにあたえる効果について、意地悪くおしはかって言った。

「そうなったら、この家だって焼けちまうにきまってます」

突然おばさんはきれいな声をたてて短く笑った。

「この家は焼けないわ」とおばさんは、手の甲でそっと口もとを押えて言った。「焼けない事になっているの。——空襲の度に、私が逃げ出さないので、不思議に思っているでしょ。でもあたりが全部焼野原になっても、この家だけは大丈夫なのよ。守り神がいるんですもの」

「でも、神戸の湊川神社だって焼けてましたよ」と僕は言った。

「神社だって、空襲なら焼けるわ。でも、この一画は空襲されないんです。——それはこの邸があるからです」

その時、恐ろしい考えが僕の頭に閃いて全身がカッと熱くなったのに、心臓は氷で突き刺されたように、冷たくちぢみ上がった。その考えは全く辻褄があうように思えた。——何故この邸が空襲されないのか？　何故おばさんは、何もせずに、こんな邸に一人で生活できるのか？　二階に誰をかくしているのか？　僕は硬くなりながら、思い切って言った。

「おばさん——おばさんはスパイじゃないの？」

だが今度はおばさんは笑わなかった。消え入りそうなわびしい影が、その顔をかげらすと、美しい横顔を見せてスラリと立ち上った。柱によると、青く灼けただれた空を見上げながら、ポッリと言った。

「そんなのだったら、まだいいけど……」

とけたガラスの様な夏空に、空襲警報のサイレンがまた断続してなりわたり始めた。積乱雲をゆるがすようなそのひびきと共に、それを真似るような遠吠えが、邸のどこからかきこえたように思った。——だがそれは空耳らしかった。どこかで牛か犬が鳴いたのかも知れない、と僕は思った。

「この家には守り神がいるのです。それはこの家の劫《ごう》なの。――良夫さん、劫って知ってる?」

おばさんは柱にもたれたまま、うつろな声で語り出した。

「おばさんの家はね、田舎のとっても古い家なの。古くって大きいのよ。九州の山の中にあって、大きな、大きなお城みたいなお邸なんです。山も畑もうんとあって、小作人も沢山いました。だけど、その大変な財産には、いろんな人たち、いろんなお百姓たちの怨みがこもっているんです。その怨みが、何代も何代もつみ重なったもの――それが劫なのよ」

僕はいつかきちんと坐って唾をのんでいた。おばさんは静かに経文を誦《ず》すように語り続けた。

「おばさんの御先祖はね――もと切支丹だったんです。だけどしまいにはほかの切支丹の人たちの財産をとり上げるために、次から次へと役所に密告しました。お役人と結託して、切支丹でない人まで、切支丹にしたてて牢屋へ入れては、その人たちの田畑や邸をとり上げました。――そう言った人たちの怨みがこもって、私の家では、女は代々石女《うまずめ》になったんです。たまに生まれても、赤ちゃんは三日とたたないうちに死んでしまうの」

でもおばさんは――と僕は言いかけて、口をつぐんだ。

「おばさんの夫のお家も、やっぱり東北の方の旧家なの。代々長者と言われる家なんだけど、どの代の人もとてもひどく小作人や百姓たちをいじめたんですって。年貢をおさめない村があると、その村の女や子供たちを、狼の出る山へ追い込んで、柴や薪をとらせたり、村の主だった者を逆さに吊して、飢えた犬をけしかけたりした事もあると言ってたわ。でも殿様の遠い血筋をひいてるし、お役人とも結んでいたので、やっぱりどうにも出来なかったんです。——そのかわり、その家でも代々長男は、跡をとってまもなく、気が変になったり、おかしな死に方をするんです。

「そのおじさん——おばさんの夫の家にも、やっぱり守り神がいるの。気が変になった当主にだけ、その守り神が見えるのよ。だけど、守り神なのに、その姿は獣の恰好をしていて、とても恐ろしいんですって。その守り神の姿を見ると気がふれたようになって、お百姓を殺したり、無茶をしたりするようになるんです。私は夫の国もとの邸へ行って、夫の父が座敷牢へ入れられているのを見たわ。その齢をとった人は血走った、真赤な目をして、口から涎《よだれ》をたらしながら、四つん這いになって、けものが来る、べこが来るって、叫んでいたわ。

「だけどそれがやっぱり守り神なの。一度御先祖の一人が、あまりひどい事をしたので、とうとう怨んだお百姓たちにおそわれて、もうちょっとで殺されそうになったの。するとその守り神が、黒い大きな獣の形をして、百姓たちをけちらして、その御先祖を救ったんですって。それから近郷が全部やけた火事の時も、その守り神が、夫の家邸だけを焼かないように守ってくれたと言う事なの。——だけどその時は、守り神が主人にむかって言ったんですって。俺はお前たちの一族に苛《いじ》めぬかれて死んだ百姓たちの一人だ。怨みがつもってお前の家にとりついたが、そのかわり、お前の家や財産は守ってやるって……」

　僕は息をつめて、おばさんの話をきいていた。晴れわたった空に待避信号の半鐘が鋭くひびき始め、遠い雲の彼方から、地鳴りの様な慄音が聞え始めた。

「私の夫は、早くから家を出たので、気もちがわずにすみましたし、まだ外地で生きています。

——そのかわり、夫は支那や外地でやっぱり沢山の人を殺したらしいわ。そう言う夫と結婚したので、この家にも守り神が来たんです。その守り神が、この邸を守ってくれるの。——あの子が、その守り神なのよ。——守り神って言うのは、この家につもりつもった劫《ごう》なの。その劫がこの家をいろんな災難から守ってくれるのよ。考えてみたら妙な話ね。私たち、幾代にもわたった、幾百万もの人たちの怨みでもって守られているの」

その時、最初の爆弾が、どこか遠い地軸をゆり動かした。おばさんは、つと柱を離れると、再びピアノに向って、静かに弾き始めた。その歌は、何故だか僕もよく知っていた、マーラーの「死せる我が子にささげる悲歌《エレジィ》」だった。——外の激しい空襲も忘れて、僕はペダルをふむおばさんの美しい白足袋の爪先に見とれていた。おばさんがその歌を、誰かに向って聞かせるために歌っているのだと言う事をさとったのは、暫く後だった。庭先を見上げると、鍵の手になった斜め向かいの二階の窓が、——いつもぴったりと閉ざされている窓障子が、わずかに開き、その向うに黒い影がじっと聞き耳をたてているのが見えたのだ。

戦争は、その頃から何だか異様な様相をおびて来た。戦争自体が不吉な旋《つむ》じ風となって、火と灰燼をまき上げながら、夜となく昼となく、ただ一面にびょうびょうと吹きすさんでいるみたいだった。その激しい風音の向うから、とらえがたいかすかな叫びが聞えて来るような気がしたが、それが何であるかは、わかっているようで、言いあらわせなかった。その声の一つは、こう言った。伊勢の方にあるならずの梅と言う木が、今年は実を結んだ。だから戦争はもうじき終るのだ。

日露戦争の時もそうだった、と。それからこうも言った。どこどこの神社の榎《えのき》の大木が、風もないのにまっ二つに折れた。有名なお告げ婆さんが、戦争は、敵味方どちらも勝ち負けなしに、終ると言った。あるいは、山陰かどこかで、二つの赤ン坊が突然口をきき始め、日本は負けると言った、とか。

僕らはそんな話を信じはしなかった。

しかし同時にその風の叫びの様な叫びの底にあるものは、僕らの胸にひびいて来た。大本営が信州に出来る、天皇はもうそこへうつられたか、近々うつられるはずだ、と言う事を僕らに教えたのは誰だったか。銀行は既に敗戦を予期して、財産を逃避させ始めていると教えてくれたのは、たしか銀行家の息子だった。僕らはそいつの話を固唾《かたず》をのんできき、きき終ると非国民だと言って、よってたかって殴った。それから眉唾《まゆつば》ものの秘密情報好きの工員が、例のもっともらしいひそひそ声で、日本が用意している恐るべき新兵器の事を教えてくれた。それは大変な破壊力を持っていて、敵の機動部隊や上陸部隊、また飛行機がどれだけやって来ようとも、そんなものは一挙に破滅させる事が出来る。大本営はそれを最後の決戦兵器としてかくしているのだが、その破壊力があまり大きく、味方の方にまで恐るべき損害がおよぶので、最後の最後まで使用するのをためらうと同時にそれを使用する機会をはかっているのだ、と言う事だった。

一方本土決戦についての話も、華が咲いた。九州に最初に上陸するか、九十九里浜かで、僕らはいつも議論した。――その議論を、横できいていた、朝鮮人の徴用工が、あとで僕をわきに呼んで、まじめな顔できいた。

「もし、アメリカが上陸して来たら、あんたら、どうするか?」

「勿論竹槍もって特攻さ」と僕は言下に答えた。それからその馬面の四十男にきき返した。「朝鮮人はどうする?」

彼は、ちょっと考えてから、うなずくように言った。

「朝鮮人も同じだ」

時折りB29が、単機で侵入して来て小馬鹿にしたように、かなり低空をとびながら、ビラをまいて行った。僕らの仲間でそのビラを拾ったものはなかったが、他校の生徒で、それを拾ったために憲兵にひっぱられたと言う話をきいた。そのビラにはポツダム宣言とか言う事が書いてあると言う話だったが、誰もその名に注意を払わなかった。

「坊ちゃま、本当にこの戦争はどうなるんでしょうね?」とお咲さんも時折り溜息まじりに言った。僕だけでなく、女中部屋に飾ってある戦死した息子にも問いかけていた。——海軍下士官の軍服を着た、子供子供した青年だった。

そんなある日、おばさんが僕を廊下でよびとめた。

「良夫さん、あなたの御家族、どちらに疎開なさったのかしら?」

「父の郷里です」と僕は言った。「広島です」

「広島?」と言っておばさんは眉をひそめた。「広島市内?」

「いいえ郡部の、山奥の方です」

「そう、それじゃよかったわ」とおばさんはほっとしたように言った。——いつかの空襲の夜に、おばさんの言った、もっとひどい事、八月六日の原爆投下の起ったのは、その翌日の事である。

その六日の夜、僕は便所に行く道すがら、おばさんがいつも開けていない部屋にはいって、仏壇に灯明をあげ、数珠《じゅず》を手に合掌しているのを見かけた。

「夫が死にました」とおばさんは、いつもの静かな声で言った。

「満洲で――」

ソ連の対日参戦は翌日、八月七日だった。そしてその日はまた、お咲さんがどうしたはずみか廊下にとり落して行った、汚れたガーゼを見つけ、それに血と膿と一緒に、太い、茶色の、獣の毛のような毛がいっぱいついているのを発見した日としておぼえている。

そして十三日の夜がやって来た。その夜、珍しくおばさんの方から、茶の間に僕とお咲さんを呼んだ。一本の蠟燭の火のゆらめく中で、おばさんは何故だか目を泣きはらしていた。

「お咲さん、良夫さん……」とおばさんは、少しくぐもった声で言った。「戦争は終ったのよ。日本は負けました」

僕は何かがぐっとこみ上げて来て、おばさんをにらみつけた。

「お咲さん、長々御苦労さまでした。まだお邸にいてもらっても結構ですけど、もうあの子の世話はいりません。良夫さんもここにいていいのよ、だけどもうじきお父さんがむかえにいらっしゃるわ」

そう言うと、おばさんは暗い方をむいて呟いた。

「あの子の生命も、日本が負けたら長くないわ……」

「どうして負けたなんて事がわかるんです」と僕は叫んだ。「そんな事ウソだ！　政府は何も言ってやしないじゃありませんか。軍は一億玉砕って言ってるじゃありませんか！　日本は負けやしない。負けたなんて言う奴は非国民だ！　国賊だ！」

「あの子が言ったのです――明日は、もう空襲がありません」とおばさんは向うをむいたまま、静かに言った。「負けたからです。――でもその事を陛下がお告げになるのは明後日になります」

僕は部屋をとび出した。おばさんの畜生！　日本が負けるもんか、負けてたまるか！　と心に叫びながら。――だが、感情に激した僕の足を、いきなり金縛りにしたのは、あの暗い二階から聞えてくる泣き声だった。それは今夜はひときわ高く、まるで身をよじってもだえるように、告別の悲哀と苦痛に堪えかねるように、長く長く尾を引くのだった。

そして、誰でも知っているように、すべてはおばさんの言った通りになった。僕らは当日、玉音をきいても何のショックも感じなかった。ただ初めてきくその人の声が、妙に甲高く、ききとりにくいのが気になっただけだった。事態をのみこむのに随分かかり、放送をきいた後でも、みんなはいつもの通り作業にかかった。だが砂地に水がしみこむように、日本が負けたと言う声がみんなの中にしみとおって行き、工場は次第次第に鳴りをひそめて行った。――午後の三時には一切の物音が絶え、みんな薄馬鹿のように天を仰ぎ、あちこちに固まって腰をおろし、手持ち無沙汰に欠伸《あくび》したり、頭をごしごしかいたりした。僕もまた、ボケたようになって邸へ帰って来た。だが、離れに坐ると、突然わけのわからない憤懣がおこって来て、教練教科書をひきさき、帽子をなげつけた。何も彼もぶちこわしたかった。誰かをつかまえて、この何とも形容のしがたいやるせなさをぶちまけたかった。僕は離れをとび出し、台所へ行ってお咲さんを呼んだ。——返事はなかった。それから、あの癪にさわる予言をしたおばさんをつかまえようと、長い廊下をどすどすと走りまわった。いつも閉ざされている障子襖を、音をたてて開けると言う乱暴までした。だがおばさんの姿もなかった。無人の邸は森閑と静まりかえっていた。——いや完全に無人ではなかった。「あの子」がいた。その日もまた、あの二階の部屋から、細い、悲しげな泣き声がもれていたのだ。咄嗟の間に、僕はおばさんが守り神と言った、あの子の顔を見てやろうと思った。既に僕の中には、その後何年も続いた冒瀆の衝動の兆が芽生えていたのだ。あんな予言をしたから、日本は負けたんだ、と言う考えが。

　僕は二階への階段をかけ上った。おばさんがあれほど秘密にしていた、あの娘の、業病にくずれた顔を見てやる、と僕は思った。ためらい続けた好奇心が、復讐めかした冒瀆の衝動によって爆発した。僕は鍵の手の廊下を走り、二階の一番端、今も泣き声のもれる部屋の障子を一気にあけたのだ。

　その時、僕の見たもの、それは、——赤い京鹿子の振袖を着て、綸子の座布団に坐り、眼をまっかになきはらしている——牛だった！　体付きは十三、四の女の子、そしてその顔だけが牛だった。額からは二本の角がはえ、鼻がとび出し、顔には茶色の剛毛が生え、目は草食獣のやさしい悲しみをたたえ——、そしてその口からもれるのは、人間の女の子の、悲しい、身も消えいらんばかりの泣き声だった。片方の角の根もとには、血のにじんだ繃帯がまかれ、顔を蔽ったその手にも、五本の指をのぞいて、血と膿のにじんだ繃帯が、二の腕深くまかれてあった。ぷん、と血膿の臭いがした。そして家畜の臭いも。——僕は息をのみ、目をむいたまま、その怪物を前にして立ちすくんでいた。

「見たのね」その時後で冷たい声がした。障子をピンと後手にしめて、おばさんが立っていた。能面のような顔の影に、かすかに憂悶の表情をたたえながら。

「とうとう見てしまったのね。その子は——くだんなのです」

それがくだんだったのだ。くだんは件と書く。人牛を一つにしてくだんと読ませるのだ。くだんは時々生まれる事がある。が大抵親たちがかくしてしまう。しかしくだんには、予言の能力があるのだった——おばさんはその事を話してくれた。石女と思われたおばさんが、たった一人孕《みごも》った女の子が、この件《くだん》だったのだ、と。生まれた時から角があり、それが段々のびるとともに、顔が、牛そっくりになって来た。角の生えた人間が生まれる事があると言う事は、ちゃんとした医学の文献にも出ている。皮膚の角質が変形したり、骨が変形したりするのだそうだ。昔はこんな人間を、鬼として恐れたのだろう、と。——だがくだんはちがう。くだんは根っからの怪物で、超自然の力があるのだ。これに該当するのはギリシャ神話のクレタ島のミノタウルスぐらいではあるまいか。くだんは歴史上の大凶事が始まる前兆として生まれ、凶事が終ると死ぬと言う。そしてその間、異変についての一切を予言すると言うのだ。この事は、おばさんから黙っていてくれとたのまれた。おばさんの家で、件を見たと言う事も、この話一切を黙っていてくれ、と強く念を押された。でないと、僕の一家にも不幸が起ると言うのだ。だから僕はずっと黙って来た。お咲さんにさえ、一言も喋らず、口を閉ざして来たのだ。だがあれから二十二年たった今、僕はあえてこの話を公けにする。そうする事によって、僕はこれを読んだ人々から件についての知識を、少しでもいいから、得たいのだ。誰か件についてくわしい事を知らないだろうか？　あのドロドロした食物は一体何だか知っている人はいないだろうか？　件を見たものは件をうむようになると言うのは本当だろうか？──僕は切羽つまってこの話を発表する。今度初めて生まれた僕の長女に、角があったのだ！──これもやはり、大異変の前兆だろうか？

件

内田百閒

黄色い大きな月が向うに懸かつてゐる。色計りで光がない。夜かと思ふとさうでもないらしい。後《うしろ》の空には蒼白い光が流れてゐる。日がくれたのか、夜が明けるのか解らない。黄色い月の面を蜻蛉が一匹浮く様に飛んだ。黒い影が月の面から消えたら、蜻蛉はどこへ行つたのか見えなくなつてしまつた。私は見果てもない広い原の真中に起つてゐる。軀がびつしよりぬれて、尻尾の先からぽたぽたと雫が垂れてゐる。件《くだん》の話は子供の折に聞いた事はあるけれども、自分がその件にならうとは思ひもよらなかつた。からだが牛で顔丈人間の浅間しい化物に生まれて、こんな所にぼんやり立つてゐる。何の影もない広野の中で、どうしていいか解らない。何故こんなところに置かれたのだか、私を生んだ牛はどこへ行つたのだか、そんな事は丸でわからない。

そのうちに月が青くなつて来た。後の空の光りが消えて、地平線にただ一筋の、帯程の光りが残つた。その細い光りの筋も、次第次第に幅が狭まつて行つて、到頭消えてなくならうとする時、何だか黒い小さな点が、いくつもいくつもその光りの中に現はれた。見る見る内に、その数がふえて、明りの流れた地平線一帯にその点が並んだ時、光の幅がなくなつて、空が暗くなつた。さうして月が光り出した。その時始めて私はこれから夜になるのだなと思つた。今光の消えた空が西だと云ふ事もわかつた。からだが次第に乾いて来て、背中を風が渡る度に、短かい毛の戦ぐのがわかる様になつた。月が小さくなるにつれて、青い光りは遠くまで流れた。水の底の様な原の真中で、私は人間でゐた折の事を色色と思ひ出して後悔した。けれども、その仕舞の方はぼんやりしてゐて、どこで私の人間の一生が切れるのだかわからない。考へて見ようとしても、丸で摑まへ所のない様な気がした。私は前足を折つて寝て見た。すると、毛の生えてゐない顎に原の砂がついて、気持がわるいから又起きた。さうして、ただそこいらを無暗に歩き廻つたり、ぼんやり起つたりしてゐる内に夜が更けた。月が西の空に傾いて、夜明けが近くなると、西の方から大浪の様な風が吹いて来た。私は風の運んで来る砂の上ににほひを嗅ぎながら、これから件に生まれて初めての日が来るのだなと思つた。すると、今迄うつかりして思ひ出さなかつた恐ろしい事を、ふと考へついた。件は生まれて三日にして死し、その間に人間の言葉で、未来の凶福を予言するものだと云ふ話を聞いてゐる。こんなものに生まれて、何時迄生きてゐても仕方がないから、三日で死ぬのは構はないけれども、予言するのは困ると思つた。第一何を予言するんだか見当もつかない。けれども、幸ひこんな野原の真中にゐて、辺りに誰も人間がゐないから、まあ黙つてゐて、この儘死んで仕舞はうと思ふ途端に西風が吹いて、遠くの方に何だか騒々しい人声が聞こえた。驚いてその方を見ようとすると、又風が吹いて、今度は「彼所《あすこ》だ、彼所《あすこ》だ」と云ふ人の声が聞こえた。しかもその声が聞き覚えのある何人かの声に似てゐる。

それで昨日の日暮れに地平線に現はれた黒いものは人間で、私の予言を聞きに夜通しこの広野を渡つて来たのだと云ふ事がわかつた。これは大変だと思つた。今のうち捕まらない間に逃げるに限ると思つて、私は東の方へ一生懸命に走り出した。すると間もなく東の空に蒼白い光が流れて、その光が見る見る内に白けて来た。さうして恐ろしい人の群が、黒雲の影の動く様に、此方へ近づいてゐるのがありありと見えた。その時、風が東に変つて、騒騒しい人声が風を伝つて聞こえて来た。「彼所だ、彼所だ」と云ふのが手に取る様に聞こえて、それが矢つ張り誰かの声に似てゐる。私は驚いて、今度は北の方へ逃げようとすると、又北風が吹いて、大勢の人の群が「彼所だ、彼所だ」と叫びながら、風に乗つて私の方へ近づいて来た。南の方へ逃げようとすると南風に変つて、矢つ張り見果てもない程の人の群が私の方に迫つてゐた。もう逃げられない。あの大勢の人の群は、皆私の口から一言の予言を聞く為に、ああして私に近づいて来るのだ。もし私が件でありながら、何も予言しないと知つたら、彼等はどんなに怒り出すだらう。三日目に死ぬのは構はないけれども、その前にいぢめられるのは困る。逃げ度い、逃げ度いと思つて地団太をふんだ。西の空に黄色い月がぼんやり懸かつて、ふくれてゐる。昨夜の通りの景色だ。私はその月を眺めて、途方に暮れてゐた。

夜が明け離れた。

人人は広い野原の真中に、私を遠巻きに取り巻いた。恐ろしい人の群で、何千人だか何万人だかわからない。其中の何十人かが、私の前に出て、忙しさうに働き出した。材木を担ぎ出して来て、私のまはりに広い柵をめぐらした。それから、その後に足代を組んで、桟敷をこしらへた。段段時間が経つて、午頃になつたらしい。私はどうする事も出来ないから、ただ人人のそんな事をするのを眺めてゐた。あんな仕構へをして、これから三日の間、ぢつと私の予言を待つのだらうと思つた。なんにも云ふ事がないのに、みんなからこんなに取り巻かれて、途方に暮れた。どうかして今の内に逃げ出したいと思ふけれども、そんな隙もない。人人は出来上がつた桟敷の段段に上つて行つて、桟敷の上が、見る見るうちに黒くなつた。上り切れない人人は、桟敷の下に立つたり、柵の傍に蹲踞《かが》んだりしてゐる。暫らくすると、西の方の桟敷の下から、白い衣物を著た一人の男が、半挿《はんざふ》の様なものを両手で捧げて、私の前に静静と近づいて来た。辺りは森閑と静まり返つてゐる。その男は勿体らしく進んで来て、私の直ぐ傍に立ち止まり、その半挿を地面に置いて、さうして帰つて行つた。中には綺麗な水が一杯はいつてゐる。飲めと云ふ事だらうと思ふから、私はその方に近づいて行つて、その水を飲んだ。

すると辺りが俄に騒がしくなつた。「そら、飲んだ飲んだ」と云ふ声が聞こえた。

「愈飲んだ。これからだ」と云ふ声も聞こえた。

私はびつくりして、辺りを見廻した。水を飲んでから予言するものと、人人が思つたらしいけれども、私は何も云ふ事がないのだから、後を向いて、そこいらをただ歩き廻つた。もう日暮れが近くなつてゐるらしい。早く夜になつて仕舞へばいいと思ふ。

「おや、そつぽを向いた」とだれかが驚いた様に云つた。

「事によると、今日ではないのかも知れない」

「この様子だと余程重大な予言をするんだ」

そんな事を云つてる声のどれにも、私はみんな何所となく聞き覚えのある様な気がした。さう思つてぐるりを見てゐると、柵の下に蹲踞んで一生懸命に私の方を見てゐる男の顔に見覚えがあつた。始めは、はつきりしなかつたけれども、見てゐるうちに、段段解つて来る様な気がした。

それから、そこいらを見廻すと、私の友達や、親類や、昔学校で教はつた先生や、又学校で教へた生徒などの顔が、ずらりと柵のまはりに並んでゐる。それ等が、みんな他を押しのける様にして、一生懸命に私の方を見詰めてゐるのを見て、私は厭な気持になつた。

「おや」と云つたものがある。「この件は、どうも似てるぢやないか」

「さう、どうもはつきり判らんね」と答へた者がある。

「そら、どうも似てゐる様だが、思ひ出せない」

私はその話を聞いて、うろたへた。若し私のこんな毛物になつてゐる事が、友達に知れたら、恥づかしくてかうしてはゐられない。あんまり顔を見られない方がいいと思つて、そんな声のする方に顔を向けない様にした。

いつの間にか日暮れになつた。黄色い月がぼんやり懸かつてゐる。それが段段青くなるに連れて、まはりの桟敷や柵などが、薄暗くぼんやりして来て、夜になつた。

夜になると、人人は柵のまはりで篝火をたいた。その欲が夜通し月明りの空に流れた。人人は寝もしないで、私の一言を待ち受けてゐる。月の面を赤黒い色に流れてゐた篝火の煙の色が次第に黒くなつて来て、月の光は褪せ、夜明の風が吹いて来た。さうして、また夜が明け離れた。夜のうちに又何千人と云ふ人が、原を渡つて来たらしい。柵のまはりが、昨日よりも騒騒しくなつた。頻りに人が列の中を行つたり来たりしてゐる。昨日よりは穏やかならぬ気配なので、私は漸く不安になつた。

間もなく、また白い衣物を著た男が、半挿を捧げて、私に近づいて来た。半挿の中には、矢張り水がはいつてゐる。白い衣物の男は、うやうやしく私に水をすすめて帰つて行つた。私は欲しくもないし、又飲むと何か云ふかと思はれるから、見向きもしなかつた。

「飲まない」と云ふ声がした。

「黙つてゐろ。から云ふ時に口を利いてはわるい」と云つたものがある。

「大した予言をするに違ひない。こんなに暇取るのは余程の事だ」と云つたのもある。

さうして後がまた騒騒しくなつて、人が頻りに行つたり来たりした。それから白衣の男が、幾度も幾度も水を持つて来た。水を持つて来る間丈は、辺りが森閑と静かになるけれども、その半挿の水を私が飲まないのを見ると、周囲の騒ぎは段段にひどくなつて来た。そして益頻繁に水を運んで来た。その水を段段私の鼻先につきつける様に近づけてきた。私はうるさくて、腹が立つて来た。その時又一人の男が半挿を持つて近づいて来た。私の傍まで来ると暫らく起ち止まつて私の顔を見詰めてゐたが、それから又つかつかと歩いて来て、その半挿を無理矢理に私の顔に押しつけた。私はその男の顔にも見覚えがあつた。だれだか解らないけれども、その顔を見てゐると、何となく腹が立つて来た。

その男は、私が半挿の水を飲みさうにもないのを見て、忌ま忌ましさうに舌打ちをした。

「飲まないか」とその男が云つた。

「いらない」と私は怒つて云つた。

すると辺りに大変な騒ぎが起こつた。驚いて見廻すと、桟敷にゐたものは桟敷を飛び下り、柵の廻りにゐた者は柵を乗り越えて、恐ろしい声をたてて罵り合ひながら、私の方に走り寄つて来た。

「口を利いた」

「到頭口を利いた」

「何と云つたんだらう」

「いやこれからだ」と云ふ声が入り交じつて聞こえた。

　気がついて見ると、又黄色い月が空にかかつて、辺りが薄暗くなりかけてゐる。いよいよ二日目の日が暮れるんだ。けれども私は何も予言することが出来ない。だが又格別死にさうな気もしない。事によると、予言するから死ぬので、予言をしなければ、三日で死ぬとも限らないのかも知れない、それではまあ死なない方がいい、と俄に命が惜しくなつた。その時、馳け出して来た群衆の中の一番早いのは、私の傍迄近づいて来た。すると、その後から来たのが、前にゐるのを押しのけた。その後から来たのが、又前にゐる者を押しのけた。さうして騒ぎながらお互に「静かに、静かに」と制し合つてゐた。私はここで捕まつたら、群衆の失望と立腹とで、どんな目に合ふか知れないから、どうかして逃げ度いと思つたけれども、人垣に取り巻かれてどこにも逃げ出す隙がない。騒ぎは次第にひどくなつて、彼方此方に悲鳴が聞こえた。さうして、段段に人垣が狭くなつて、私に迫つて来た。私は恐ろしさで起つてもゐてもゐられない。夢中でそこにある半挿の水をのんだ。その途端に、辺りの騒ぎが一時に静まつて、森閑として来た。私は、気がついてはつと思つたけれども、もう取り返しがつかない、耳を澄ましてゐるらしい人人の顔を見て、猶恐ろしくなつた。全身に冷汗がにじみ出した。さうして何時迄も私が黙つてゐるから、又少しづつ辺りが騒がしくなり始めた。

「どうしたんだらう、変だね」

「いやこれからだ、驚くべき予言をするに違ひない」

そんな声が聞こえた。しかし辺りの騒ぎはそれ丈で余り激しくもならない。気がついて見ると、群衆の間に何となく不安な気配がある。私の心が少し落ちついて、前に人垣を作つてゐる人人の顔を見たら、一番前に食み出してゐるのは、どれも是も皆私の知つた顔計りであつた。さうしてそれ等の顔に皆不思議な不安と恐怖の影がさしてゐる。それを見てゐるうちに、段段と自分の恐ろしさが薄らいで心が落ちついて来た。急に咽喉が乾いて来たので、私は又前にある半挿の水を一口のんだ。すると又辺りが急に水を打つた様になつた。今度は何も云ふ者がない。人人の間の不安の影が益濃くなつて、皆が呼吸をつまらしてゐるらしい。暫らくさうしてゐるうちに、どこかで不意に、

「ああ、恐ろしい」と云つた者がある。低い声だけれども、辺りに響き渡つた。気がついて見ると、何時の間にか、人垣が少し広くなつてゐる。群衆が少しづつ後しさりをしてゐるらしい。

「己はもう予言を聞くのが恐ろしくなつた。この様子では、件はどんな予言をするか知れない」と云つた者がある。

「いいにつけ、悪いにつけ、予言は聴かない方がいい。何も云はないうちに、早くあの件を殺してしまへ」

その声を聞いて私は吃驚した。殺されては堪らないと思ふと同時に、その声はたしかに私の生

み遺した倅の声に違ひない。今迄聞いた声は、聞き覚えのある様な気がしても、何人の声だとはつきりは判らなかつたが、これ計りは思ひ出した。群衆の中にゐる息子を一目見ようと思つて、私は思はず伸び上がつた。

「そら、件が前足を上げた」

「今予言するんだ」と云ふあわてた声が聞こえた。その途端に、今迄隙間もなく取巻いてゐた人垣が俄に崩れて、群衆は無言のまま、恐ろしい勢ひで、四方八方に逃げ散つて行つた。柵を越え桟敷をくぐつて、東西南北に一生懸命に逃げ走つた。人の散つてしまつた後に又夕暮れが近づき、月が黄色にぼんやり照らし始めた。私はほつとして、前足を伸ばした。さうして三つ四つ続け様に大きな欠伸をした。何だか死にさうもない様な気がして来た。

孤独なカラス

結城昌治

一

少年はカラスの鳴声がうまかった。だから、ほかの子供たちは彼の本名を呼ばずに、カラスと呼んだ。

しかし、彼はカラスと呼ばれても、滅多に返事をしなかった。彼は学校へいかなかったし、ヘビやトカゲや、アリやミミズなどの昆虫以外の誰とも遊ぼうとしなかった。

「おい、カラス、トカゲを飲んでみろよ」

子供たちは彼を見かけると、よくそんなふうにからかった。

彼は小学校へ行っていれば、四年生になっているはずだった。

機嫌のいいとき、彼は子供たちにせがまれると、着古した上着のポケットから小さなトカゲをとりだして、ツルッと喉《のど》の奥へ飲みこんでみせた。

「こいつ、ほんとに飲んじまったぞ」

子供たちは怯《おび》えながらも、好奇心に駆られて彼の周囲に円陣をつくった。

彼はヘビやトカゲや、アリやミミズなどの虫たちが好きだった。彼のポケットには、いつだって何匹かのトカゲが眠っていたし、また別のポケットには、青大将や縞《しま》ヘビがとぐろを巻いていた。そして子供たちにせがまれると、トカゲを掌に這わせたり、ヘビを首に巻きつけたりしてみせた。

しかし、それらはやはり機嫌のいい時に限られ、たいていは誰に声をかけられても、冷く黒ずんだ顔をそむけて、逃げるように立去ってしまった。

「さっきから何をしているんだい」

少年の母がきいた。

少年はベニヤ張りの壁にむかい、うずくまるように肩をまるめて、汚れた半ズボンからはみでた膝を抱いていた。

「何をしているんだよ」

母親がまたきいた。彼女は着物を着替えて、勤めにでるところだった。駅前の大衆酒場に勤め、夕方でかけていって、帰りは夜半すぎになる。酔って客に送られることもあったし、翌日の正午すぎまで帰らないこともあった。ギスギスと骨ばった体つきの、小柄な女だった。

彼は答えないで、聞きとれぬ言葉をぶつぶつと呟いた。

「おまえは相変らず学校へ行ってないんだろう。今日は区役所の人がきて、あたしが叱られたんだからね。学校へ行かないでばかになっちまっても知らないよ」

彼女は身仕度を終り、鏡台の前に膝を崩して化粧をなおした。眼尻に小皺が目立ち、化粧焼けのした肌は荒れていた。

部屋は四畳半の一間きりだった。古びた鏡台と整理箪笥のほかは、壁際に衣類が吊されているだけだった。部屋の奥に狭い台所がつづいているが、そこには、いつも洗濯物がバケツの水に漬かっていた。アパートの廊下のはずれの、便所は共同だった。

彼は物憂《う》そうに体を動かして立上った。立上ると、母親よりも背が高く、体つきもがっしりして十歳の少年には見えなかった。

「どこへ行くんだい」

母親は鏡のなかで薄い唇にルージュを塗りながら言った。鏡の奥には、整理箪笥の上で埃をかぶっている父親の位牌が映っていた。

彼は答えなかった。

「どこへ行くんだよ」

「………」

彼の口からは、相変らずブツブツという聞きとれぬ言葉が洩れていた。

「暗くならないうちに帰って、ちゃんとご飯を食べるんだよ。味噌汁だけ温めればいいようにしてあるんだからね」

「ああ」

彼はようやく答え、そのまま外へでた。

外はまだ明るかった。彼はズボンのポケットに両手をつっこみ、公園のほうへ歩いていった。

公園は小学校の裏にあった。もとはある素《そ》封家《ほうか》の庭園だったが、戦時中に東京都へ寄贈された公園で、五千坪あまりの敷地は、瓢箪形《ひょうたんがた》の大きな池を中心に、周囲は起伏に富んだ丘陵《きゅうりょう》をつらね、遊歩道路沿いには樹木が鬱蒼《うっそう》と茂り、また公園入口に近い広場には、ブランコや滑り台、砂場などを備えた児童遊園地があった。

しかし、彼がいつも公園へいくのは、遊園地で遊ぶためではなかった。彼は池の端《はし》を迂回して石橋を渡り、木立に囲まれた細い坂道をのぼっていった。鈍い足どりで、時折り空を仰いではカラスの鳴声を鳴いた。

「かああ、かああ……」

生い茂る樹々の間を縫って、カラスの声は池のむこうの遊園地で遊んでいる子供たちにまで聞えた。カラスの声を鳴くとき、彼はいつもひとりだった。

急な坂をのぼりつめると、左手に忠魂社があった。戦時中に建てられた木造の小さな祠《ほこら》で、戦死した兵士の霊を祀《まつ》ってあるが、今はその庇《ひさし》も傾き、通りすがりにさえ参拝する者はなかった。武運長久としるした扁額《へんがく》も、とうに色褪せて判読しえなくなっている。

彼は忠魂社の裏へまわり、道のない雑木林の斜面を下りた。池へむかって中ほどまで下りると、彼はようやく足をとめて蹲《かが》んだ。板きれに蔽われて、二つの穴が並んでいた。穴は深く暗かった。一つの穴にはヘビが、一つの穴にはトカゲが何匹か飼われていた。

彼はブツブツ呟きながら、一メートル近い青大将をつかみだした。そして別の穴からは、三匹のトカゲをつかんでポケットにいれた。

彼は立上り、もとの斜面を上った。空が、淡い夕映えに染っていた。

「かああ、かああ……」

彼は鳴きながら歩きだした。風が冷えてきた。静かだった。その静けさを切裂くように、鵙《もず》が叫んだ。

「かああ、かああ……」

彼はまた鳴いた。青大将が、彼の手に揺られながら身をくねらせた。足どりは何処へむかうともしれず、時折り唇に浮かぶ笑いも、何の笑いともしれなかった。

しばらく歩いたとき、道のむこうから小さな女の子の姿が現れた。

二

幼い女の子は日が暮れても帰宅しなかった。

夕食の仕度が終ったとき、母親は初めて娘が帰らないことに気づき、勉強部屋でプラモデルのキャディラックを組立てている長男にきいた。

「圭子は?」

時刻は六時十分すぎだった。

「知らないよ」

プラモデルに熱中している長男は、顔をあげずに答えた。小学校一年生の長男は、ほとんど妹の遊び相手にならなかった。

「秀子ちゃんたちと、公園へ行ったはずなんだけどね。おまえ、秀子ちゃんちへいってみてきてくれないかしら。上りこんで、お邪魔していると悪いから」

「もうじき帰ってくるよ」

長男は画倒くさそうに言って、腰をあげようとしなかった。

秀子というのは、近所に住んでいる会社員の娘で、圭子より二つ年上の六歳になる娘だった。

「言うことをきかないと、もうプラモデルを買ってあげませんよ」

「うるさいな」

「さ、圭子が帰ったらご飯なんだから。早くプラモデルを片づけて——」

「ちぇっ」

長男は渋々とプラモデルを片づけると、妹を迎えに出ていった。

長男は間もなく戻った。

「いなかったよ」

「秀子ちゃんは?」

「とっくに帰ってきて、ご飯を食べていた」

「圭子といっしょに帰ったんじゃないの」

「ちがうってさ。圭子がいなくなったので、秀子ちゃんは郵便局のめぐみちゃんと二人だけで帰ってきたんだって」

「それじゃ何処へ行ってるのかしら」

母親の眉がくもった。めぐみというのは、圭子と同じ年の遊び友だちだった。

そこへ、震ケ関の官庁に勤めている父親が帰宅した。

母親が事情を説明した。

「おまえが探してきなさい。遠慮のない子だから、近所の家に上りこんでいるのだろう」

父親は気にとめぬ様子だった。

「でも、もう六時半になるわ」

母親は夫の腕時計を覗《のぞ》き、エプロンをはずして出ていった。

騒ぎが大きくなったのは、それからしばらく経ってからだった。

圭子の母親が秀子に聞いた話は、つぎのようなものだった。

秀子は圭子を誘って公園へ行くと、めぐみがほかの女の子たちときていて、数人いっしょに砂場で遊んだ。途中、砂遊びに飽きると、滑り台やブランコでも遊んだ。圭子がいつの間にいなくなったかは気づかなかった。秀子とめぐみ以外の女の子たちは、さらにあとからきた子供たちと共に別のグループに分れて、一人の母親が呼びにくると、それにつられたように先に帰っていった。そのあと、見知らぬ子供たちを除けば、秀子とめぐみだけが取残された。やがてめぐみが帰りたいと言い、秀子は彼女の手をひいて帰ってきたという。

この話は、めぐみに聞いた結果もほぼ同様だった。

「圭子ちゃん、お池のほうへいったのよ」

めぐみは最後にそう言った。

秀子とめぐみの家を訪ねた母親は、その足でさらに圭子が立寄っていそうな近所の家を三軒訪ねた。しかし、そのいずれにも圭子の姿はなかった。

「いつも遊びにいっている公園だから、迷い子になったとも思えないけど……」

夫婦は暗い額を寄せて、圭子の行先について心当りを探った。

手分けをして探すことになった。

「わたしは公園へ行ってくる」

父親は帰宅したときの服装のまま家をでた。

公園はひっそりと闇につつまれ、常夜燈の青い光に照らされた遊園地には、人影がなかった。

父親は砂場まで足を運び、遊園地の公衆便所も覗いてみた。

「圭子！」

彼は池のほうへむかって叫んだ。

応《こた》える声はなく、池は暗かった。

彼は公園を一周することにした。歩きながら、幾たびも娘の名を呼んだ。そのたびに、路傍の草むらですだいていた虫の声がいっせいに絶え、彼とともに応える声を待つように静まり返った。

圭子は四歳だった。利口で、おしゃまで、人見知りをしない子だった。母親よりも父親になつき、まわらぬ舌でよく歌をうたった。日曜日など、彼はこの公園へ何度も娘をつれてきていた。池のほとりに立つと、圭子はいつまでも鯉の群を眺めて飽きなかった。

——池に落ちたのではないか。

彼は注意深く池の面にも視線をこらした。

しかし、彼はどこにも娘の姿を発見することができなかった。

家に戻ると、町内の心当りを探しにいった母親も戻っていた。暗い顔色をみれば、お互いに結果を聞くまでもなかった。

時刻は八時に近かった。不安が、夫婦の胸を緊《し》めつけた。どこへ寄り道をしたにしても、とうに帰るべき時刻だったし、迷い子になったと考えても、圭子は自宅の住所と両親の名を暗誦できたから、通行人の誰かに送られて帰るはずだった。

両親は、圭子の失踪を最寄りの交番に届出た。

「四歳では、家出をしたということも考えられませんな」

交番の巡査は神妙な表情で職業的意見を口ばさみながら、失踪の事情をきいた。

本署への通報は、直ちに行われた。

捜索は警察の手に移った。当直主任警部補は届出事実確認のため、あらためて両親から事情を聞くと、管内の全派出所と隣接警察署へ捜査の手配をとり、つづいて警視庁少年課へ事態を報告した。

一方、当直主任の指示をうけた警邏《けいら》係も敏速に活動を開始した。パトカー二台に、圭子の両親をわけて便乗させ、マイクで圭子の所在を訊ねながら管内を巡回した。

さらに、他の当直員数名は、それぞれ懐中電燈を手にして、公園附近一帯の捜索に力を注いだ。

午後十一時、捜索は徒労に終った。

三

少年は皮膚の色が黒かった。「赤ん坊じゃなくて黒ん坊だ」などと言われて生育した。皮膚の黒さは、父親ゆずりだった。

父親は、理髪店の渡り職人だった。使い馴れた剃刀《かみそり》一梃を商売道具にして、地方の理髪店を渡り歩いた。月決めの契約で雇われるのだが、職人不足の戦後は渡り歩く必要がなく、それでも一つの店に落着かなかったのは、性格に欠陥があったとみるほかはなかった。

彼が最初に結婚したのは、戦後間もない頃で、足利市の理髪店に働いていた時だった。結婚といっても誰に祝福されたわけではなく、妊娠させた近所の娘と、ある晩仙台へ駆落ちしたのだった。

しかし、その女が三か月ほどして流産すると、彼はまた無断で新しい店をとびだした。女は置去りだった。その後、名古屋と静岡で世帯らしいものをもって、最後に結婚したのは東京にきてからである。甲府出身の女で、それが少年の母親だった。

彼女はその頃小岩のキャバレーで女給をしていた。彼と知合ったのも同じキャバレーのなかだった。

彼は、四度目の結婚をしてからようやく家庭に落着いたが、その代わり、仕事を怠けるようになった。毎日ごろごろと寝そべって口を利かぬ日が多く、些細《ささい》なことに腹を立ててはガラスや障子を蹴破り、大声で喚《わめ》いた。ほとんど理由のない怒りだった。しかし、どんなときにも決して女房を殴らないのは、女房自身も不思議に思っていた。

「うちの人は、根はやさしいんですよ」

彼女は隣近所の者にそう自慢した。

子供が五歳のとき、父親は近くの空地の松の木に首を縊《くく》って死んだ。理由は誰にもわからなかった。

少年は小学校へあがる頃まで、他の子供らと較べて異常はなかった。いくぶん神経質ではあったが、同じ年ごろの子供たちとも仲よく遊び、物憶えもよくて、六歳の誕生日を迎える頃には、五十音を暗記した。

彼が無口になり、外で遊ばなくなったのは、小学校に入学するほんの寸前だった。いくら母親が説得しようとしても無駄だった。

「どうして学校へいかないのさ」

尋ねてみても、少年の耳には聞えたのか聞えないのか、放心したようにポカンと口をあけて、返事さえしなかった。

「変な子だよ、ほんとに」

母親は、しかし子供の変化をあまり気にとめなかった。働くだけで疲れきっていたし、彼女自身も、貧しさのためにほとんど学校へ行かずにすました女だった。

少年が意味のない言葉を呟いたり、ニヤニヤと独り笑いをするようになったのも、やはりこの頃からだ。

「何がおかしいんだよ」

最初のうち、母親は子供の笑いに気づくと尋ねたが、いつも答えは得られず、そのうち気にしなくなった。

彼は何事にも積極的な意思を示さないで、叱られなければ何日でも顔を洗わず、終日家に閉じこもって母親とさえ口をきかぬ日が珍しくなくなっていった。

少年は手先が器用だった。誰に教えられたわけでもなく、巧みにナイフをあやつって竹を細かく割り、小さな虫籠をつくった。そしてできあがると、三、四日手もとに置いたあとで、通りがかりの子供たちに黙ってくれてしまった。子供たちにあげる虫籠には、コオロギやカマキリがいれてあるときもあった。そしてある時は、羽をむしりとられたセミや、胴体をちぎられたトンボの死骸が納められていることもあった。

ある時、母親は店へでたまま三日間帰らなかった。

「ごめんよ、お店の帰りにお腹が痛くなってしまってね」

母親は疲れた顔で、そっと子供の顔色を窺《うかが》い、この三日間、食事をどうしていたかときいた。

「平気だよ」

彼は鈍い声で答えた。母親の外泊を心配していた様子もなく、帰宅を嬉しがる様子もなかった。

「どこかで、御馳走になったのかい」

「………」

彼は首を振った。

「だって、お金なんかなかったじゃないか」

「………」

「それじゃどうしていたんだよ」

「………」

「まさか盗み食いしていたんじゃないだろうね」

「……平気なんだよ」

彼はそう答えるばかりだった。カエルやトカゲの味を教えようとはしなかった。

一年ほど前、彼は女に抱かれたことがあった。四十歳くらいの女で、名前を知る者はなかったし、何処からきた女か知る者もなかった。彼女は〃おしゃれ気ちがい〃と呼ばれていた。パーマの伸びた赤茶けた髪いっぱいに、かんざしや櫛や野の花などを飾り、細い声で古びた流行歌をうたいながら、白粉をまっしろに塗りたくって町を流れている女だった。赤い鼻緒《はなお》のちびた下駄をひきずり、汚れた着物の裾前をはだけて、行き交う人ごとに媚態《びたい》のこもる視線を投げた。幾たびか警察に保護され、その都度精神病院へ送られていたが、またいつの間にか町に戻っては、町の人々の顰蹙《ひんしゅく》をかっていた。

しかし、盗みをするとか火をつけるとかというようなことはなく、顰蹙をかう一方では、道化者として町の人の人気者になっている面もあった。彼女の厚化粧は、白粉や口紅を、からかうためにもせよ与える者がいるからだった。

以前、彼女を浅草の鷲《おおとり》神社附近で見かけたという者がいたし、錦糸町の近くで見たことがあるという者もいた。そして彼女の狂気は、愛人に捨てられたからだとか、亭主に死なれたからだとかいう噂がもっともらしく伝わっていた。背は低いがさして醜い容貌ではなく、相手の知れぬ子を妊《みごも》って、精神病院へ送られた際に堕胎《だたい》させられたこともあった。

彼女に出会ったとき、少年は公園のはずれの雑木林の径を歩いていた。

「あら、あんたじゃないの」

おしゃれ気ちがいが声をかけた。

彼は足をとめた。女の眼が、媚びるように笑いながら見つめていた。

「会いたかったわ」

女は彼の手をとった。

「ずいぶん探したのよ。あたし、ほんとに会いたかったわ」

女はふいに頬をよせた。暖かく、柔かな感触だった。女の匂いは、母の匂いともちがう異性の匂いだった。

彼は逆らわなかった。

「変なやつに追いかけられているから、早く逃げようよ。見つかったら、ひどい目にあわされるわ」

女は彼の手をひいて林の中へ導いた。

「ようやく会えたのね」

女は彼を雑草の茂みに横たわらせると、自分も寄り添うように横になって、彼の体をしっかりと抱いた。

「苦しいよ」

彼は顔をそむけた。

「あたしも苦しいわ」

女は力をゆるめなかった。首筋の間から、饐《す》えたような匂いがした。

「ほんとに苦しいったら――」

彼は女の胸を押した。豊かな弾力があった。

「ふふ……」

女は含み笑いをして体を起こすと、腰紐を解きはじめた。

「あんたって、相変らず好きね」

女は垢じみた着物を脱ぎ捨てた。薄っぺらな着物の下には、何も着けていなかった。豊満な体だった。

「早くしないと、わるい奴が追いかけてくるわ」

彼女は少年のバンドを解き、ズボンを脱がせた。

少年はやはり逆らわなかった。

女は顔を伏せると、少年のセックスを吸った。

少年の内部に、荒々しい衝動が起ったのは、かなり経ってからだった。理由は、彼自身にもわからなかった。突然、彼は傍らに落ちていた女の腰紐をとると、女の首に巻きつけて力をこめた。

「げげ――」

女は吐きそうに喘いだが、すぐに動かなくなった。

彼は静かに立上った。硬く、冷い表情だった。女を見おろして、洟水《はなみず》をすすった。そして、何事もなかったように帰宅したあと、二度と女のことを思いださなかった。

「お前はカラスの鳴声がうまいというのに、あたしにはちっとも聞かせてくれないじゃないか。一度でいいから聞かせてごらんよ」

ごく稀に、母子の間でとりとめのない会話がかわされることがあった。

「…………」

「厭なのかい」

「そんなこと嘘だ」

「だって、いろんな人がそう言ってるよ」

「嘘だよ」

彼は虫籠をつくりながら、低い声で答えていた。

「そんなに籠ばかり作って、おまえは籠屋になるのかい」

「…………」

「どうして、そうばかになったんだろうね」

「……人間のむかしは、ヘビだったの」

「人間はむかしから人間じゃないか」

「ちがうよ。人間はヘビだったんだ。さっきからそう言ってるもの」

「誰が?」

「誰だか知らないけど、そう言ってるよ。人間はヘビだったから、死んだらまたヘビになるんだって。ほら、聞こえるだろ」

「何が?」

「声だよ」

「だから、なんの声さ」

「きっと、お父ちゃんの声だよ。お父ちゃんは、死んでヘビになったんだ」

「何を言ってるんだい、ばかばかしい」

「ぼくは怖いんだよ。お父ちゃんは怒ってばかりいる。何度も謝っているのに、許してくれないんだ」

「気味の悪いこと言うのはおよし。おまえは、あんまりヘビに悪戯《いたずら》をするから、そんなことを考えるようになったのさ。おまえがしっかりしてくれないと、あたしは頼りなくて仕様がないんだからね。全く、気色わるいったらありゃしない」

母親は枕もとの灰皿に煙草をもみ消して、蒲団をかぶった。外は明るく、就寝の遅かった彼女も、とうに起きねばならぬ時刻だった。

このとき、窓の外でマイクから流れる声が聞えた。

「町内の皆さんにお尋ねします。こちらは××警察署であります。徳田正策さんのお宅の圭子ちゃんはおりませんか。昨夜から家に帰らないので、ご両親が心配しております。心当りの方は、どうぞご連絡ください」

パトカーのマイクは、同じ文句を繰返しながら遠ざかっていった。

母親は蒲団から顔をだして、少年のほうをみた。

少年は虫籠つくりに飽きたのか、ぼんやりと天井を眺めていた。

「圭子ちゃん、どこへいったのかね」

母親は呟いて、また蒲団を顔の上に引きあげた。

四

捜索は翌日も続行された。

捜査部内では誘拐説が強まり、聞込み捜査に重点がおかれた。圭子といっしょに遊んでいた秀子やめぐみの帰宅時刻から推して、圭子がいなくなったのは午後四時半頃と判断されるので、その時刻頃、公園附近にいた者をシラミつぶしに当った。

公園に隣接する小学校の通用門附近で、怪しい男をみたという届出があったのは、午後の一時すぎになってからだった。

「その男をみたのは、昨日の四時頃ですよ。コートのポケットに両手をつっこんで、背の高い痩せた男でした。確かに、うさんくさい奴でしたね。三十七、八歳の、顔色のわるい男です。門の前をぶらぶらしていて、下校する生徒たちに何度も話しかけていたから、憶えている生徒がいるにちがいありません。生徒の父兄のようにはみえなかったし、誰かを待っているようでした。とにかく、わたしが気づいていただけでも、一時間くらいぶらぶらしていましたよ。そして、日が暮れかける頃には、いつの間にかいなくなっていました」

届出た小学校の用務員は、落窪んだ小さな眼を輝かせて語った。やや耳の遠い老人だが、話しぶりはしっかりしていた。

用務員と同じ供述をする目撃者はさらに数名あらわれ、その男に話しかけられたという少年一名、少女二名が発見された。

「住所と名前と、パパの仕事をきかれただけだよ」

とその少年は言い、

「あたしは兄弟のことやお小遣いのことや、もっといろんなことをきかれたわ」

と少女の一人は言った。

そして最後の少女は、その男につれられて帰宅したことまで分った。男は、少女の母親に会って名刺を渡していた。しかし、

「ばかにしてやがるよ、全く」

少女の母親に会って事情を聞き、念のため男の残した名刺に記入されている勤務先まで行って問題の男に会ってきた刑事は、腹立たしそうに言った。

男は、ある児童劇団のスカウトで、新しいタレントを探していたのである。圭子の行方には、かかわりがなかった。

捜査当局は焦慮を深めた。

誘拐事件は、過去における度重なる失敗もあって、世間の批判のもっとも厳しい事件だった。慎重を期してなお、最高の捜査技術を要求される。誘拐された幼女を、死なせてはならなかった。

しかし誘拐事件にちがいないといって、それでは対策に何があるのか。犯人の目撃者はいないし、犯人側からの身代金要求の動きもない。

「もう一度、公園を徹底的に探してみよう」

昨日の当直主任だった警部補が提案した。誘拐されたのでも迷い子になったのでもないとすれば、変質者に暴行されたとしか考えられなかった。

ふたたび、刑事たちは夕闇の迫る公園へむかった。

遊園地では、数人の子供がまだ遊んでいた。

「早く帰らないと、お母ちゃんが心配してるぞ」

刑事の一人が怒鳴るように声をかけた。

子供たちは遊びに夢中だった。

「早く帰れ」

刑事はまた怒鳴った。神経の昂《たかぶ》った声だった。

子供たちは驚いて顔をあげ、泥だらけの手をして立上った。

水の面に風はなかった。食用蛙が鳴いていた。刑事たちは、池の左右に分れた。林の小径に、散策する人影はなかった。夏ならば夜ふけまで恋人たちの姿が絶えぬ公園だが、とうにそのような逢引《あいび》きの季節も過ぎていた。

「今どきの子供は分らねえからな、急に電車に乗りたくなったりして家出したのかもしれない」

ある刑事は、坂道の中腹から林の奥へ分けいり、近くにいた同僚にむかって言った。

「見つかったぞ」

呼声があがったのは、それから間もなくだった。声は、二人の刑事が下りかけた林の斜面の反対側から聞えた。二人はすぐに坂を駆けあがり、声のしたほうへとんだ。公園のはずれに近く、そこは黄ばんだ雑草が茂り、かつて気ちがい女が殺された場所とも近かった。

幼女は首を絞められ、仰向けに横たわっていた。素裸にされた白い腹部を、鋭い刃物で抉《えぐ》るように十文字に切り裂かれ、その無惨な殺されかたにも似ず、小さな唇はうっすらと微笑むように開いていた。

駆けつけた刑事たちは、しばらく、慄然として立ちすくみ、言葉を発する者がなかった。

そして、このとき顔をそむけた刑事の一人は、脱ぎ捨てられた赤いワンピースの上を、滑るように走って消えた一匹のトカゲの、暗い灰色の影をみた。

五

少年は小学校の運動場にいた。授業時間で、バレーボールをしているクラスと、体操をしているクラスがあった。

静かだった。彼は運動場の隅の、花壇の縁に腰を落とし、うつろな眼でバレーボールのほうを眺めていた。時折り歓声があがり、拍手がおこった。

彼は眩しそうに眼を細めて、空を仰いだ。澄んだ空を、ひつじのような雲がゆっくりと流れていた。

「う、う、う……」

彼は視線を落として呟いた。

——おまえはよく見なかったんだ。

声が聞えていた。いつもの声だった。死んだ父親の声のようだが、それは姿を現わすとき、ヘビの顔をしていたり、牛の顔をしていたりした。しかし、きょうは機嫌がわるい日だから、声だけしか聞えなかった。

——よく見たよ。ほんとによく見たんだ。

少年は言った。どうして信じてくれないのか。ぼくは決して嘘なんかつかないのに……。

——よく見たら、わかったはずじゃないか。

——ちがうんだよ。お腹の中はグニャグニャした臭いものばかりで、ヘビなんか一匹もいなかった。ちゃんと切ってみたんだ。

——怖くなったのだろう。それで、よく見なかったのさ。

——怖くなかったよ。ぼくは臆病じゃない。女の子が泣きだしたときだって、ぼくは平ちゃらだったもの。

——それでも臆病なのさ。おまえはいつだって逃げてばかりいる。

——悪口を言われるのが厭なんだ。今だって、バレーボールや体操をやっている奴らは、みんなでぼくの悪口を言っている。ほら、笑い声が聞えるじゃないか。おれはばかじゃないのに、みんながばかだと言ってからかう。おれはヘビの顔なんかしてないのに、ヘビの子供だろうと言って追いかけるんだ。あいつらのほうがヘビのくせに……。

——そうさ。みんなヘビだ。お腹の中は、大きなヘビや小さなヘビがいっぱい詰っている。お前のヘビは悪いヘビで、だからみんなに嫌われるんだ。

——なぜ悪いヘビ？

——おまえのおやじが、悪いヘビといっしょに暮らしたからさ。

——母ちゃんもヘビ？

——そうよ。

——父ちゃんは？

——アフリカにいる。

——アフリカでヘビになったの？

——ああ。

死んだ父がアフリカでヘビになったのが本当なら、聞える声は父とちがうのか。ちがうみたいだ。みんな、むかしからヘビで、女のお腹にいっぱいに詰っていて、生れるとき一匹ずつ人間の姿になって、死ぬとまたヘビになって、それからアフリカへ行ったりインドへ行ったりして、それから母ちゃんみたいな女のお腹の中にいっぱいにつまって、そして生れるときにまた一匹ずつ人間になって……。

ベルが鳴った。何時限かの授業が終った。

彼はベルが鳴ったことに気づかなかった。上着の右ポケットから小指ほどのトカゲをつかみとると、左の掌に置いた。生れたばかりのトカゲで、白っぽく乾いた肌をしていた。短い四つの足を踏んばり、警戒するように視線を動かした。

いつの間にか、生徒が集ってきて彼を囲んだ。

「可愛らしいな」

男の生徒が、覗きこんで言った。

「気持がわるいわ」

女の生徒は肩をすくめて立去った。

「おい、カラス。どこで捕まえてきたんだ」

「こんな赤ん坊みたいなトカゲでも、おまえは飲んじまうのか」

「もっと大きなやつを見せろよ」

何人かの声がかかった。

しかし、少年は顔をあげなかった。そして何かをじっと耐えるように、掌の上を這《は》いまわるトカゲを眺めていたが、やがて物憂そうに立上ると、公園との境の柵《さく》を乗り越えて行ってしまった。

六

捜査方針は誘拐説から変質者による暴行殺人という方向へ一変した。捜査本部が設けられ、公園近辺の聞込みを強化するとともに、管内一帯の変質者を徹底的に洗い始めた。

刑事の一人が有力な情報を聞込んだのは、圭子の死体が発見された翌日の正午ごろだった。ある会社員の妻が、公園へ遊びにいかせた娘を迎えに行った際、カラスの鳴声を聞いたというのである。聞流せば何でもないことだが、このとき刑事のカンがはたらいたのは、約一年前に気ちがい女が公園の林の中で殺されたときにも、カラスの鳴声を聞いた者がいたということを思いだしたからだった。

気ちがい女の殺された事件は厄介者が消えてくれたというような気分が捜査部内にあって、さして深く追及されないまま迷宮入りになっていた。

しかし一年経って、刑事は一年前と同じ供述を聞いたとき、ある少年の姿が脳裡に浮んだ。

彼は停年近い刑事で、いっこうに出世もしないが、所轄内のことについては誰よりも詳しかった。

「ほんとにカラスの声を聞きましたか」

「はい」

会社員の妻は、聞返されて不審そうに頷いた。

「まだ十歳くらいの子供ですが、カラスと呼ばれている男の子を知っていますか」

「ええ、ヘビやトカゲをポケットにいれているという薄気味の悪い子でしょう」

「そうです。公園でカラスの声を聞いたとき、その男の子の姿を見ませんでしたか」

「さあ……」

首をかしげた彼女の眼に、恐怖の色が浮んだ。

刑事は質問を切ると、すぐさま少年の住んでいるアパートへ急いだ。

溝《どぶ》くさい路地の奥の、古びた家並の建てこんだならびに、その木造のアパートがあった。平家建で、廊下を歩けば床が軋《きし》んだ。

部屋には少年の母親がいた。

刑事は少年の所在をきいた。

「いませんよ」

いぎたなく膝を崩したまま、母親は眠そうな眼をむけた。

「どこへ行ったんですか」

「あんたは?」

「警察の者です」

「うちの子が、何か悪いことをしたんですか」

「いいえ、会って聞きたいことがあるだけです」

「どんなことか知らないけど、うちの子に会っても仕様がありませんよ。滅多に、誰とも口を利かないんですから」

「なぜですか」

「無口なんですよ」

「しかし質問すれば、知っていることくらい答えるでしょう」

「駄目ですね。おやじが変り者だったから、それがうつったんでしょう。近頃はあたしとだってろくに喋りません。近所の子供とも、全然遊ばないんですからね」

「誰とも遊ばないで、一日じゅう何をしているんですか」

「ブツブツ独り言を言いながら、気がむくと虫籠みたいなのを作ってますよ」

母親は、刑事の質問につられて少年の日常を愚痴っぽく語った。

恐れるように人を避け、孤独を好み、空笑いをしたり、いつも独り言を呟いていることが多いという。何事にも無関心のようで感情の起伏がみられず、幻聴や幻覚まであるらしかった。

あの少年は気ちがいではないのか。

父親は、少年が五歳のとき、原因不明の自殺を遂げている。

「どこへ行ったか、心当りはありませんか」

刑事は話を戻した。

「わかりませんね。いつも黙って行っちまうんですから。でも、たいてい夕方には腹がすいて帰りますよ」

「公園へは行きませんか」

「そう、公園かもしれませんね。ほかの子と遊ぶのが嫌いだから、一人でほっつき歩いているんでしょう」

「一昨日は公園へ行かなかったですか」

「あたしが勤めへ出かける前に、外へ出たことは出ましたけど……」

母親は他人事のような関心しか見せなかった。

アパートを出た刑事の足は、ほとんど駆けるように公園へむかった。

公園に入ると、刑事はまず死体の発見された現場へ行ってみた。

しかし、そこに少年の姿はなかった。

「カラスを見なかったかい」

刑事は、通りかかった数人の子供たちにきいた。

「忠魂社のそばにいたよ」

一人が答えた。

「いつ?」

「たった今だよ」

「何をしていた?」

「おれたちにヘビをくっつけようとしたから、大急ぎで逃げてきたんだ」

答えた子供は、まだ息を弾ませていた。

忠魂社までの距離は近かった。濃い緑に天上を蔽われた木立の径は昼間でも暗く、石ころの多い急勾配の坂は、一息にのぼりつめると大人でも喘いだ。

少年は忠魂社の真裏にいた。

刑事は少年の背後に近づいた。

荒々しい、少年の息遣いが聞えた。一メートルあまりの青い紐の尖端《せんたん》を右手に握りしめて、それを、社殿の敷石へ力いっぱいに叩きつけていた。青い紐は激しく叩きつけられ、その度に、苦しそうに艶《つや》のある体をくねらせた。青大将の命が絶えて、ただ一本の弾力のある紐となって垂れたのは、それから直ぐだった。しかしそれでも、少年は叩きつける力をゆるめなかった。

「う、う……」

呟きつづける少年の声は聞きとれない。

「カラス!」

刑事は声をかけた。

少年には聞えぬようだった。

「カラス!」

刑事は、声高にふたたび叫んだ。

少年の動きがとまった。ゆっくりと振返った少年の顔は、汗に濡れて黒く光った。視線はいきいきとして、まっすぐに刑事をみた。そして意味のわからぬ笑いを、ニヤリと笑った。

ふたたび　猫

藤沢周平

一

紅屋の栄之助は、水路わきの道を大通りにむかって足早に歩いていた。おもんの家から帰るときは、どうしてもひとに追われるようないそぎ足になる。

ひとの妾《めかけ》であるおもんと知り合ってからあらまし三月《みつき》ほどたつが、栄之助は時がたって倦《あ》きるどころか、少しずつおもんに対する執着が深まるような気がして、空おそろしくなることがある。おもんは、予想にたがわず男を狂わせる身体と気転の利く頭を持つ女だった。おもんと一緒にいると、一刻の逢瀬が短く感じられた。

栄之助は、おもんの家に行くときは気もそぞろで、まさか刃物を持っているわけではないけれども、じゃまする者は刃物で刺しかねないほどの気持になっている。頭の中にはおもんの白い身体が跳びはねていて、世間もしぐれ町の町並みも、視野のはじっこにほんの少し見えているだけだった。

だが帰るときは、栄之助の気持は往きとは逆になっている。あれほどさわぎ立てた欲望は、掻き消えたようにどこかに行ってしまい、かわりに栄之助をしっかとつかまえているのは、世間に対する恐怖である。

正気にもどれば、ひとの妾と通じているこわさはたとえようがなかった。そのこわさの中には、むろんおもんの旦那に知れたら刃物沙汰になりかねないという直接の恐怖が含まれていて、栄之助はいつかおもんの家でその旦那とばったり顔を合わせてしまうのではないかとびくびくしていたが、それにも増してこわいのは世間の眼だった。

女房が子供をつれて実家にもどったまま半年ちかくにもなるというので、もうすでに栄之助は世間から物問いたげな眼で見られていた。しかしそれだけのことなら、まだ家の中のことである。嫁さんはどうしましたと聞く者がいると、栄之助は身体をわるくして実家に休みに行ってますと答えることにしているが、聞いた者はうすうすほんとうの事情を耳にしていても、それ以上は他人の家の中に踏みこむような聞き方はしない。

しかし栄之助が、女房、子供の留守をいいことに、ひとの囲い者といい仲になっているなどということがばれれば、世間の見る眼はぐっときびしくなり、かならず栄之助を非難する者が出て来るだろうし、女房のおりつの不在にも改めて穿鑿《せんさく》の眼がそそがれるに違いないのである。

うわさがひろまって、いい加減な男だと世間からいっせいに爪はじきされるのもこわいが、店が女相手の小間物商いだけに、そのわるいうわさはいつどんな形で商売にはね返って来るか知れたものではない。甘くみると、とんでもないことになるよ。

そう思うだけの分別は栄之助にもあって、おもんの家からの帰り道になると、おそまきながらその分別が胸にもどって来る。といっても、おもんとつき合っていることを後悔したり、もう行くのをやめようとまで考えているわけではなかった。ただ身も竦《すく》むほどに世間のこわさを感じるだけである。いまも、うつむき加減に足をいそがせながら、栄之助の眼と耳は、臆病な小鳥さながらに落ちつきなく世間を窺っている。

季節は梅雨に入って、一日中降ったりやんだりしていた空模様が、夕方になってぱたりと雨がやんでしまったのもぐあいのわるいことだった。日は落ちたものの、西空の雲が切れてそこから最後の微光が町にさしかけている。その明るみを頼りに、町に買物に出るひとだっているに違いない。用心しなきゃ、と栄之助は思った。

ほんとはもう少し暗くなるまでおもんの家にいたかったのだが、今夜は約束の日ではないがどうも旦那が来そうな気がするとおもんが言い出したので、いそいで出て来たのである。おもんは用心深い女で、間男《まおとこ》としてはおもんの意見を尊重せざるを得ない。

水路わきの道ばたには、水の上にかぶさるようにして灌木の枝葉が生い茂り、その下を流れる水は暗くて見えなかった。灌木の茂みのところどころに丈高いねむの木やえごの木が立っている。えごの木は白く小さい花をつけていた。ひょっとしたら、帰り道でおもんの旦那に会いはしないかと心配したが、そんなこともなく、栄之助はしぐれ町の通りが見える場所まで来た。

――あのときは……。

びっくりしたっけと、栄之助はまだ春の気配が残っていたころの夜のことを思い出している。おぼろ月のうるんだような光の中を、別れて来たおもんのことを考えながらぼんやりと歩いていると、通りに出たところでいきなり唐物屋の裏に住む隠居と顔を合わせてしまったのである。隠居はかなりきこし召している様子だったが、それでもこの夜更けにどこの帰りかと栄之助を怪しんだに違いない。

あれだから油断出来ない、今日は大丈夫かと思いながら、栄之助は用心深く通りに出た。左を見、つぎに右を見ると、そこに立っていた男がにっこり笑って近寄って来た。

髪に白髪がまじる五十年配のその男は、隣町林町に糸問屋の店を持つ駿河屋宗右衛門である。栄之助夫婦の仲人だった。笑顔を栄之助にむけたままで、駿河屋は言った。

「いま、お家の方に行って来たところです。ちょうどよかった。そのへんで一杯やりましょうか」

二

「福助」の畳敷きの席に落ちつくと、栄之助は居心地わるく眼を伏せた。ひとには知られていまいと思っても、色女の家からの帰りである。顔が上げられなかった。酒が来ると、栄之助はいそいで駿河屋に酒をついだ。

「ま、おらくにしてください」

言いながら、駿河屋はすばやく銚子を奪って栄之助に酒をつぎ返した。物馴れた身のこなしに見えた。

「今日お家にうかがったのは、むろんおりつさんのことです」

栄之助は、ちらと眼を上げて駿河屋を見た。いよいよ離縁話かと一瞬ぎくりとしたのだが、駿河屋は面長の品のいい顔におだやかな笑いをうかべている。笑顔のままで言った。

「どうするつもりですか、いつまでもあのままにはしておけませんよ、栄之助さん」

「親たちは、どう言っていました？」

「親御さんのお考えはお考えとして、まずあなたのご意見を聞きたいものですな」

「私の考えは……」

と言いかけたとき、栄之助の胸に忘れていた憤懣がどっとあふれ出て来た。先方の親たちには木で鼻をくくったような応対をされ、おりつ本人は姿も見せなかった屈辱的な日のことが思い出された、栄之助は唇を嚙んだ。

「三月前に一度たずねたきりで、そのあとは蔵前片町の方はのぞきもしていないそうじゃないですか」

「ええ」

「行って来いといくらすすめても、本人が迎えに行く気がないのでどうしようもないと、親御さんたちも心配していますよ」

「迎えには行きました。しかし手荒く恥をかかされましてね。まるで、何しに来たという扱いでしたよ」

栄之助は、そのときのことをくわしく話した。話しているうちに強い怒りがこみ上げて来て、栄之助はおりつが離縁したいと言えば離縁してやってもいいんだとまで思った。

駿河屋はちびちびと盃を傾けながら、おだやかな笑顔で聞いている。そして突然に言った。

「なるほど。それで二丁目のお妾さん、何と言ったっけ、あのひとと仲よくすることにしたわけですかな」

「え?」

栄之助は言ったきり、声が出なくなった。顔がひきつり、身体が熱くなったりつめたくなったりするのがわかった。少しおくれて、身も世もないほどの恥ずかしさと漠然とした恐怖がやって来て、身体を縛った。駿河屋は銚子をつかんで、栄之助の盃に酒をついだ。

「お飲みなさい。気持がらくになりますよ」

「…………」

「お妾さんのことですがね、栄之助さん。あんたいったい、いつまでつづけるつもりですか」

「…………」

「あたしの耳に入るぐらいだから、そのことはもうあちこちに洩れてると考えないとねえ。女の旦那は香具師《やし》だそうじゃないですか」

「え? 香具師ですって?」

「おや、違うんですか」

「私は職人の親方と聞いてますけど」

「ああ、そう……」

駿河屋は栄之助をじっと見た。笑顔は消えて、少しつめたい眼になっている。

「ま、どっちにしても、いい気分で鼻の下をのばしていると、あなた命取りになりますよ」

「…………」

「それはともかく、話をおりつさんにもどしましょうか」

栄之助は盃をつかむと、ひと息に酒を飲んだ。そして盃をもどしながらすばやく店の中を窺ったのは、混乱している頭の中を、いま駿河屋としている話をひとに聞かれてはならないという考えが横切ったからである。

だが、灯をともしたばかりの店はまだ客の姿は少なかった。料理場のすぐ前の腰掛けに三人連れの客がいて、酌をしている女主人のおりきと高笑いで話しこんでいるほかは、入口に近い方の畳敷きの上で、お店《たな》者ふうの中年男が茶漬け飯を喰っているだけである。誰も栄之助を見たり、話に聞き耳を立てたりはしていなかった。

駿河屋は、また空になった栄之助の盃に酒をついでくれた。そして言った。

「じつを言いますとね」

駿河屋は自分も手酌で一杯飲んだ。そしてまた笑顔になった。

「おりつさんがあたしの家に来たんです」

「え？　それはいつのことですか」

「昨日です」

駿河屋のあいまいな笑顔が、はっきりした笑いに変った。駿河屋は低い笑い声を立てた。

「怪我の功名ですかな、栄之助さん。香具師のお妾さんと妙な仲になったのは感心しませんが、あなた、おりつさんを三月もほっておいたでしょう。それが幸いしました。大きな声じゃ言えませんが、なに、男はそれぐらいでいいのです。いや、浮気のことじゃなくてほっておくということ。あまりへいこらすると女子に甘くみられます」

「………」

「いつまでも片づかなくて結局誰が困るかといえば、そりゃおりつさんですよ。子供を抱えているとでもあるし、たまりかねてあのひとの方から出て来たわけでしょう」

「そうですか」

「いずれそんなことになるんじゃないかと思ってましたからね。つめたいようだったが、あたしもここしばらくは黙って様子を見ていたのです。というのも事の起こりはあんたの浮気で、あんたがわるいには違いないが、おりつさんもわがままだった。そして、それにしては片町の態度が大きかったもので、あんたがむくれた気持もわからないじゃなかった」

「それで、おりつはどう言ってました?」

「それそれ。近ごろどうしているかと、しきりにあんたの様子を聞いていましたな。まさか浮気を嗅ぎつけたとも思えませんが、あまり音沙汰がないのでそっちの方も気になって来たんじゃないですか」

駿河屋はまた笑い声を立てた。いくらか酒の酔いが回っているようでもあった。

「とにかく、そろそろもどりたがっている気持がありありと見えましてね。ここはひとつ考えどきじゃないでしょうか、栄之助さん」

「そうか、おりつのやつもどりたがっているのかと栄之助は思った。すると突然に、子供一人を産んでいるのにまだどこかに幼い固さを残しているおりつの身体が、視野いっぱいに膨らむのを感じた。おもんのようなやわらかさはないが、そのかわりに紐を解くとしみひとつなくのびのびと豊かに見えた身体。

　栄之助は、駿河屋の声をぼんやりと聞いた。

「これ以上ほっておくと、話がまたこじれます。もどすにはいまが一番の時期ですな。あ、それからあちらの方とはきっぱりと手を切らなくちゃいけませんよ、栄之助さん」

三

　書きものが一段落したらしく、手をさしのべて背のびした書役の万平が、急に顔をしかめて腰に手をやった。

　気配でそれがわかった大家の清兵衛は、眺めていた浄瑠璃本から眼を上げて万平を見た。

「どうしました?」

「今度は腰ですよ。梅雨に入ってからずっと腰が痛んでるんです。あたしもいよいよお勤めから身をひく時期が来ました」

　いつもの愚痴なので、清兵衛は聞こえないふりをして立つと、茶道具が入っている盆を持って火鉢のそばに行った。雨が降りつづいて、ここ二、三日は春先のように底冷えのする日がつづいているので、番人の善六は箱火鉢に火をおこしていた。炭火の上にかけてある鉄瓶がジーと鳴って、鉄瓶の口から白い湯気が出ている。清兵衛は言った。

「冷えますな。お茶をいれましょう」

「これはどうも」

万平は手をこすった。そして清兵衛が愚痴には乗って来ないとみたか、別の話をした。

「紅屋の嫁がもどってますよ」

「へえ？　いつごろから？」

「それさ、半月ほどになるんじゃないですか」

「それは知らなかった」

と言って、清兵衛は持ち上げた鉄瓶を火鉢にもどすと、万平の顔を見た。声をひそめた。

「それで、あの女とは切れたんでしょうな」

「いや、それがね。三丁目の友助の話によると、まだつづいているというのです」

答えた万平の声も低かった。二人は当惑したような顔を見合わせた。そのとき、雨の中を、使いに出した善六がもどって来た足音がした。

四

「おかみさんが帰っていたんですね。あたしびっくりしちゃった」

とおもんが言った。

「このところ急に足が遠くなったから、何かあるとは思ってたんですよ」

「…………」

「でも、男って現金だな。やっぱりおかみさんの方がいいですか」

「いや、そんなんじゃないよ」

「じゃ、どうなんですか」

「……」

「いままでのように、気楽には家を出られないってこと？」

「まあ、そうだ」

「はっきりしない返事ね。内心はおかみさんがもどったから、もうこっちとは手を切りたいというんじゃないですか」

「まさか、そんなことは考えていないよ」

「そうでしょうね。女房に逃げられたその間だけ、金のかからない女で間に合わせようというのは少し虫が好きすぎますからね」

「おれはそんなみみっちい男じゃないよ。二人はウマが合っているって、あんただって言ってたじゃないか。もう少し信用してもらいたいもんだね。ただ……」

「ただ、なあに？」

「あんたの旦那は香具師だそうじゃないか」

「誰がそんなことを言ったんですか。あら、いやだ」

おもんはくすくす笑った。

「こわがることはありませんよ。ただの根付師の親方なんだから。それに年寄りだし、喧嘩したってあんたにかないっこない……」

おもんがそこまで言ったとき、台所でがたりと大きな音がして栄之助は顔色が変った。

「大丈夫。玉が外から帰って来たんですよ」

おもんは畳の上の茶碗を横に片づけると、膝をすべらせて栄之助に身体をもたせかけた。

「今夜はどうするんですか。旦那は来ませんけど」

栄之助は、猫がのそのそと茶の間に入って来るのを見ていた。猫はいったん部屋の隅に坐りこんで丹念に毛づくろいをした。そしてそれが済むと栄之助を見て小さく鳴き、部屋を横切って来て栄之助の膝に乗った。そのまま猫は身体をまるめた。

急に身体をはなしたおもんが、栄之助を見て言った。

「別れるなんていやですからね。若旦那が来なくなったら、あたしの方からお店に押しかけます。おぼえておいてくださいよ」


栄之助は針のむしろに坐っているようだった。店に猫を抱いたおもんが来ている。相手をしているのは番頭で、帳場の栄之助はなるべくそちらを見ないようにしている。おもんがはやく帰ってくれればいいと念じていた。

「おまえさん、ちょっと」

奥から出て来たおりつがそばに坐った。

「おかあさんがお寺詣りに行くと言うんだけど……。あら、この猫」

どうしたのかしらと、おりつの声は疑惑をふくんだつぶやきに変り、栄之助はおりつの前を通って帳場に入りこんだ猫が自分の膝に上がって来て、さも居心地よさそうに身体をまるめるのを茫然と見た。おりつがおもんを見、おもんもおりつを見ているのが顔を上げなくともわかったが、栄之助は手も足も出なかった。

蟹

岡本綺堂

第八の女は語る。

一

これはわたくしの祖母から聴きましたお話でございます。わたくしの郷里は越後の柏崎で、祖父の代までは穀屋《こくや》を商売にいたしておりましたが、父の代になりまして石油事業に関係して、店は他人に譲ってしまいました。それを譲り受けた人もまた代替りがしまして、今では別の商売になっていますが、それでも店だけは幾分か昔のすがたを残していまして、毎年の夏休みに帰省しますときには、いつも何だか懐かしいような心持で、その店をのぞいて通るのでございます。

祖母は震災の前年に七十六歳で歿しましたが、嘉永《かえい》元年申《さる》歳の生れで、それが十八の時のことだと申しますから、たぶん慶応初年のことでございましょう。祖母はお初と申しまして、お初の父——すなわちわたくしの曾祖父《ひいじじい》にあたる人は増右衛門、それがそのころの当主で、年は四十三四であったとか申します。先祖は出羽《でわ》の国から出て来たとかいうことで、家号は山形屋といっていました。土地では旧家の方でもあり、そのころは商売もかなりに手広くやっていましたので、店のことは番頭どもに大抵任せておきまして、主人とはいいながら、曾祖父の増右衛門は自分の好きな俳諧をやったり、書画骨董などをいじくったりして、半分は遊びながら世を送っていたらしいのです。そういう訳でしたから、書家とか画家とか俳諧師という人たちが北国の方へ旅まわりして来ると、きっとわたくしの家へ草鞋《わらじ》をぬぐのが習いで、中には二月も三月も逗留して行くのもあったといいます。

このお話の時分にも、やはりふたりの客が逗留していました。ひとりは名古屋の俳諧師で野水《やすい》といい、ひとりは江戸の画家で文阿《ぶんあ》という人で、文阿の方が二十日《はつか》ほども先に来て、ひと月以上も逗留している。野水の方はおくれて来て、半月ばかりも逗留している。そこで、なんでも九月のはじめの晩のことだといいます。主人の増右衛門が自分の知人でやはり俳諧や骨董の趣味のあるもの四人を呼びまして、それに、野水と文阿を加えて主人と客が七人、奥の広い座敷で酒宴を催すことになりました。

呼ばれた四人は近所の人たちで、暮れ六つごろにみな集まって来ました。お膳を据える前に、まずお茶やお菓子を出して、七人がいろいろの世間話などをしているところへ、ぶらりとたずねて来たのは坂部与茂四郎《よもしろう》という浪人でした。浪人といっても、羊羹色の黒羽織などを着ているのではなく、なかなか立派な風をしていたそうです。

御承知でもございましょうが、江戸時代にはそこらは桑名藩の飛地《とびち》であったそうで、町には藩の陣屋がありました。その陣屋に勤めている坂部与五郎という役人は、年こそ若いがたいそう評判のよい人であったそうで、与茂四郎という浪人はその兄《あに》さんに当るのですが、子供のときからどうもからだが丈夫でないので、こんにちでいえばまあ廃嫡というようなわけになって、次男の与五郎が家督を相続して、本国の桑名からここの陣屋詰を申付かって来ている。

兄さんの与茂四郎は早くから家を出て、京都へのぼって或る人相見のお弟子になっていたのですが、それがだんだんに上達して、今では一本立ちの先生になって諸国をめぐりあるいている。人相を見るばかりでなく、占いもたいそう上手だということで、この時は年ごろ三十二三、やはり普通の侍のように刀をさしていて、服装《みなり》も立派、人柄も立派、なんにも知らない人には、立派なお武家さまとみえるような人物でしたから、なおさら諸人が尊敬したわけです。

その人が諸国をめぐって信州から越後路へはいって、自分の弟が柏崎の陣屋にいるのをたずねて来て、しばらくそこに足をとめている。曾祖父の増右衛門もふだんから与五郎という人とは懇意にしていましたので、その縁故から兄の与茂四郎とも自然懇意になりまして、時どきはこちらの家へも遊びに来ることがありました。今夜も突然にたずねて来たのです。こちらから案内したのではありませんが、丁度よいところへ来てくれたといって、増右衛門はよろこんで奥へ通しました。

「これはお客来の折柄、とんだお邪魔をいたした。」と与茂四郎は気の毒そうに座に着きました。

「いや、お気の毒どころではない。実はお招き申したいくらいであったが、御迷惑であろうと存じて差控えておりましたところへ、折よくお越しくだされて有難いことでございます。」と、増右衛門は丁寧に挨拶して、一座の人々をも与茂四郎に紹介しました。勿論、そのなかには、前々から顔なじみの人もありますので、一同うちとけて話しはじめました。

よいところへよい客が来てくれたと主人は喜んでいるのですが、不意に飛入りのお客がひとり殖えたので、台所の方では少し慌てました。前に申上げた祖母のお初はまだ十八の娘で、今夜のお給仕役を勤めるはずになっているので、なにかの手落ちがあってはならないと台所の方へ見まわりに行きますと、お料理はお杉という老婢《ばあや》が受持ちで、ほかの男や女中たちを指図して忙しそうに働いていましたが、祖母の顔をみると小声で言いました。

「お客さまが急にふえて困りました。」

「間に合わないのかえ。」と、祖母も眉をよせながら訊きました。

「いえ、ほかのお料理はどうにでもなりますが、ただ困るのは蟹でございますよ。」

増右衛門はふだんから蟹が大好きで、今夜の御馳走にも大きい蟹が出るはずになっているのですが、主人と客とあわせて七人前のつもりですから、蟹は七匹しか用意してないところへ、不意にひとりのお客がふえたのでどうすることも出来ない。

出入りの魚屋《さかなや》へ聞き合せにやったが、思うようなのがない。なにぶんにも物が物ですから、その大小が不揃いであると甚だ恰好が悪い。あとできっと旦那さまに叱られる。台所の者もみな心配して、半兵衛という若い者がどこかで見付けて来るといってさっきから出て行ったが、それもまだ帰らない。その蟹の顔を見ないうちは迂闊《うかつ》にほかのお料理を運び出すことも出来ないので、まことに困っていると、お杉は顔をしかめて話しました。

「まったく困るねえ。」と、祖母もいよいよ眉をよせました。ほかにも相当の料理が幾品も揃っているのですから、いっそ蟹だけをはぶいたらどうかとも思ったのですが、なにしろ父の増右衛門が大好きの物ですから、迂闊にはぶいたら機嫌を悪くするに決まっているので、祖母もしばらく考えていますと、奥の座敷で手を鳴らす声がきこえました。

祖母は引っ返して奥へゆきますと、増右衛門は待ちかねたように廊下に出て来ました。

「おい、なにをしているのだ。早くお膳を出さないか。」

催促されたのを幸いに、祖母は蟹の一件をそっと訴えますと、増右衛門はちっとも取合いませんでした。

「なに、一匹や二匹の蟹が間に合わないということがあるものか。町になければ浜じゅうをさがしてみろ、今夜はうまい蟹を御馳走いたしますと、お客さまたちに吹聴《ふいちょう》してしまったのだ。蟹がなければ御馳走にはならないぞ。」

こう言われると、もう取付く島もないので、祖母もよんどころなしに台所へまた引っ返して来ると、台所の者はいよいよ心配して、かの半兵衛が帰って来るのを今か今かと首をのばして待っているうちに、時刻はだんだん過ぎてゆく。奥では焦《じ》れて催促する。

誰も彼も気が気でなく、ただうろうろしているところへ、半兵衛が息を切って帰ってきました。それ帰ったというので、みんながあわてて駈け出してみると、半兵衛はひとりの見馴れない小僧を連れていました。小僧は十五六で、膝っきりの短い汚れた筒袖を着て、古い魚籠《さかなかご》をかかえていました。それをみて皆まずほっとしたそうです。

その魚籠のなかには、三匹の蟹が入れてあったので、こっちに準備してある七匹の蟹と引合せて、それに似寄りの大きさのを一匹買おうとしたところが、その小僧は遠いところからわざわざ連れて来られたのだから、三匹をみんな買ってくれというのです。

何分こっちも急いでいる場合、かれこれと押問答をしてもいられないので、その言う通りにみな買ってやることにして、値段もその言う通りに渡してやると、小僧は空《から》の籠をかかえてどこかへ立去ってしまいました。

「まずこれでいい。」

みなも急に元気が出て、すぐにその蟹を茹《ゆ》ではじめました。

二

お酒が出る、お料理がだんだんに出る。主人も客もうちくつろいで、いい心持そうに飲んでいるうちに、かの蟹が大きい皿の上に盛られて、めいめいの前に運び出されました。

「さっきも申上げた通り、今夜の御馳走はこれだけです。どうぞ召上がってください。」

こう言って、増右衛門は一座の人たちにすすめました。わたくしの郷里の方で普通に取れます蟹は、俗にいばら蟹といいまして、甲の形がやや三角形になっていて、その甲や足に茨《いばら》のような棘《とげ》がたくさん生えているのでございますが、今晩のは俗にかざみといいまして、甲の形がやや菱形になっていて、その色は赤黒い上に白い斑《ふ》のようなものがあります。海の蟹ではこれが一等うまいのだと申しますが、わたくしは一向存じません。

なにしろ今夜はこの蟹を御馳走するのが主人側の自慢なのですから、増右衛門は人にもすすめ自分も箸を着けようとしますと、上座に控えていましたかの坂部与茂四郎という人が急に声をかけました。

「御主人、しばらく。」

その声がいかにも子細ありげにきこえましたので、増右衛門も思わず箸をやめて、声をかけた人の方をみかえると、与茂四郎はひたいに皺をよせてまず主人の顔をじっと見つめました。それから片手に燭台をとって、一座の人たちの顔を順々に照らしてみた後に、ふところから小さい鏡をとり出して自分の顔をも照らして見ました。そうして、しばらく溜息をついて考えていましたが、やがてこんなことを言い出しました。

「はて、不思議なことがござる。この座にある人々のうちで、その顔に死相のあらわれている人がある。」

一座の人たちは蒼《あお》くなりました。人相見や占いが上手であるというこの人の口から、まじめにこう言い出されたのですから驚かずにはいられません。どの人もただ黙って与茂四郎の暗い顔を眺めているばかりでした。お給仕に出ていた祖母も身体じゅうが氷のようになったそうです。

するとも、与茂四郎は急に気がついたように、祖母の方へ向き直りました。この人は今まで主人と客との顔だけを見まわして、この席でたった一人の若い女の顔を見落していたのです。それに気がついて、さらに燭台を祖母の顔の方へ差向けられたときには、祖母はまったく死んだような心持であったそうです。それでも祖母には別に変ったこともないらしく、与茂四郎も黙ってうなずきました。そうして、またしずかに言い出しました。

「折角の御馳走ではあるが、この蟹にはどなたも箸をおつけにならぬ方がよろしかろう。そのままでお下げください。」

してみると、この蟹に子細があるに相違ありません。死相のあらわれている人は誰であるか。あらわにその名は指しませんけれども、主人の増右衛門らしく思われます。殊に祖母には思い当ることがあります。というのは、前から準備してあった七匹の蟹は七人の客の前に出して、あとから買った一匹を主人の膳に付けたのですから、その蟹に何かの毒でもあるのではないかとは、誰でも考え付くことです。

主人もそれを聴いて、すぐにその蟹を下げるように言付けましたので、祖母も心得てその皿をのせたお膳を片付けはじめると、与茂四郎はまた注意しました。

「その蟹は台所の人たちにも食わせてはならぬ。みなお取捨てなさい。」

「かしこまりました。」

祖母は台所へ行ってその話をしますと、そこにいる者もみな顔の色を変えました。とりわけて半兵衛は、その蟹を自分が探して来たのですから、いよいよ驚きました。そこで念のために家の飼犬を呼んで来て、主人の前に持出した蟹を食わせてみると、たちまちに苦しんで死んでしまったので、みなもぞっとしました。それから近所の犬を連れて来て、試しにほかの蟹を食わせてみると、これはみな別条がない。こうなると、もう疑うまでもありません。あとから買った一匹の蟹に毒があって、それを食おうとした主人の顔に死相があらわれたのです。

与茂四郎という人のおかげで、主人は危ういところを助かって、こんな目出たいことはないのですが、なにしろこういうことがあったので、一座もなんとなく白けてしまって、酒も興も醒めたという形、折角の御馳走もさんざんになって、どの人もそこそこに座を起《た》って帰りました。

お客に対して気の毒は勿論ですが、怪しい蟹を食わされて、あぶなく命を取られようとした主人のおどろきと怒りは一と通りでありません。台所の者一同はすぐに呼びつけられて、きびしい詮議をうけることになりましたが、前に言ったようなわけですから、誰も彼もただ不思議に思うばかりです。ともかくも半兵衛は当の責任者ですから、あしたは早朝からその怪しい小僧を探しあるいて、一体その蟹をどこから捕って来たかということを詮議するはずで、その晩はそのまま寝てしまいました。

小僧は三匹の蟹を無理に売付けて行ったのですから、まだ二匹は残っています。これにも毒があるかないかを試してみなければならないのですが、もう夜もふけたので、それもあしたのことにしようといって、台所の隅にほうり出しておきますと、夜の明けないうちに二匹ながら姿を隠してしまいました。死んでいると思っていた蟹が実はまだ生きていて、いつの間にか這い出したのか、それとも犬か猫がくわえ出したのか、それも結局わかりませんでした。

一体、蝦《えび》や蟹のたぐいにはどうかすると中毒することがあります。したがって、その蟹に毒があったからといって、さのみ不思議がるにも及ばないのかも知れませんが、この時には主人をはじめ、家《うち》じゅうの者がみな不思議がって騒ぎ立っているところへ、残った二匹もゆくえ知れずになったというので、いよいよその騒ぎが大きくなりまして、半兵衛は伊助という若い者と一緒に早朝からかの小僧のありかを探しに出ました。

半兵衛は勿論、台所に居あわせた者のうちで誰もその小僧の顔を見知っている者がないのです。浜の漁師の子供ならば、誰かがその顔を見知っていそうなはずであるから、あるいはほかの土地から来た者ではないかというのです。こんな事があろうとは思いもよらず、暗い時ではあり、こっちも無暗に急いでいたので、実はその小僧の人相や風体を確かに見届けてはいないのですから、こうなると探し出すのが余ほどの難儀です。

その難儀を覚悟で、ふたりは早々に出てゆくと、そのあとで主人の増右衛門は陣屋へ行って、坂部与五郎という人の屋敷をたずねました。兄さんの与茂四郎に逢って、ゆうべはお蔭さまで命拾いをしたという礼をあつく述べますと、与茂四郎は更にこう言ったそうです。

「まずまず御無事で重畳《ちょうじょう》でござった。但し手前の見るところでは、まだまだほんとうに禍《わざわ》いが去ったとは存じられぬ。近いうちには、御家内に何かの禍いがないとも限らぬ。せいぜい御用心が大切でござるぞ。」

増右衛門はまたぎょっとしました。なんとかしてその禍いを攘《はら》う法はあるまいかと相談しましたが、与茂四郎は別にその方法を教えてくれなかったそうです。ただこの後は決して蟹を食うなと戒めただけでした。

大好きの蟹を封じられて、増右衛門もすこし困ったのですが、この場合、とてもそんな事をいってはいられないので、蟹はもう一生たべませんと、与茂四郎の前で誓って帰ったのですが、どうも安心が出来ません。といって、どうすればよいということも判らないのですから、家内の者に向ってどういう注意を与えることも出来ない。それでも祖母だけには与茂四郎から注意されたことをささやいて、当分は万事に気をつけろと言い聞かせたそうです。

一方の半兵衛と伊助は早朝に出て行ったままで、午頃《ひるごろ》になっても帰らないので、これもどうしたかと案じていると、九つ半——今の午後一時頃だそうでございます——頃になって、伊助ひとりが青くなって帰って来ました。半兵衛はどうしたと訊いても、容易に返事が出来ないのです。その顔色といい、その様子をみて、みんなはまたぎょっとしました。

三

ぼんやりしている伊助を取巻いて、大勢がだんだん詮議すると、出先でこういう事件が出来《しゅったい》していることが判りました。

半兵衛はゆうべ家をかけ出して、ふだんから懇意にしている漁師の家をたずねたのですが、どの家にも、蟹がない。いばら蟹や高足蟹があっても、かざみがない。それからそれへと聞きあるいて、だんだんに北の方へ行って、路ばたに立っている小僧を見つけたのでした。

それですから、きょうも伊助と二人連れで、ともかくも北の方角——出雲崎の方角でございます——を指して尋ねて行きましたが、ゆうべの小僧らしい者の姿を見ない。知らず識らずに進んで鯖石川《さばいしがわ》の岸の辺まで来ますと、御承知かも知れませんが、この川は海へそそいでおります。その海寄りの岸のところに突っ立って水をながめている小僧、そのうしろ姿がどうもそれらしく思われるので、半兵衛があわてて追っかけました。

一方は海、一方は川ですから、ほかに逃げ道もないと多寡《たか》をくくって、伊助はあとからぶらぶら行きますと、真っ先に駈けて行った半兵衛はそのうしろから摑まえて、なにかひと言ふた言いっていたかと思ううちに、どうしたのかよく判りませんが、半兵衛はその小僧にひきずられたように水のなかへはいっていってしまったのです。

それをみて、伊助もびっくりして、これも慌ててその場へ駈け付けましたが、半兵衛も小僧も、水に呑まれたらしく、もうその姿がみえないのです。いよいよ驚いてうろたえて、近所の漁師の家へ駈け込んで、こういうわけで山形屋の店の者が沈んだから早く引揚げてくれと頼みますと、わたくしの店の名はここらでも皆知っていますので、すぐに七、八人の者を呼び集めて、水のなかを探してくれたのですが、二人ともに見付からない。なにしろ川の落ち口で流れの早いところですから、あるいは海の方へ押しやられてしまったかも知れないというので、伊助も途方に暮れてしまいましたが、今更どうすることも出来ません。ともかくも出来るだけは探してくれと頼んでおいて、そのことを注進するために引っ返して来たというわけです。

家の者もそれを聴いて驚きました。取分けて主人の増右衛門はかの与茂四郎から注意されたこともありますので、いよいよ胸を痛めて、早速ひとりの番頭に店の者五、六人を付けて、伊助と一緒に出してやりました。画家の文阿も出て行きました。

前にも申上げた通り、わたくしの家には俳諧師の野水と画家の文阿が逗留していまして、野水はそのとき近所へ出ていて、留守でした。文阿は自分の座敷にあてられた八畳の間で絵をかいていました。文阿は文晁《ぶんちょう》の又弟子とかにあたる人で、年は若いが江戸でも相当に名を知られている画家だそうです。

主人は蟹が好きなので、逗留中に百蟹の図をかいてくれと頼んだところが、文阿は自分の未熟の腕前ではどうも百蟹はおぼつかない。せめて十蟹の図をかいてみましょうというので、このあいだからその座敷に閉じ籠って、いろいろの蟹を標本にして一心にかいているのでした。その九匹はもう出来あがって、残りの一匹をかいている最中にこの事件が出来《しゅったい》したので、文阿は絵筆をおいて起《た》ちました。

「先生もお出でになるのですか。」と、増右衛門は止めるように言いました。

「はあ。どうも気になりますから。」

そう言い捨てて、文阿は大勢と一緒に出て行ってしまいました。しいて止めるにも及ばないので、そのまま出してやりますと、それを聞き伝えて近所からも、また大勢の人がどやどやと付いてゆく。漁師町からも加勢の者が出てゆく。どうも大変な騒ぎになりましたが、主人はまさかに出てゆくわけにもまいりません。家にいてただ心配しているばかりです。

祖母をはじめ、ほかの者はみな店先に出て、そのたよりを待ちわびていますと、そこへかの坂部与茂四郎という人が来ました。途中でその噂を聴いたとみえまして、半兵衛の一件をもう知っているらしいのです。

「どうも飛んだことでござった。御主人はお出かけになりはしまいな。」

「はい。父は宅におります。」と、祖母は答えました。

それでまず安心したというような顔をして、与茂四郎は祖母の案内で奥へ通されました。

「どうも飛んだことで……。」と、与茂四郎はかさねて言いました。「しかし、たといどんなことがあろうとも、御主人はお出かけになってはなりませぬぞ。」

「かしこまりました。」と、増右衛門は謹んで答えました。「家内に何かの禍いがあるというお諭《さと》しでございましたが、まったくその通りで驚き入りました。」

「お店からはどなたがお出でになりましたな。」

「番頭の久右衛門に店の者五、六人を付けて出しました。」

「ほかには誰もまいりませぬな。」と、与茂四郎は念を押すようにまた訊きました。

「ほかには絵かきの文阿先生が……。」

「あ。」と、与茂四郎は小声で叫びました。「誰かを走らせて、あの人だけはすぐに呼び戻すがよろしい。」

「はい、はい。」

おびえ切っている増右衛門はあわてて店へ飛んで出て、すぐに文阿先生を呼び戻して来い、早く連れて来いと言い付けているところへ、店の者のひとりが顔の色をかえて駈けて帰りました。

「文阿先生が……。」

「え、文阿先生が……。」

あとを聴かないで、増右衛門はそのまま気が遠くなってしまいました。今日《こんにち》でいえば脳貧血でしょう。蒼くなって卒倒したのですから、ここにまたひと騒動おこりました。すぐに医者をよんで手当をして、幸いに正気は付いたのですが、しばらくはそっと寝かしておけということで、奥の一と間へかつぎ入れて寝かせました。内と外とに騒動が出来《しゅったい》したのですから、実に大変です。

そこで、一方の文阿先生はどうしたかというと、大勢と一緒に鯖石川の岸へ行って、漁師たちが死体捜索に働いているのを見ているうちに、どうしたはずみか、自分の足もとの土がにわかに崩れ落ちて、あっという間もなしに文阿は水のなかへ転げ込んでしまったのです。ここでもまたひと騒ぎ出来《しゅったい》して、漁師たちはすぐにそれを引揚げようとしたのですが、もうその形が見えなくなりました。半兵衛のときはともかくも、今度はそこに大勢の漁師や船頭も働いていたのですが、文阿はどこに沈んだか、どこへ流されたか、どうしてもその形を見付けることが出来ないので、大勢も不思議がっているばかりでした。その報告をきいて、与茂四郎は深い溜息をつきました。

「ああ、手前がもう少し早くまいればよかった。それでも御主人の出向かれなかったのが、せめてもの仕合せであった。」

そう言ったきりで、与茂四郎は帰ってしまいました。主人の方はそれから一刻《いっとき》ほどして起きられるようになりましたが、文阿と半兵衛の姿はどうしても見付かりません。そのうちに秋の日も暮れて来たので、もう仕方がないとあきらめて、店の者も漁師たちも残念ながら一とまず引揚げることになりました。それらが帰って来たので、店先はごたごたしている。祖母も店へ出て大勢の話を聴いていますと、奥から俳諧師の野水が駈け出して来まして、誰か早く来てくれというのです。

野水という人はもう少し前に帰って来て、自分の留守のあいだにいろいろの事件が出来しているのに驚かされて、その見舞ながら奥へ行って主人の増右衛門と何か話していたのです。それがあわただしく駈け出して来たので、大勢はまたびっくりしてその子細を訊きますと、ただいま御主人と奥座敷で話しているうちに、何か庭先でがさがさという音がきこえたので、なに心なく覗いてみると、二匹の大きい蟹が縁の下から這い出して、こっちへ向って鋏をあげた。それを一目みると、御主人は気をうしなって倒れたというのです。

それは大変だと騒ぎ出して、またもや医師を呼びにやる。それからそれへといろいろの騒動が降って湧くので、どの人の魂も不安と恐怖とに強くおびやかされて、なんだか生きている空もないようになってしまいました。それは薄ら寒い秋の宵で、その時のことを考えると今でもぞっとすると、祖母は常々言っていました。

まったくそうだろうと思いやられます。増右衛門は医師の手当で再び正気に戻りましたが、一日のうちに二度も卒倒したのですから、医師はあとの養生が大切だと言い、本人も気分が悪いと言って、その後は半月ほども床に就いていました。

二匹の蟹はほんとうに姿をあらわしたのか、それとも増右衛門のおびえている眼に一種の幻影をみたのか、それは判りません。しかし本人ばかりでなく、野水も確かに見たというのです。ゆうべからゆくえ不明になっている二匹の蟹が、あるいは縁の下に隠れていたのではないかと、大勢が手分けをして詮索しましたが、庭の内にはそれらしい姿を見いだしませんでした。家が大きいので、縁の下はとても探し切れませんでしたから、あるいは奥の方へ逃げ込んでしまったのかも知れません。

今日の我れわれから考えますと、どうもそれは主人と野水の幻覚らしく思われるのですが、一概にそうとも断定のできないのは、ここにまた一つの事件があるのです。前にも申した通り、文阿は十蟹の図をかきかけて出て行ったので、その座敷はそのままになっていたのですが、あとであらためてみると、絵具皿は片端から引っくり返されて、九匹の蟹をかいてある大幅の上には墨や朱や雌黄《しおう》やいろいろの絵具を散らして、蟹が横這いをしたらしい足跡がいくつも残っていました。してみると、かの二匹の蟹が文阿のあき巣へ忍び込んで、その十蟹の絵絹の上を踏み荒らしたように思われます。

それから一週間ほど過ぎて、文阿と半兵衛の死骸が浮きあがりました。ふたりともに顔や身体の内を何かに咬《く》い取られて、手足や肋《あばら》の骨があらわれて、実にふた目とは見られない酷《むご》たらしい姿になっていたそうです。漁師たちの話では、おそらく蟹に咬われたのであろうということでした。

これでともかくも二人の死骸は見付かりましたが、かの小僧だけは遂にゆくえが判りません。誰に訊いても、ここらでそんな小僧の姿を見た者はないから、多分ほかの土地の者であろうというのです。大方そんなことかも知れません。まさか川や海の中から出て来たわけでもありますまい。

増右衛門はそれ以来、決して蟹を食わないばかりか、掛軸でも屏風でも、床の間の置物でも、莨入《たばこい》れの金物でも、すべて蟹にちなんだようなものはいっさい取捨ててしまいました。それでも薄暗い時などには、二匹の蟹が庭先へ這い出して来たなどと騒ぎ立てることがあったそうです。海の蟹が縁の下などに長く棲んでいられるはずはありませんから、これは勿論、一種の幻覚でしょう。

お菊

三浦哲郎

いいえ、とんでもない。夢を見ていたなんて、そんなことはありません。あれは、とても眠気を催すどころではない冷え冷えとした霜枯れ時の、しかも、真っ昼間の出来事でして——と、北国の海岸都市でタクシーの運転手をしている幼馴染みの六蔵は語る。

真っ昼間も真っ昼間、昼飯に食ったライスカレーのほてりがまだ口のなかに残っていたから、一時をすこしまわったころではなかったろうか。空気のよく澄んだ秋晴れの日で、渡りをよした横着者の海猫が点々と浮かんでいる穏やかな海のむこうに、薄く雪をかむった八甲田の山なみが珍しくくっきりと見えていました。会社から無線で配車の連絡があったのは、港の魚市場まで客を乗せていったついでに、岸壁で、車の窓越しにそんな眺めを楽しみながら一服つけていたときです。

「八号車はそのまま県立病院へまわってください。正面玄関で、里村様。」

そういう配車係のいつもの声に、

「あいよ、八号車了解。」

と答えて車を出そうとすると、

「妙齢の女性ですよ、六さん。」

　配車係はがらりと口調を変えてそういいました。

無線で軽口を叩き合うのはべつに珍しいことではないのですが、この配車係は本好きで、まだ若いくせに、時々古い小説かなんかで憶えた聞き馴れない言葉を操ってみせるから、面くらいます。妙齢ぐらいなら、およその見当はつきますが、ただ鵜《う》呑《の》みにしたと思われても癪ですから、

「みょうれい？　なんの霊のこった？　狐憑《つ》きなら俺は厭だぜ。」

　そういって絡んでやると、

「そっちの霊じゃなくて、年齢の齢ですよ。妙齢。妙の字を分解すると、少女でしょう。だから、まだうら若い、年頃の女という意味です。」

と、配車係は訊きもしないことまで講釈します。こいつ、と思っても、口ではとても叶いませんし、わたしら腹を立てることは禁物ですから、

「ああ、そうかい。そいつはどうも御馳走さん。」

とだけいって、無線のスイッチを切りました。

　県立病院までは、そこから五分とはかかりません。わたしは車を走らせながら、さっきの客の漁師たちが残していった生臭い匂いを追い出すために、窓をすこし開けました。雨降りでもないのに、街なかの病院の玄関まで車を呼ぶ客といえば、大概、退院を許された病人か、足の不自由な通院患者か、そうでなければ年寄りの見舞客ですが、いずれにしても、車のなかに魚の生臭い匂いが籠っていたのでは厭でしょう。相手が妙齢だろうと、なかろうと、田舎の運転手でもそれぐらいのエチケットは心得ています。

窓から吹き込んでくる風は大層冷たくて、わたしは思わず首をすくめて身ぶるいしました。晴れてはいるものの、陽の色がめっきり淡くなっていて、外は大分冷え込んでいるようです。あちこちの日蔭に、今朝の霜が消えずに残っているのが目につきました。

県立病院の門を入って、わたしは、おやと思いました。玄関にはいつになく人気《ひとけ》がなくて、そこにだけ夕闇が落ちたかのように仄暗く、ひっそりとしていたからです。けれども、わたしはすぐに、そうか、きょうは土曜日なんだと思い出しました。外来患者の診療は午前中で終ったのです。

車寄せに乗り入れて、そのままで一と息入れました。客は待っているはずですから、こちらから呼びにいくまでもないと思っていたのですが、玄関からは誰も出てくる気配がありません。それで、降りていくのも面倒だから、構内静粛の禁を破って、一つクラクションでも鳴らしてやろうかと思ったとき、うしろの方で窓ガラスをこつこつと叩く音がしました。

振り向いて見ると、客が乗り降りすることになっている左側とは反対側のドアの外に、柱の蔭にでもいたんでしょうか、知らぬ間に女が一人立っていました。その女のほかには誰もいません。

女は、そのまま右側のドアが開くのを待つふうで、タクシーとはあまり馴染みのない客だということがすぐわかりました。わたしは、女の顔の白さと、着ている黄色っぽい和服とから、おそらく病人だろうと見当をつけ、そうでなければ遠慮なく反対側へまわってくれというところですが、黙って手を伸ばして右側のドアを開けてやりました。

「車を頼んだお客さんですね？」

「はい、そうです。里村リエです。」

女は、余計な名前まで答えましたが、かぼそいけれども、ちいさな鈴でも転がすような綺麗な声でした。お待ち遠さま、どうぞ、というと、よほど和服を着馴れていると見えて衣摺《きぬず》れの音もさせずに、するりと乗り込んできました。

なるほど、配車係の言葉通りの、妙齢の女です。髪をきちんと三つ編みにしていて、それで実際よりは若く見えるのかもしれませんが、わたしにはちょうど高校生ぐらいに見えました。そう別嬪《べっぴん》というほどではありませんが、目鼻立ちの整った、おなじ蒼白くても病みやつれた汚れのない、湯上りのようなすっきりした顔をしていました。

「どちらまで?」

車を出しながらそう訊くと、女は、ちょっとためらうような間を置いてから、

「すこし遠いけど、構いませんか?」

「構いませんよ、こっちは商売ですから。」と、わたしは笑って、「遠いって、どこです?」

「鷹の巣の、すこし先ですけど。」

そのとき、わたしが思わず、ほう、と不用意な声を洩らしたのは、女の行先が遠いのに驚いたからではありません。鷹の巣というのは、あなたも知っていなさるでしょうが、この市から内陸の方へ五十キロばかり入ったところにある山間の村で、わたしらの仕事の範囲からすれば遠出の部類に入るとしても、決して遠すぎるというほどの距離ではないんです。ただ、そんな山奥の村と女の様子とがすぐには結びつかなくて、わたしにはなにやらひどく意外だという気がしたので

した。

そんな村を訪ねるにしても、他所からそこへ帰るにしても、荷物の一つや二つはあるのが普通でしょうが、なにしろその女は、黄色い和服なんか着ている上に、全くの手ぶらで、ハンドバッグのようなものさえ持っていなかったのですから。

「……駄目でしょうか。」

女にそう訊かれて、わたしは、ほうといったきり黙っていたのに気がつきました。

「いや、いきますよ、鷹の巣ぐらいなら。」

実際、わたしは病院の門を出ると、それが当然のように鷹の巣へ向う道を走っていたのですが、

「でも、ただねえ……。」

と、またしてもそこで口籠ったのは、正直いえば料金のことを考えたからでした。

五十キロも走れば、料金もかなりな額になりますが、果して払って貰えるだろうか。この手ぶらの小娘に、そんなお金があるんだろうかと、そんな不安が、ちらと頭をかすめたのです。すると、女は、まるでわたしの胸の内を見透かしたかのように、

「お金なら、家に着いたら間違いなく払います。」

そういいました。

「いや、そのことじゃなくて……」と、わたしはちょっとあわてて、運転席で尻をもじもじさせました。「鷹の巣までだと、二時間はたっぷりかかりますよ。それに、途中に道の悪いところもあるしねえ、お客さんの軀に障りやしないかと思って。」

「あたしなら大丈夫です。」

女がきっぱりとそういいますから、わたしは無線で会社へ報告しました。

「八号車、ただいま実車。鷹の巣の先までいってきます。」

「鷹の巣の……それは遠出ごくろうさま。山道は霜が融けてぬかるんでいるかもしれませんから、スリップに充分注意して、無事にお送りしてください。いってらっしゃい。」

配車係の声は、わたしにだけ通じる笑いを含んでいました。

市街地を抜けると、急に背中が冷え冷えとしてきました。女が窓を開けたのかと思ったのですが、そうでもなくて、四つの窓はみんなぴったりと閉まったままです。

「冷えますなあ。」と、わたしは前を向いたまま女に話しかけました。「もし寒いようだったら、ヒーターを入れますよ。」

「いいえ、あたしは寒い方が楽ですから。」

そういえば、もう十一月だというのに女は羽織を着ていません。それにしても、楽とはいかにも病人らしい言葉遣いで、わたしはつい釣られて、

「お客さんは、県立病院の患者さん？」

と余計なことまで尋ねました。

「はい。」

「お家は鷹の巣の先の方らしいけど、大変だねえ、あそこから県立病院へ通うのは。」

「だから、あたし、入院してるんです。」

「なるほど……すると、今日は？」

「……家へ帰ります。」

と、女はすこし間を置いてから、そうとしか言い様がないというふうに、いくらか困ったような口調でいいました。家へ帰るといっても、この様子では退院するんじゃないでしょう。

「そうか、今日は土曜日だからね。病気の方がいいあんばいだから、外泊のお許しが出たんでしょう。そいつはよかった。」

わたしは、これで謎が解けたという気持でそういったのですが、女がそれきりいつまでも黙っているので、さりげなくバックミラーに映して見ると、いつの間にか座席の隅にぴったりと軀を寄せて目を閉じていました。その顔は、まるで子供の寝顔のように安らかでした。もしかしたら、女は本当に眠っていたのかもしれません。

やはり病身には車の揺れが応えるのだ。このままそっとしておいて、鷹の巣の村に着いたら起こしてやろう。わたしはそう思い、冷えたところで眠ると風邪をひきますから、ヒーターを弱く入れてやりました。

それから、小一時間も走ったころでしょうか。不意に、うしろから、あ、というちいさな叫び声がきこえて、バックミラーに目を上げると、女が窓に額を押し当てるようにして外を見ています。それで、わたしもスピードを落として窓の外を見渡しましたが、べつに変ったものは見当りません。

「どうしたの？　なにかあったの？」

「菊が……。」

と、女は呟くようにいいました。

なるほど、そのあたりはちょうど食用菊の花ざかりで、あちこちの農家の庭先や、収穫が済んで荒れたままになっている野菜畑の隅などが、真っ黄色な花の色に塗り潰されているのが見えていました。けれども、そんな食用菊の花ざかりも、この先に家があるという女にはべつに珍しい眺めだとも思えません。

「菊が、どうかしたの?」

「いいえ。ただ、ひさしぶりだから……。」

「そうか、入院が長引いてるんだね。菊は好き?」

「はい、大好き。」

わたしはバックミラーへ目を上げました。ほんの一瞬だけのことですが、そこに映っている女の目が突然宝石のような光を放ったような気がしたからです。

「俺もあの菊ってやつが好きでね。」と、わたしはふたたび車のスピードを上げながらいいました。「花びらをむしって、さっと湯掻いて、酢のものにしてもいいし、胡桃で和《あ》えるのもいい。味噌汁に入れると香がいいし、それに天ぷら。花をそっくり、からっと揚げて……。死んだおふくろは菊の花を味噌漬にするのが得意でね。花びらをどっさり蒸して、まず甕《かめ》の底に味噌を敷く。その上にキャベツの葉っぱを敷き詰めて、花びらを厚目に入れるね。その上にまたキャベツ、味噌、キャベツ、花びら……てな具合に、段々に重ねて、一番上に重石を置く。そうすると、菊の花が薄い板みたいな味噌漬になるんだよね。黄色い花びらに味噌の汁が飴色に滲んで……あれを熱い湯漬け飯の上にのせて食うのは、旨かったなあ。」

けれども、女が好きなのは食うことよりも花そのものだったようで、しばらくすると、

「おじさん、窓をすこし開けてもいいですか？」

「ああ、どうぞ。でも、風が冷たいよ。気分でも悪いの？」

「いいえ。ちょっと菊の匂いを……。」

女はそういって窓のハンドルをまわしましたが、あいにくなことに車の窓は上の方からしか開きません。細目に開けただけで風の匂いを嗅ぐには、思い切り仰向いていなければならないのです。

「待ってなさいよ。」と、わたしは痛々しいほどほっそりとした女の首から目をそらしていいました。「いまに俺が車を停めて、一つ失敬してきてあげるから。」

程なく、わたしはその約束を果たすことができました。道端の畑から、大き目な花を一輪もいできて、融けた霜の水玉をすっかりふるい落としてから、ほいきた、と女に渡してやりました。

「あとは、匂いを嗅ぐなり、むしるなり、好きなようにね。」

女は、薄く笑うと、両手で持った花に鼻先を埋めるようにして、また目を閉じてしまいました。

鷹の巣の村に入ったところで、わたしは女に声をかけました。それから女の道案内で、二キロあまりも走ったでしょうか。わたしは、女の指さす家を見て、女が菊の花に異様なほどの愛着を抱いているわけが一遍にわかったような気がしました。というのは、道の片側のゆるやかな斜面

が見渡す限りの菊畑で、その中腹にある藁葺屋根の女の家は、まるで黄色い海に揉まれて傾いている屋形船のように見えたからです。

「見事な菊畑だねえ。」

わたしは車を停めて嘆声を洩らしました。

「これはみんな、お客さんとこの畑?」

「はい……料金はいくらでしょうか。」

わたしは、メーターを見て金額を告げました。

「じゃ、ここで待っててください。すぐお金を持ってきます。」

「急がなくてもいいですよ。坂だから、滑って転ばないように。」

わたしは車から降りて、背伸びをしたり、拳で肩や腰を叩いたりしました。それから菊畑に背を向けて、ながながと放尿しました。なんだか、とてもいい気持でした。

車へ戻るとき、菊畑のなかに浮かぶようにして登ってゆく女のうしろ姿が見えました。風がきて畑にうねりが立つと、女の着ているものが花の色に融け込んで、三つ編みにした髪だけが波間に漂うように見えたりしました。

ところが、女はなかなか戻ってきません。五分待っても現われません。急がなくてもいいとはいったものの、これではいくらなんでも遅すぎます。わたしはじりじりしてきました。これはひょっとしたら、籠脱けじゃないか。女はあの家の脇を通り抜けて、花の色に紛れてどこかへ消えてしまったんじゃなかろうか。そんな疑いも湧いてきます。十分待つと、もう我慢も限度で、わたしは途中で女に出会うことを祈りながらゆっくり菊の斜面を登っていきました。

近づいてみると、実際いくらか一方へ傾いている古びた農家は、縁側の雨戸を閉ざしてひっそりと静まり返っています。それでも土間の入口のガラス戸を開けて薄暗がりに声をかけると、奥の方から父親らしい六十年輩の禿頭の男が、黒ズボンの前ボタンをはめながら出てきました。わたしは帽子の廂《ひさし》に指先を当てて、

「お宅の娘さんを乗せてきたタクシーの運転手ですがね。」

それだけいえばわかると思ったのですが、男は鈍く光る目で、きょとんとわたしを見詰めたきりです。おなじことを二度繰り返しても、さっぱり埒《らち》が明きません。それで、

「娘さんは？　どこにいるんですか。」

と尋ねると、男は、娘なら市《まち》の県立病院にいるといいます。だから、その県立病院から娘さんをここまで乗せてきたのだ、自分はそのタクシーの運転手だというと、男は、縁が赤く爛《ただ》れた目をしょぼしょぼさせながら、

「お前《め》さん、そったら嘘はこくもんじゃねえよ。娘はついさっき病院で死んだんだ。」

呟くようにそういうのです。わたしは、びっくりして目を剝きましたが、そんな言種《いいぐさ》がすぐに信じられるわけがありません。

「なに、死んだ？　嘘をこけといいたいのはこっちの方だよ、おやじさん。娘さんが客になって道案内してくれなかったら、どうして俺がこんな山里くんだりまで遠出してきて、しかも、見ず知らずのあんたの家なんかに乗りつけたりするんだ？　とぼけちゃいけないよ。ははあ、あんた

ら、親子でぐるになって籠脱けしようってんだな。そんな手にのこのこ乗るかって。」

わたしは頭に血が昇って、ついそんな啖呵《たんか》を切ったんですが、娘の父親の方がよっぽど落ち着いていて、あんたの言い分にも一理あるが、籠脱けなんてとんでもない、娘が死んだというのはどうにも仕方のない事実なのだと、穏やかな口調でそういうのです。

訊くと、つい二時間ほど前に、県立病院から、娘の容態が急変して息を引き取ったという知らせがあったんだそうです。二時間ほど前というと、ちょうどわたしがその病院の玄関で女の客にドアを開けてやったころでしょう。わたしは、ふと、あの客と死んだ娘とはもしかしたら別人なのではないかという気がして、自分が乗せた女の様子を逐一話してみたのですが、いちいち頷きながら聴いていた父親は、それは多分うちの娘に間違いなかろうといいました。

死んだ娘も里村リエで、顔や姿も入院前とそっくりだし、その客が着ていたという黄色い和服にしても、菊好きの娘にせがまれて自分が市日《いちび》に買ってきてやった黄八丈に違いないというのです。

すると、あの女はなんだったんだろう。自分はこんなところまで一体なにを乗せてきたんだろう。そう思うと、わたしは茫然とせざるを得ませんでした。

父親は、見掛けによらず物わかりのいい人で、わたしの話に嘘がないとわかると、市《まち》からここまでの料金は自分が払うといってくれました。その代わり、これから自分と女房を県立病院まで乗せていって貰いたい。実は、病院ではすぐにきてくれということだったが、ちょうど行楽日和の土曜日の午後で、近くの町のタクシーはみんな出払っていて困っていたところだ。勿論、帰りの料金も間違いなく払うからと、そういう話で、それはもう、こちらは客を乗せるのが商売だし、片道だけのつもりが往復乗って貰えるのだから、断わる手なんかありません。

話がきまると、父親はそこへ娘の母親を呼びました。母親は、五十半ばと見える小柄な女で、よそゆきらしい不恰好なスカートを裾長く穿《は》いて、両手に風呂敷包みを提げていました。

「この運転手さんがな、リエを連れてきてくれたんだと。リエは菊畑を見にきたんだえなあ。自分が丹精した畑だもんなあ。」

父親がそういうと、その母親は激しく泣き出しながら、わたしに深々と頭を下げるんです。わたしは、挨拶に困って、土間に突っ立ったまま、脱いだ帽子を両手でじっと握り締めていました。人様の命を預る仕事に携わっている者が、こんなことを口にしてはいけないんでしょうが、帰りのわたしはそれこそ一種の夢遊病者で、どんな運転をして市《まち》まで戻ってきたものやら、さっぱり憶えがありません。父親が時々溜息まじりに洩らした問わず語りの呟きも、大方は忘れてしまって、死んだ娘が高校進学を断念して港の罐詰工場へ働きに出たこと、その罐詰工場が潰れてからは船員相手の酒場で働いていたこと、そのうちに過労で腎臓をわずらって春から県立病院に入院していたこと、そのぐらいのことしか憶えていません。

病院に着いたときは、もう日が暮れていました。助手席に積んできた風呂敷包みを持って玄関に入ると、脇の下足のところで顔見知りの配膳係の女が下足番と立ち話をしていましたので、客が急ぎ足で廊下の奥へ消えるのを見送ってから、手招きして里村リエのことを尋ねてみました。

「ああ、お菊ちゃんね。」と、配膳係は声をひそめていいました。「私ら、みんなでそう呼んでたの、菊が大好きな娘《こ》だったから。でも、急に尿毒症を起こしたとかで……可哀そうなことをしたわ、いい娘だったのに。」

わたしは、ぼんやりと車へ戻りました。わたしが昼にお菊ちゃんを乗せたとき、お菊ちゃんがすでに病院で死んでいたことは、もう疑いの余地がありません。でも、わたしには、自分の乗せたお菊ちゃんが生きた人間以外のなにかだったとは、どうしても思えないのです。あれが生きた人間以外のなにかだったら、自分も含めて世の中の人はみんな同類だと思いました。

わたしは、車を出す前に、客の忘れ物がないかと天井の車内灯を点《つ》けてみました。すると、うしろの座席に点々と白っぽいものが散っています。よく見ると、それは菊の花びらでした。わたしが道端からもいでやった、あの菊の花びらです。

わたしは、なにか懐かしいような気持で、しばらくそれを眺めていました……。

鎧櫃の血

岡本綺堂

一

その頃、わたしは忙しい仕事を持っていたので、とかくにどこへも御無沙汰勝ちであった。半七老人にも三浦老人にもしばらく逢う機会がなかった。半七老人はもうお馴染《なじみ》であり、わたしの商売も知っているのであるから、ちっとぐらい無沙汰をしても格別に厭な顔もされまいと、内々多寡をくくっているのであるが、三浦老人の方はまだ馴染のうすい人で、双方の気心もほんとうに知れていないのであるから、たった一度顔出しをしたぎりで鼬《いたち》の道をきめては悪い。そう思いながらもやはり半日の暇《ひま》も惜しまれる身のうえで、きょうこそはという都合のいい日が見付からなかった。

その年の春はかなりに余寒が強くて、二月から三月にかけても、天からたびたび白いものを降らせた。わたしは軽い風邪をひいて二日ほど寝たこともあった。なにしろ大久保に無沙汰をしていることが気にかかるので、三月の中頃にわたしは三浦老人にあてて無沙汰の詫言を書いた郵便を出すと、老人からすぐに返事が来て、自分も正月の末から持病のリュウマチスで寝たり起きたりしていたが、この頃はよほど快《よ》くなったとのことであった。そう聞くと、自分の怠慢がいよいよ悔まれるような気がして、わたしはその返事をうけ取った翌日の朝、病気見舞をかねて大久保へ第二回の訪問を試みた。第一回の時もそうであったが、今度はいよいよ路がわるい。停車場から小一町をたどるあいだに、わたしは幾たびか雪どけのぬかるみに新しい足駄《あしだ》を吸い取られそうになった。目おぼえの杉の生垣の前まで行き着いて、わたしは初めてほっとした。天気のいい日で、額《ひたい》には汗がにじんだ。

「この路の悪いところへ……。」と、老人は案外に元気よくわたしを迎えた。「粟津の木曾殿で、大変でしたろう。なにしろここらは躑躅《つつじ》の咲くまでは、江戸の人の足踏みするところじゃありませんよ。」

まったく其の頃の大久保は、霜どけと雪どけとで往来難渋の里であった。そのぬかるみを突破してわざわざ病気見舞に来たというので、老人はひどく喜んでくれた。リュウマチスは多年の持病で、二月中はかなりに強く悩まされたが、三月になってからは毎日起きている。殊にこの四、五日は好い日和がつづくので、大変に体の工合がいいという話を聴かされて、わたしは嬉しかった。

「でも、このごろは大久保も馬鹿に出来ませんぜ。洋食屋が一軒開業しましたよ。きょうはそれを御馳走しますからね。お午《ひる》過ぎまで人質ですよ。」

こうして足留めを食わしておいて、老人は打ちくつろいでいろいろのむかし話をはじめた。次に紹介するのもその談話の一節である。

このあいだは桐畑の太夫さんのお話をしましたが、これもやはり旗本の一人のお話です。これは前の太夫さんとは段ちがいで、おなじ旗本といっても二百石の小身、牛込の揚場《あげば》に近いところに屋敷をもっている今宮六之助という人です。

この人が嘉永の末年に御用道中で大阪へゆくことになりました。大阪の城の番士を言い付かって、一種の勤番の格で出かけたのです。よその藩中と違って、江戸の侍に勤番というものは無いのですが、それでも交代に大阪の城へ詰めさせられます。大阪城の天守が雷火に焚《や》かれたときに、そこにしまってある権現さまの金の扇の馬標《うまじるし》を無事にかつぎ出して、天守の頂上から濠《ほり》のなかへ飛び込んで死んだという、有名な中川帯刀《たてわき》もやはりこの番士の一人でした。

そんなわけですから、甲府詰などとは違って、江戸の侍の大阪詰は決して悪いことではなかったので、今宮さんも大威張りで出かけて行ったのです。普通の旅行ではなく、御用道中というのですから、道中は幅が利きます。何のなにがしは御用道中で何月何日にはどこを通るということは、前もって江戸の道中奉行から東海道の宿々《しゆくじゆく》に達してありますから、ゆく先ざきではその準備をして待ち受けていて、万事に不自由するようなことはありません。泊りは本陣で、一泊九十六文、午飯《ひるめし》四十八文というのですから実に廉《やす》いものです。駕籠《かご》に乗っても一里三十二文、それもこれも御用という名を頂いているおかげで、弥次喜多の道中だってなかなかこんなことでは済みません。主人はまあそれでもいいとして、その家来共までが御用の二字を笠にきて、道中の宿々を困らせてあるいたのは悪いことでした。

早い話が、御用道中の悪い奴に出っくわすと、駕籠屋があべこべに強請《ゆす》られます。道中で駕籠屋や雲助にゆすられるのは、芝居にも小説にもよくあることですが、これはあべこべに客の方から駕籠屋や雲助をゆするのだから怖ろしい。主人というほどの人はさすがにそんなこともしませんが、その家来の若党や中間《ちゅうげん》のたぐい、殊に中間などの悪い奴は往々それをやって自分たちの役得と心得ている。たとえば、駕籠に乗った場合に、駕籠のなかで無暗《むやみ》にからだを揺する。客にゆすられては担いでゆくものが難儀だから、駕籠屋がどうかお静かに願いますと言っても、知らない顔をしてわざと揺する。言えばいうほど、ひどく揺する。駕籠屋も結局往生して、内所で幾らか摑ませることになる。ゆするという詞《ことば》はこれから出たのかどうだか知りませんが、なにしろ、こういうふうにしてゆするのだから堪《たま》りません。それが又、この時代の習慣で、大抵の主人も見て見ぬ振りをしていたようです。それを余りにやかましく言えば、おれの主人は野暮《やぼ》だとか判らず屋だとかいって、家来どもに見限られる。まことにむずかしい世の中でした。

今宮さんは若党ひとりと中間三人の上下五人で、荷かつぎの人足は宿々で雇うことにしていました。若党は勇作、中間は半蔵と勘次と源吉。主人の今宮さんはことし三十一で、これまで御奉公に不首尾もない。勿論《もちろん》、首尾のわるい者では大阪詰にはなりますまいが、まずは一通りの武家気質《かたぎ》の人物。ただこの人の一つの道楽は食《くい》道楽で、食物《くいもの》の好みがひどくむずかしい。今度の大阪詰についても、本人はただそれだけを苦にしていたが、どうも仕様がない。大阪の食物にはおいおい馴れるとしても、当座が困るに相違ない。殊に大阪は醬油《しょうゆ》がよくないと聞いているから、せめては当座の使い料として醬油だけでも持って行きたいという注文で、銚子の亀甲万《きっこうまん》ひと樽を買わせたが、さてそれを持って行くのに差支えました。

武家の道中に醬油樽をかつがせては行かれない。といって、何分にも小さいものでないから、何か荷物のなかに押込んで行くというわけにもいかない。その運送に困った挙句《あげく》に、それを鎧櫃《よろいびつ》に入れて行くということになりました。道中の問屋場《といやば》にはそれぞれに公定相場というようなものがあって、人足どもにかつがせる荷物もその目方によって運賃が違うのですが、武家の鎧櫃にかぎって、幾らそれが重くてもいわゆる「重た増し」を取らないことになっていましたから、鎧櫃のなかへはいろいろのものを詰め込んで行く人がありました。今宮さんも多分それから思い付いたのでしょうが、醬油樽とは随分思い切っています。殊にその樽を入れてしまえば、もうその上に鎧を入れる余地はありません。鎧が大事か、醬油が大事かということになっても、やはり醬油の方が大切であったとみえて、今宮さんはとうとう自分の鎧櫃を醬油樽のかくれ家ときめてしまいました。

しかし鎧を持って行かないでは困るので、鎧の袖や草摺《くさずり》をばらばらにはずして、籠手《こて》も脛当《すねあて》も別々にして、ほかの荷物のなかへどうにかこうにか押込んで、まず表向きは何の不思議もなしに江戸を発《た》つことになりました。

それは六月の末、新暦で申せば七月の土用のうちですから、夏の盛りで暑いことおびただしい。武家の道中は道草を食わないので、はじめの日は程ケ谷泊り、次の日が小田原、その次の日が箱根八里、御用道中ですからもちろん関所のしらべも手軽にすんで、その晩は三島に泊る。ここまでは至極無事であったのですが、そのあくる日、江戸を出てから四日目に三島の宿《しゅく》を発って、伊賀越の浄瑠璃でおなじみの沼津の宿をさして行くことになりました。

上下五人の荷物は両掛《りょうが》けにして、問屋場の人足三人がかついで行く。主人だけが駕籠に乗って、家来四人は徒歩《かち》で付いて行く。

とかく説明が多くなるようですが、この人足も問屋場に詰めているのは皆おとなしいもので、決して悪いことをする筈はないのです。もし悪いことをして、次の宿の問屋場にその次第を届け出られれば、すぐに取押えて牢に入れられるか、あるいは袋叩きにされて所払いを食うか、いずれにしても手ひどい祟《たたり》をうけることになっているのですから、問屋場にいるものは先ず安心して雇えるわけです。しかし、この問屋場に係り合いのない人足で、かの伊賀越の平作のように、村外れや宿はずれにうろ付いて客待ちをしている者の中には、いわゆる雲助根性を発揮してよくないことをする奴もありました。そんなら旅をする人は誰でも問屋場にかかりそうなものですが、問屋場には公定相場があって負引《まけひき》がないのと、問屋場では帳簿に記入する必要上、一々その旅人の身元や行先などを取りしらべたりして、手数がなかなか面倒であるので、少しばかりの荷物を持った人は問屋場の手にかからないことになっていました。勿論、お尋ね者や駈落者などはわが身にうしろ暗いことがあるから問屋場にはかかりません。そこが又、悪い雲助などの付け込むところでした。

今宮さんの一行は立派な御用道中ですから、大威張りで問屋場の手にかかって、荷物をかつがせて行ったのですが、間違いの起るときは仕方のないもので、その前の晩は三島の宿に幾組かの大名の泊りが落合って、たくさんの人足が要ることになったので、助郷《すけごう》までも狩りあつめてくる始末。助郷というのは、近郷の百姓が一種の夫役《ぶやく》のように出てくるのです。それでもまだ、人数が不足であったとみえて、宿はずれに網を張っている雲助までも呼びあつめて来たので、今宮さんの人足三人のうちにも平作の若いようなのが一人まじっていました。年は三十前後で、名前はかい助というのだそうですが、どんな字を書くのか判りません。本人もおそらく知らなかったかも知れません。なにしろかい助という変な名ではお話がしにくいから、仮に平作といって置きましょう。そのつもりでお聴きください。

人足どもはそれぞれに荷物をかつぐ。かの平作は鎧櫃をかつぐことになりました。担ごうとするとよほど重い。平作も商売柄ですから、すぐにこれは普通の鎧櫃ではないと睨みました。こいつなかなか悪い奴とみえて、それをかつぐ時に粗相の振りをして、わざと問屋役人の眼のまえで投げ出しました。暑い時分のことですから、醬油が沸いて呑口の栓が自然にゆるんでいたのか、それとも強く投げ出すはずみに、樽に割れでも出来たのか、いずれにしても醬油が鎧櫃のなかへ流れ出したらしく、平作が自分の粗相をわびて再びそれを担ぎあげようとすると、櫃の外へもその醬油のしずくがぽとぽととこぼれ出しました。

「あ。」

人々も顔を見あわせました。

鎧櫃から紅い水がこぼれ出す筈がない。どの人もおどろくのも無理はありません。あまりの不思議をみせられて、平作自身も呆気《あっけ》に取られました。

二

まえにも申す通り、武家のよろい櫃の底にいろいろの物が忍ばせてあることは、問屋場の者もふだんから承知していましたが、紅い水が出るのは意外のことで、それが何であるか、ちょっと想像が付きません。こうなると役目の表、問屋の者も一応は詮議をしなければならないことになりました。今宮さんの顔の色が変ってしまいました。ここで鎧櫃の蓋をあけて、醤油樽を見つけ出されたら大変です。鎧の身代りに醤油樽を入れたなどということが表向きになったら、洒落や冗談では済まされません。お役御免は勿論《もちろん》、どんなお咎《とが》めをうけるか判りませんから、家来たちまでが手に汗を握りました。

問屋場の役人——といっても、これは武士ではありません。その町や近村の名望家が選ばれて幾人かずつ詰めているので、やはり一種の町《ちょう》役人です。勿論、大勢のうちには岩永も重忠もあるのでしょうが、ここの役人は幸いにみんな重忠であったとみえて、その一人がふところから鼻紙を出して、その紅いしずくをふき取りました。そしてほかの役人にも見せて、その匂いをちょっと嗅ぎましたが、やがて笑い出しました。

「はは、これは血でございますな。お具足櫃に血を見るはおめでたい。はははは。」

入れ物が鎧櫃であるから、それに取りあわせて紅いしずくを血だという。ほんとうの血ならばなおさら詮議しなければならない筈ですが、そこが前にもいう重忠揃いですから、どこまでもそれを紅い血だということにして、そのまま無事に済ませてしまったので、今宮さん達もほっとしました。

「かさねて粗相をするなよ。」

役人から注意をあたえられて、平作は再び鎧櫃をかつぎ出しました。今宮さんは心のうちで礼を言いながら駕籠に乗って、三島の宿を離れましたが、どうも胸がまだ鎮まらない。問屋場の者も表向きは無事に済ましてくれたものの、蔭ではきっと笑っているに相違ない。それにつけても、おれに恥辱をあたえた雲助めは憎い奴であると、今宮さんは駕籠のなかから駕籠屋に訊きました。

「おれの鎧櫃をかついでいるのは、やはり問屋場の者か。」

「いいえ。あれは宿はずれに出ているかい助というのでございます。」と、駕籠屋は正直に答えました。

「そうか。」

実は今宮さんも少し疑っていたことがあるのです。あの人足が鎧櫃を取り落したのはどうもほんとうの粗相ではないらしい。わざと手ひどく投げ出したようにも思われる――と、こう疑っている矢先へ、それが問屋場の者でないと聞いたので、いよいよその疑いが深くなりました。一所不定の雲助め、往来の旅人を苦しめる雲助め、おそらく何かの弱味を見つけておれを強請《ゆす》ろうという下心であろうと、今宮さんは彼を憎むの念がいっそう強くなりましたが、差しあたりどうすることも出来ないので、胸をさすって駕籠にゆられて行くと、朝の五つ半（午前九時）前に沼津の宿にはいって、宿はずれの立場《たてば》茶屋に休むことになりました。朝涼《あさすず》のあいだといっても一里半ほどの路を来たので、駕籠屋は汗びっしょりになって、店さきの百日紅《さるすべり》の木の下でしきりに汗を拭いています。四人の家来たちも茶屋の女に水を貰って手拭をしぼったりしていましたが、三人の人足どもはまだ見えないので、若党の勇作は少し不安になりました。

「これ、駕籠屋。あの人足どもは確かなものだろうな。」

「はい。ふたりは大丈夫でございます。問屋場に終始詰めているものでございますから、決して間違いはございません。かい助の奴も、お武家さまのお供で、そばにあの二人が付いておりますから、どうすることもございますまい。やがてあとから追い付きましょう。しばらくここでお休みください。」と、駕籠屋は口をそろえて言いました。

「むむ、こちらは随分足が早かったからな。」

「はい。こちらさまのお荷物はなかなか重いと言っておりましたから、だんだんに後《おく》れてしまったのでございましょう。」

荷物が重い。――それが店のなかに休んでいる今宮さんの耳にちらりとはいったので、今宮さんはまた気色を悪くしました。かの鎧櫃の一件を当付《あてつ》けらしく言うようにも聞き取れましたので、すこしく声を暴《あら》くして家来をよびました。

「勇作。貴様は駕籠脇についていながら、荷物のおくれるのになぜ気がつかない。あんな奴らは何をするか判ったものでない。すぐに引っ返して探して来い。源吉だけここに残って、半蔵も勘次も行け。あいつらがぐずぐず言ったら引っくくって引摺って来い。」

「かしこまりました。」

勇作はすぐに出て行きました。二人の中間もつづいて引っ返しました。どの人もさっきの鎧櫃のむしゃくしゃがあるので、なにかを口実にかの平作めをなぐり付けてもやろうという腹で、元来た方へ急いでゆくと、二町ばかりのところで三人の人足に逢いました。平作は並木の松の下に鎧櫃をおろして悠々と休んでいるのを、ふたりの人足がしきりに急き立てているところでした。

「貴様たちはなぜ遅い。宿を眼のまえに見ていながら、こんなところで休んでいる奴があるか。」

と、勇作は先ず叱り付けました。

勇作に言われるまでもなく、問屋場の人足どもは正直ですから、もう一息のところだから早く行こうと、さっきから催促しているのですが、平作ひとりがなかなか動かない。こんな重い具足櫃は生れてから一度もかついだことが無いから、この暑い日に照らされながら、そう急いではあるかれない。おれはここで一休みして行くから、おまえたちは勝手に先へ行けといって、どっかりと腰をおろしたままでどうしても動かない。相手がお武家だからといって聞かせても、こんな具足櫃をかつがせて行く侍があるものかと、そらうそぶいて取合わない。さりとて、かれ一人を置いて行くわけにもゆかないので、人足共も持て余しているところへ、こっちの三人が引っ返して来たのでした。

その子細を聴いて、勇作も赫《かっ》となりました。平作とても大して悪い奴でもない。鎧櫃の秘密を種にして余分の酒手でもいたぶろうという位の腹でしたろうから、なんとか穏やかにすかして、多寡が二百か三百文も余計にやることにすれば、無事穏便に済んだのでしょうが、勇作も年が若い、おまけに先刻《さっき》からのむしゃくしゃ腹で、この雲助めを憎い憎いと思いつめているので、そんな穏便な扱い方をかんがえている余裕がなかったらしい。

「よし。それほどに重いならばおれが担いで行く。」

かれは平作を突きのけて、問題の鎧櫃を自分のうしろに背負いました。そうして、ほかの中間どもに眼くばせすると、半蔵と勘次は飛びかかって平作の両腕と頭髻《たぶさ》をつかみました。

「さあ、来い」

三

平作は立場茶屋へ引摺って行かれると、さっきから苛々《いらいら》して待っていた今宮さんは、奥の床几を起って店さきへ出て来ました。見ると、勇作が鎧櫃を背負っている。中間ふたりが彼《か》の平作を引っ立ててくる。もう大抵の様子は推量されたので、この人もまた赫となりました。

「これ、そいつがどうしたのだ。」

この雲助めが横着をきめて動かないという若党の報告をきいて、今宮さんはいよいよ怒りました。単に横着というばかりでなく、こんなに重い具足櫃はかついだことが無いとか、こんな具足櫃をかつがせて行く侍があるものかというような、あてこすりの文句が一々こっちの痛いところにさわるので、今宮さんはいよいよ堪忍袋の緒を切りました。

「おのれ不埒な奴だ。この宿の問屋場へ引渡すからそう思え。」

ここまで来る途中でも、もう二、三度は中間どもになぐられたらしく、平作は散らし髪になって、左の眼のうえを少し腫らしていましたが、こいつなかなか気の強い奴、おまけに中間どもになぐられて、これもむしゃくしゃ腹であったらしい。立派な侍に叱られても、平気でせせら笑っていました。

「問屋場へでも何処へでも引渡してもらいましょう。わっしはその荷物が重いから重いと言っただけのことだ。わっしも十六の年から東海道を股にかけて雲助をしているから、具足櫃というものは、どのくらいの目方があるか知っています。わっしを問屋場へ引渡すときに、その具足櫃も一緒に持って行って、どんな重い具足がはいっているのか、役人たちにあらためてもらいましょう。」

こうなると、こいつをうっかり問屋場へ引渡すのも考えもので、いわゆる藪蛇《やぶへび》のおそれがあります。憎い奴だとは思いながら、どうすることも出来ない。そのうちに店の者は勿論、近所の者や往来の者がだんだんにこの店さきにあつまって来て、武家と雲助との押問答を聴いている。中間どもが追い払っても、やはり遠巻きにして眺めている。見物人が多くなって来ただけに、今宮さんもいよいよそのままには済まされなくなりましたが、前にもいう藪蛇の一件があります。この問屋場の役人たちも三島の宿とおなじような重忠ぞろいなら子細はないが、万一そのなかに岩永がまじっていて野暮にむずかしい詮議をされたら、あべこべにこっちが大恥をかかなければならない。今宮さんは残念ながらこいつを追いかえすよりほかはありませんでした。

「貴様のような奴らに係り合っていては、大切な道中が遅くなる。きょうのところは格別をもってゆるしてやる。早く行け、行け。」

もうこっちの内兜《うちかぶと》を見透《みすか》しているので、平作は素直に立去らない。かれは勇作にむかって大きい手を出しました。

「もし、御家来さん。酒手をいただきます。」

「馬鹿をいえ。」と、勇作はまた叱り付けました。「貴様のような奴に鐚《びた》一文でも余分なものがやれると思うか。首の飛ばないのを有難いことにして、早く立去れ。」

「さあ、行け、行け。」

中間どもは再び平作の腕をつかんで突き出すと、さっきからはらはらしながら見ていた駕籠屋や人足共も一緒になって、いろいろになだめて連れて行こうとする。なにしろ多勢に無勢で、しょせん腕ずくでは敵《かな》わないと思って、平作は引摺られながら大きい声で怒鳴りました。

「なに、首の飛ばないのを有難く思え……。はは、笑わせやあがる。おれの首が飛んだら、その具足櫃からしたじのような紅い水が流れ出すだろう。」

見物人が大勢あつまっているだけに、今宮さんも捨てて置かれません。この上にも何を言い出すか判らないと思うと、もう堪忍も容赦もない。つかつかと追って出て、刀の柄袋を払いました。

「そこ退《の》け。」

刀に手をかけたと見て、平作をおさえていた駕籠屋や人足どもは、あっとおびえて飛び退きました。

「ええ、おれをどうする。」

ふり向く途端に平作の首は落ちてしまいました。今宮さんは勇作を呼んで、茶店の手桶の水を柄杓に汲んで血刀を洗わせていると、見物人はおどろいて皆ちりぢりに逃げてしまう。駕籠屋や人足どもは蒼くなってふるえている。それでも今宮さんはさすがに侍です。この雲助を成敗して、しずかに刀を洗い、手を洗って、それから矢立《やたて》の筆をとり出して、ふところ紙にさらさらと書きました。

「当宿の役人にはおれから届ける。勇作と半蔵は三島の宿へ引っ返して、この鎧櫃をみせて来い。」こう言い付けて、勇作に何かささやくと、勇作は中間ふたりに手伝わせて、かの鎧櫃を茶屋のうしろへ運んで行きました。そこには小川がながれている。三人は鎧櫃の蓋をあけてみると、醬油樽の底がぬけているようです。その樽も醬油も川へ流してしまって、櫃のなかも綺麗に洗って、それへ雲助の首と胴とを入れました。今度は半蔵がその鎧櫃を背負って、勇作が付いて行くことになりました。

三島の宿の問屋場では、この鎧櫃をとどけられて驚きました。それには今宮さんの手紙が添えてありました。

先刻は御手数相掛過分に存候。拙者鎧櫃の血汐、いつまでも溢れ出して道中迷惑に御座候間、一応おあらための上、よろしく御取捨被下度《くだされたく》、右重々御手数ながら御願申上候。早々

今宮六之助

問屋場御中

問屋場では鎧櫃を洗いきよめて、使のふたりに戻しました。これで鎧櫃からこぼれ出した紅いしずくも、ほんとうの血であったということになります。沼津の宿の方の届けも型ばかりで済みました。一方は侍、一方は雲助、しかも御用道中の旅先というのですから、可哀そうに平作は殺され損、この時代のことですからどうにも仕様がありません。

今宮さんはその後の道中に変ったこともなく、主従五人が仲よく上《のぼ》って行ったのですが、かの一件以来、どうも気が暴《あら》くなったようで、さもないことにも顔色を変えて叱言《こごと》をいうこともある。しかしそれは一時のことで、あとはやはり元の通りになるので、家来共も別に気にも留めずにいると、京ももう眼の前という草津の宿にはいる途中、二、三日前からの雨つづきで路がひどく悪

いので、今宮さんの一行はみんな駕籠に乗ることになりました。そのときに、中間の半蔵が例の手段で駕籠をゆすぶって、駕籠屋から幾らかの揺すり代をせしめたことが主人に知れたので、今宮さんは腹を立てました。

「貴様は主人の面《つら》に泥を塗る奴だ。」

半蔵はさんざんに叱られましたが、勇作の取りなしで先ず勘弁してもらって、霧雨のふる夕方に草津の宿に着きました。宿屋にはいって、今宮さんは草鞋《わらじ》をぬいでいる。家来どもは人足にかつがせて来た荷物の始末をしている。その忙しいなかで、半蔵が人足にこんなことを言いました。

「おい、おい。その具足櫃は丁寧にあつかってくれ、きょうはあぶなくおれの首を入れられるところだった。塩っ辛え棺桶は感心しねえ。」

それが今宮さんの耳にはいると、急に顔の色が変りました。草鞋をぬいで玄関へあがりかけたのが、また引っ返して来て激しく呼びました。

「半蔵。」

「へえ。」

なに心なく小腰をかがめて近寄ると、ぬく手も見せずというわけで、半蔵の首は玄関さきにころげ落ちました。前の雲助の時とは違って、勇作もほかの中間共もしばらく呆れて眺めていると、不埒な奴だから手討ちにした。死骸の始末をしろと言いすてて、今宮さんは奥へはいってしまいました。

主人がなぜ半蔵を手討ちにしたか。勇作も大抵は察していましたが、表向きはかのゆすりの一件から物堅い主人の怒りに触れたのだということにして、これも先ず無事に片付きました。

それから大阪へゆき着いて、今宮さんは城内の小屋に住んで、とどこおりなく勤めていました。かの鎧櫃は雲助の死骸を入れて以来、空《から》のままで担がせて来て、空のままで床の間に飾って置いたのでした。なんでも九月のはじめだそうで、今宮さんは夕方に詰所から退がって来て、自分の小屋で夕食を食いました。たんとも飲まないのですが、晩酌には一本つけるのが例になっているので、今夜も機嫌よく飲んでしまって、飯を食いはじめる。勇作が給仕をする。黄いろい行燈が秋の灯らしい色をみせて、床の下ではこおろぎが鳴く。今宮さんは飯を食いながら今日は詰所でこんな話を聴いたと話しました。

「この城内には入らずの間というのがある。そこには淀殿が坐っているそうだ。」

「わたくしもそんな話を聴きましたが、ほんとうでございましょうか。」と、勇作は首をかしげていました。

「ほんとうだそうだ。なんでも淀殿がむかしの通りの姿で坐っている。それを見た者はきっと命を取られるということだ。」

「そんなことがございましょうか。」と、勇作はまだ疑うような顔をしていました。

「そんなことが無いともいえないな。」

「そうでございましょうか。」

「どうもありそうに思われる。」

言いかけて、今宮さんは急に床の間の方へ眼をつけました。

「論より証拠だ。あれ、みろ。」

勇作の眼にはなんにも見えないので、不思議そうに主人の顔色をうかがっていると、今宮さんは少し乗り出して床の間を指さしました。

「あれ、鎧櫃の上には首が二つ乗っている。あれ、あれが見えないか。ええ、見えないか、馬鹿な奴だ。」

主人の様子がおかしいので、勇作は内々用心していると、今宮さんは跳《おど》るように飛びあがって、床の間の刀掛に手をかけました。これはあぶないと思って、勇作は素早く逃げ出して、台所のそばにある中間部屋へころげ込んだので、勘次も源吉もおどろいた。だんだん子細をきいて、みんなも顔をしかめたが、半蔵の二の舞はおそろしいので、誰も進んで奥へ見とどけに行くものがない。しかし小半ときほど経っても、奥の座敷はひっそりとしているらしいので、三人が一緒につながって怖々ながら覗きに行くと、今宮さんは鎧櫃を座敷のまん中へ持ち出して、それに腰をかけて腹を切っていました。

蒲団

橘外男

怨霊と云うものがあるかないかそんな机上の空論などを、今更筆者は諸君と論判したいとは少しも思わない。ただ此処に掲げる一篇の事実を提《ひっさ》げて、一切を諸君の批判の下《もと》に委ねんと思うのみである。科学が此の世の中の事総てを割り切っているかどうか、それも筆者は諸君と議論したいとは少しも願わない。が、一言贅言《ぜいげん》を挾《さしは》さませて下さるならば、読者も御承知の通り浄土宗の総本山巨刹増《きょさつぞう》×寺《じ》は、今より二十八年前の明治四十二年三月二日の夜半、風もなく火の気もなき黒本尊《くろほんぞん》より突如怪火を発し、徳川三百年の由緒を語る御霊屋《おたまや》を除き本堂庫裡《くり》護国堂等壮麗なる七堂伽藍《がらん》一切を灰燼《かいじん》に帰せしめた。そして其の怪火の原因は放火と言い失火と称され、諸説紛々として爾来《じらい》二十八年を過ぐる今日に至る迄尚帰一する処を知らぬ。若し世に怨霊と云うものがないならば、一体増×寺は何が故に突如炎上したのであろうか？　此の事実を諸君は何と御覧になるか？　世の中の事万端科学のみを以て闡明《せんめい》せられ得ると過信し切っている人々に、敢て借問したいと考えている。筆者の周囲に未だ現存している人々への迷惑を慮《おもんぱか》って、此の物語の発生した場処人物に就いて、露《あらわ》に指し示して諸君に明確なる全貌をお伝えする事の出来ぬのを遺憾とするが、極めて大体の輪廓《アウトライン》だけを申上げるならば、此の物語を話して呉れた当の目撃者である主人公と云うのは当年五十五歳、如何にも律気な田舎の商店の主人公に相応《ふさわ》しく、小倉の前垂れを懸けて角帯を締めた、到底嘘や偽りなぞは冗談にも言えそうのない分別盛りの人物であった。そして場処は上州多野郡の某町《それがしまち》。土蔵の二戸前《こまえ》も持って、薄暗い帳場格子には、今尚古風な大福帳なぞのぶら下げてある「越前屋」と言えば、此の辺切っての大きな古着屋であった。

では以下私と言うのは、悉く《ことごと》此の質実なる古着屋の主人公自らを指すものと御承知願いたい。

一

左様でございます、此の辺の習慣で、私共でも春と秋との年二回、東京へ品物の仕入れに出るのでございますが、丁度《ちょうど》其の年も、親父が小僧を連れまして仕入れに参ったのでございますが、雨ばかりよく降りました年で、夏の終り頃から、毎日雨がビショビショと降り続いていたように記憶いたしております。

もう大分古い事でございますからハッキリともいたしませんが。……そうでございます、何んでも今年は莫迦《ばか》に冷えが早く来たと云うんで、私共、袷《あわせ》に羽織なぞを引っ掛けて店に坐っておりましたように覚えておりますから、十月の初め頃ではなかったかと思うのでございます。

親父は馬喰《ばくろ》町の方に宿を取っておりまして毎日、柳原、日蔭町界隈の問屋筋で出物を漁《あさ》っておりましたのでございますが、そう申しては何でございますが、親父はなかなか商売の方は明かるうございまして、其の時分は丁度お蔭と店も大変繁昌いたしておりましたものですから、何でも此処ん処でもう一押しグン延《の》ばして一儲けせんならんと申して、其の秋は殊に仕入れの方も踏ん張りますつもりで出掛けて参ったのでございました。

出先きから寄越す手紙にも、彦吉安心して呉れ、大分割りのいい買い物が色々出来たから、此の秋は可なり旨《うま》い商売が出来るだろうとか、それに就いてはお前方にも是非一つ踏ん張って貰わねばならんとか、まことに景気のいい手紙を寄越しますものですから、私共も此の秋こそは一つ腕に撚《よ》りを掛けて角の万戸屋《まんとや》さんに負けんように儲けにゃならんと、親父の帰りを楽しみに待っていたようなわけでございました。

それに私には又私だけの内々の楽しみな事がございまして。……と申すのは、其の翌《あく》る年の春には、兼ねて親共で話の出来ておりました新町の油新道《あぶらしんみち》の三河屋の娘と――それが私の唯今の家内なのでございますが――祝言をする筈になっておりましたから、私としては店に坐っておりましても、自然と商売の方に励みの出る年だったのでございます。

とも角そうこうする内に親父は仕入れを済ませて帰って参りましたが、親父が帰って参りますれば、東京から買い付けて来た品の荷解《ほど》きもしなければなりません。仕切りと合せて正札の付け替えもいたさなければなりませず、皺の出来ております処へは霧をふいて火熨斗《ひのし》も当てなければなりませんし、三四日は急に眼の廻るような忙《せわ》しさでございました。

処でたった一つ親父の仕入れて参りました品物の内で、私の腑に落ちぬ物がございました。それは敷二枚の夜着《よぎ》と掛けが一枚ずつ、都合四枚一組の青海波《せいかいは》模様の縮緬《ちりめん》の蒲団なのでございました。よほど立派なお邸からの出物と見えまして、仕立ても極く丁寧に綿も飛び切り上等のが使ってあり、ふっくらとまことに結構な品なのでございました。が幾ら結構な品でも縮緬の蒲団と来ては手に負えません。そう申しては何ですが、先ず此の辺の田舎では、幾ら上等な蒲団でも銘仙が精々、郡内と来ては前橋あたりの知事様のお出でになる宿屋か待合位のものでございましょう。

「お父《とっ》つあん……縮緬じゃないか」

と私は蒲団の皮を抓み上げて見せました。

「そうよ！　縮緬よ」

と親父は眼鏡を掛けて帳合いをしながら、一向平気なのでございます。

「冗談じゃないぜお父つあん！　一体誰れがこんな物を使う？　何だってこんな途方もない物を仕入れて来たんですい？」

と私には親父の肚《はら》がわからないもんですから、眼を円くして凝視《みつめ》ました。

「ハハハハハハお前が屹度《きっと》そう云うだろうと思ってたのだ！　彦吉、文句を言わずにこれを見ねい！　これを」

と親父は頗《すこぶ》る上機嫌で帳場格子の中から、今迄自分の調べていた仕切りを差し示すのでございます。何んと、親父の手で抑えている処には十八円五十銭と書いてあるではございませんか。此の素晴らしい縮緬の蒲団が一組たった十八円五十銭！　タダ見たいな値段でございます。東京からの運賃一円十銭を入れましても十九円六十銭！　拵《こしら》える時には恐らく百四五十円も、或いはもっとかかったかも知れません。其の新品同様な蒲団がたった十九円六十銭！　値ではございません。

「お父つあん！　お前ほんとうに其の値で買いなすったのかえ？」

「そうともよ！　此の値で買わずにどの値で買う？　ハハハハハ彦吉！　魂消《たまげ》たか！　年は取っても父つあんの腕金《うでがね》には筋金がへえっていらあ！　此の秋東京には仕入れに上《のぼ》った仲間内は八百

人や千人はあるだろうが、先ず此位えの掘出し物をしたのはそう言っちゃ何んだが父つあん位えなものだろう!」

と親父は一層得意気に、鼻を蠢《うご》めかしているのでございます。

「値じゃないね。何処かに、からくりでもあるんじゃないのかい?」

と余りに度外れな廉《やす》さに吃驚《びっくり》して頻りに蒲団を弄《いじ》り廻している私の側へ来て、親父も愉快そうに蒲団を撫でます。買い手がすぐ付く付かぬは別として先ずどう棄値《すてね》に踏んでもこれなら場処へ出して七十五円から八十円! 此の辺の余り上等の品の疏《は》けぬ処でも六十円以下では到底手離せる品ではございません。先ず内輪に見積って五十円の儲け、蒲団一組の儲けとしては私共商売を始めて以来の事でございましょう。

「人様が散々着古した垢や汗の着いた物ばかり二三十年も弄り廻していて、たまに此の位の儲けのねい事にはな」

と親父も惚れ惚れと、自分の掘り出して来た品物に見入っておりました。

「六十五円! 先ず六十五円がいい処だろうな。半年寝かしたとして、その金利を見積って……」

と親父は頻りに算盤を弾いておりましたが、

「此の辺の百姓共にゃ、ちょっくらちょいとは手がだせめえ。何も彦吉ちっとも売り急ぐには及ばねえから、六十五円の正札を付けて、通りからいっとう眼に付く処へ飾って置きねえ。まあま、此の秋には疏《は》けねえでも、年が明けて春にでもなりゃ、花曲輪町《はなぐるわちょう》あたりから買いに来んとも限るめえ」

花曲輪町と云うのは此の町の花柳街《いろまち》なのでございました。とも角親父が申しますのには、此の蒲団を売ってたのは問屋筋でも何でもなく、芝の露月町《ろげっちょう》とかのごく寂れた、見るからに貧しそうな仲間《なかま》店《うち》の奥に三十二円として飾ってあったのが眼にはいったので、試しに二十二円迄値を付けて見たのだそうでございます。処が、向うでも余程持て余していたと見えて、一も二もなく応じたので、それならばと本腰を据えて、到頭十八円なにがし迄値切り落としてしまったのだと斯う云う事でございました。それでも向うはまだいい顔をして、いよいよ品を引取る時には、吻《ほ》っとしたような様子をしていた処を見れば、値切ればまだ一、二円の処は落ちたかも知れないが、幾ら商売だからと言っても物には冥利と云うものがあるからのと、親父は私が店の真ん中に一段高く飾り立てた蒲団を眺め眺め、満足そうにそう言いました。そして、

「是丈《これだけ》の品を飾って置けるようになったんだから越前屋も大したものさな」とさも愉快らしく言うのでございました。

神ならぬ身の其の時には、私共にもまだこの蒲団の恐ろしさと云うものが少しもわからなかったのでございます。ただ親父が買った東京の同業の店でそう言ったと云う儘に、余程立派な東京のお邸からでも出たものに違いなかろうが、何んとかして早くいい客が付いて来ればいいがと、そんな事ばかりを考えていたものでございます。

が、それほど勢い込んだ甲斐もなく、其の年の秋の商売はまったくいけませんでした。なぜあいけなかったのか、後から考えて見ましても頓《とん》と其の原因も何もわかりませんでしたが、品物の仕入れが拙《まず》く行ったのかと云うと、客は相当に品物に気を惹かれたように欲しそうな顔を見せている処から考えれば、仕入れが失敗《しくじ》ったと云う訳でもございません。

さっきも言いました通り雨ばかりビショビショと降っておりましたから、雨で客の出脚が阻まれたのかとも思えますが、これも表の人通りは別段ふだんに較べて減りもせず、店へも客脚だけは可なりあったのですから、一概に雨のせいとばかりも思えなかったのでございます。

とも角客の組数は相当にあり、そして来た客は品物をあっちに引っ繰り返しこっちにおっくり返しては、左見右見《とみこうみ》、気は惹かれているようなのですが、なかなか商いにはならなかったのでございました。

二日三日は商売の事ですから何とも思いはしませんが、それが十日二十日と続くとさすがに気になって参ります。農村に金が落ちなかったのかと思っても見ますが、これも其の年あたりは春蚕《はるご》の出来が大変に宜しかった年でしたから在方《ざいかた》は、みんなたんまりと纏《まと》まった金を握っていた筈でございますし、又げんに、私共の競争相手の万戸屋《まんどや》あたりでは何時《いつ》行って見ても客は押すな押すなの引っ張り凧で、品物を奪い合っているのですから、これも悪いのは私の家だけだったのでございます。不思議だ不思議だと言暮らしている内に、やがて雨は段々氷雨に変って行き、たまに天気がいい日には、名物の赤城下しの空っ風が吹き捲って、木の葉の落ちる時候になって参りました。

もう此の頃では在方のお百姓衆も、冬仕度に買い込むものはすっかり買い整えてしまったと見えて、町を通る在方の衆の姿も、大分ちらりほらりと影が薄くなって参りました。

冬の準備に仕入れたものを春に廻すと云う訳にもなりませんから、仕方がなく品物は薄い利で仲間内《なかまうち》へ廻して捌《さば》いて貰って、とも角春は又元気を付けて売り出す事にしたのでございましたが、親父なぞはスッカリ気落ちしてしまいまして、

「俺が商売を始めてから、こんな酷い目に逢った事はまだ唯の一度もねえ」

と溷《こぼ》し抜いておりました。それも今言いました通り、仕入れを誤ったのならばまだ気持の慰めようもございましたが、品物を廻した仲間内では、廻すや否や飛ぶように疏《は》けて、「越前屋さんじゃこんないい品物を沢山持ちながら、何んだって寝かしてお置きになったんで?」

なぞと人の気も知らずに、不思議そうに聞かれたりしますと何んとも言えぬ情けない気持でございました。

しかも其の年は家中に何だか妙な出来事ばかり重なり合いまして、阿母《おふくろ》が仏壇を拝んでいて、お燈明を消そうとして手で煽いだ拍子に火傷《やけど》をして、其処に痣《あざ》が出来ましたが其の又痣が何時迄経っても直りもせずに、日が経つに従ってますます大きくなって蓮の花そっくりの妙な恰好になって参りましたり、何十年にも寝た事のない親父が、下駄を穿《は》く拍子に一寸躓《つまず》いたと思ったら足を挫《くじ》いておりまして、それを直すのに一月近くも寝込んでしまいましたり、そうかと思えば小僧

が仏壇のお花を棄てるのに誤って蠟燭立てを小指の先きに突き刺して、其処が腫《う》んで瘭疽《ひょうそ》になって到頭小指を切って二十日余りも寝付いてしまいましたり、勿論物の拍子と言えばそれ迄の事でございましょうが、妙に厭な事ばかり重なり合って来たのでございました。一寸した事から、あんまり厭な出来事ばかり重なり合うものですから、此の次には又どう云う事が起るのだろうかと、しまいには、まるでもう順番でも待つような気持で怯々《びくびく》ものでございました。

とも角其の内に雪も降りまして、もう町はいよいよ年末の売り出しに掛かっているのでございましたが、此の頃気が付いた事は、どうも家の中が何んとも言えず湿《じ》め湿めとして陰気くさくなって来た事でございました。何処がどう云う風に陰気くさいのか、これも取り上げて別段に斯うと云う処はなかったのでございますが、ただ家の中が妙に薄暗く、誰れもの顔が変に抹香くさくなって参ったのでございます。

番頭や小僧達と一緒に店に坐っておりましても往来を眺めておりましてひょいと奥を振り返ったりいたしますと、帳場格子の中に頬杖突いて凝乎《じっ》とこちらのほうを眺めております親父の顔なぞが、竦然《ぞっ》とする程青褪めた恐ろしい人相に映りましたり、奥の間へ行って仏壇を拝んでいる阿母《おふ》くろがひょいと振り向いた顔が、まるで芝居でいたします渡辺の綱の処へ腕を取り戻しに参りますあの髪を振り乱した羅生門の鬼女そっくりの凄まじい顔に見えまして、思わず飛び上ったりした事もございました。しかもそれが強《あな》ち私ばかりの眼にそう見えた訳ではなく、親父や阿母や番頭共に迄矢張りそう云う風に映っていたと見えまして、時々土蔵の中で用を足して出て来る出逢い頭なぞに番頭がヒイ！　と品物を取り落として、

「若！　脅かさないで下さいよう！　ああ吃驚《びっくり》した！」

と真っ蒼な顔をしている事もございました。何もこちらではちっとも脅かす気はないのですが、家の中全体が斯う何か眼に見えない墓場のような物怪《もののけ》に包まれているものですから、する事為す事が、ただもう陰気な湿《じ》め湿めとしたものに見えて仕方がなかったのでございます。

そして丁度其の頃にあの不思議な事が起ったのでございました。親父は其の二三日許り前から、大胡《おおご》の方へ出掛けて留守でございましたが其の日も朝から篠突《しのつ》くような烈しい雨で、小歇《おや》みもなく降り続いている何んとなく薄ら暗い胴震いのしそうな程寒い日だったと覚えております。夕方頃からはもう往来の人もなく、ただ滝のような雨が川をなして道を流れておりました。親父も留守ですし、どうせこんな晩にはお客なんぞの来っこもないだろうから、大戸《おおど》を降ろして久し振りに骨休めでもしようと、割合に早くみんな寝《やす》んでしまったのでございます。

番頭や小僧達はみんな二階に上がって床に就いてしまいましたし、私は毎時《いつ》も親父や阿母と三人で寝《やす》む事になっている奥の仏壇の間で、床へはいって洋燈《ランプ》を引き寄せて講談本なぞを読んでおりました。

雨は一層酷くなって参りますし、夜も大分更けて此の雨の中を、此の刻限に往来なぞ歩いている人は一人もなかろうと思われますのに丁度其の時でございました。

何処にも隙間はないのに、阿母が今寝ようとして上げて置いた仏壇のお燈明が、フッと掻き消えたかと思うと、此の酷い大雨の中を樋《とい》から落ちる雨垂《あまだ》れの音の合間合間に、トントントンとかすかに店の大戸を叩くものがございました。最初の内は風の音かと思っておりましたが、又其の内にかすかな叩く音がいたすのでございます。

「おや！　阿母《おつか》さん、誰れか叩いている！」

「そうのようだね」

　と母も凝乎《じつ》と耳を澄ませておりましたが、もう寝んでしまった店の者を起すのも気の毒と思ったものか、其の儘《まま》つかつかと真っ暗な店先きを抜けて、大戸《おおど》の上の小さな潜《くぐ》り窓を明ける音がすると、やがて表にいる誰れかと話しているような按排《あんばい》でございました。

　私の寝ております処からは大分離れておりますし、それに引っ切りなしに軒《のき》を叩いている雨の音に掻き消されて床に就いている私の耳には聞こえても来ませんでしたが、其の内に母は又潜りを降してこちらへ戻って参りましたが、ふだんはまことに気丈な阿母なのですが、此の時の顔と言ったら何とも言えぬ浮かぬ面持《おももち》をして戻って参りましても凝乎《じつ》と火鉢に靠《もた》れて考え込んでいるのでございます。

「誰れだい？　阿母《おつか》さん？　誰れが来たんだい？」

　と私は聞きましたが、阿母《おふくろ》は急には口もきけずに私の顔を上《うわ》の空で眺めながら、何かまじまじと考え込んでいるのでございます。

「何んだね、阿母さん、そんな怖い顔をして！　誰れが来たんだよ」

　と何んにも知りませんから私はもう一度促しました。

「不思議な事があるもんだ。今女の人が来たんだよ」

「女の人が来たって？　何も不思議な事はないじゃないか！　何んの用で？」

と知りませんから私は阿母の様子を気にも留めてはいませんでした。

「それがお前、お父つあんが今夜お帰りになるからって今知らせに寄って下さったんだよ」

「え！　お父つあんが？」

と私も頭を擡《もた》げました。

「お父つあんが今夜帰って来ると云うのかい？　だってお父つあんは大胡の友さんの寄合いに行ったんだろう？　明日でなければ帰れないじゃないか？」

「だから阿母さんが今考えているんだよ。お父つあんが、用事の都合で急に今夜お帰りになる事になったから、それで知らせに来て下さったんだとさ！」

「それじゃお父つあんは帰って来るんだろう。誰れが知らせに来てくれたんだい？」

「それがお前わたしが今迄一度も見た事も聞いた事もない方なんだよ。丸髷《まるまげ》に結って、綺麗なとても綺麗な、わたしは誰れか花曲輪の芸妓衆《げいしゃしゅう》でもあるかと思った位、何んとも言えぬ綺麗な奥さんが……それがお前真っ青な顔をして……」

「阿母《おっか》さんお止しよ！　そんな妙な顔をして！　何んだってそんな真似をするんだ！」

「いいえ、それがお前！」

と阿母《おふくろ》は真剣だったのでございます。笑い顔一つしませんでした。

「それがお前！　此処から下が」と両手で腰の両脇を扱《こ》くような恰好をしました。「ずっぷりとまるで血のように真っ紅になって……確かに血なんだよ、あれは！　ああ思い出してもわたしゃ厭な気持がする」

と阿母は眼を閉《つぶ》って二三回頭を振りました。

「何を下らん事を言っている！」私は見ていない事ですから一向平気で、大方親父の知り合いの芸妓衆でも、雨の中を紅い腰巻《ゆもじ》でも出して通りすがりに知らせて呉れたのだろうと、大して心に留めてもいませんでした。

「何かお父つあんの身に変った事がなければいいがねえ」

と阿母は案じ顔にそう言いましたが、一度閉じた仏壇を又開いて一心に念仏を唱え始めました。が其の途端にドンドンドンと今度は烈しく戸を叩いて、まさかと思った親父がほんとうに帰って来た時には私もまったく竦然《ぞっ》としました。何んとも言えぬ気持で、脇の下から粟立つような気持だったのでございます。

「何んだ、何んだ！　ただせえ陰気くせえ陰気くせえと言ってるのに二人して蒼い顔をして！　斯うヤケに降りやがっては堪《たま》ったもんじゃねえ」

と全身ビショ濡れになり乍ら親父ははいって来ましたが、勿論誰れにも話さずに急に思い立って帰って来た事ですし、知らせになんぞ人を寄越した覚えもなければ、それに第一そんな歯切れのいい東京弁を使う綺麗な女の人なんぞ、一人だって知り合いはないと言うのでございます。

「阿呆らしい！　此の土砂降り雨の中に誰れが物好にそんな余計な事をしくさる奴がある！　大方お前があんまり居眠りばかりしよるもんだから狐でも悪戯《いたずら》しに寄ったんだろ」

と碌々相手にもならずに、濡れているものですから其の儘風呂にどっぷりと漬《つか》って、さも気持よさそうに大口開《あ》いて笑っておりました。

それでも風呂場の入り口に佇《たたず》んで腑に落ちぬようにくどくどと並べ立てている母の話を聞いている裡《うち》に、段々真顔になって来たのでございます。一つには阿母が人並以上な気丈者で、そんな腰巻と血糊のべっとり付いたのとを見間違えるような粗忽者《あわてもの》ではない事に気が付いたのでございましょう。

「そうだな！　血糊がべっとり付いていたと云うのはお可怪《かし》いな！　こんな雨の中でも見える程に血が流れ出していたんでは、何かよっぽどの深傷《ふかで》を受けていたんだろうが……幾ら土砂降り雨の中だって、交番のお巡りが立っておらん事はあるまいが、そうすりゃお巡りにはすぐ不審を打たれにゃならねい筈だが」と小首を傾《かし》げました。「……それもそうだし第一そんな深傷を受けた女なんぞが、平気な顔をしてヒョコヒョコ俺の帰るのを知らせに来たと云うのもお可怪いじゃねいか」と母と顔を見合せながら、風呂桶の縁に頭をよっかからせて沈吟《ちんぎん》しておりましたが、「何やら怪体《けったい》な話やなあ！　こんな晩にはよっぽど火の用心でも確《しっ》かりして置かん事には、飛《とん》でもない事が起るかも知れねえぞ！」

と大声を出してごしごしと身体を洗い始めました。がいよいよ今度は、今の事が身に染みて気に掛かり出したのでございましょう。身体を洗う手も間もなく止めて、又、

「そうだなあ！」と考え込みました。

「なるほどお前《めえ》の言う通り、今夜帰ろうと云う気になったのは、ふっと俺がそう考えただけの事で誰れにも言った覚えはねいが……どうしてそんな事がわかったもんだろうなあ！」

と独語《ひとりごと》のように考え込んだのでございます。

「此奴は何んだか考えれば考えるほど背筋のゾクゾクして来るような気持だ！　お卯の！　一本燗をしてお呉れんか！　こんな妙な晩には酒でも飲まん事にはやり切れねえ」

と風呂も其処《そこ》々々に上って来てしまいました。

勿論私が見たわけではございませんから、これ以上ハッキリした事は申上げられませんが、まったく厭な晩でございました。

其の後は別段其の事に就いては変った事も起りませんでしたが、阿母の話しでは何んでもよほどの水際立った別嬪《べっぴん》だったと申す事でございました。斯う云う商売をいたしておりますと色々な芸妓衆などしょっ中見ておりますから、普通の美しさでは格別驚きもしませんが、今迄其の年になる迄一度も見た事のない程の別嬪だったと、後々迄もよくそう申しておりましたから余程の美しさだったのでございましょう。

三

そう云うようなわけで、たださえ陰気な家の中に、又候《またぞろこ》斯う云う妙な事が起ったものですから、当分は何んとも云えぬ暗い沈んだ空気で、ほとほと気の滅入るような気持でございましたが、到頭其の年の暮の商売もからっきし駄目なのでございます。

何んで取り立てた理由もないのに、斯う商売が淋《さび》れて来るのか、みんなもつくづく気を腐らせてしまいましたが、普通の古着類でも捌《さば》けないのですから、まして店の真ん中に飾ってある例の蒲団なぞの売れよう筈もございません。正札だけはあれから二度ばかり取り替えまして、今では

五十円の値印しにして置きましたが、一度どうかした拍子に、万戸屋さんの主人が通り掛かって、不図此の蒲団に眼を付けて、

「ほほう、又大した物をお仕入れでございますな。五十円とは安い。若し何んでしたら仲間相場でなくとも札値で結構、手前の方へ譲って戴いても宜しうございますが」

と言った時には、親父も厭な顔をして聞こえぬ風を装っておりました。

私には親父の気持はよくわかるのでございますが、これがわきの人から言われましたのなら、五十円が四十五円でも、こんな何時売れるともわからぬ嵩《かさ》張《ば》った物なぞは疏《は》いてしまいたかったのでございましょうが、今こちらが落ち目になり掛かっている処だけに、万戸屋からこれを言われたのでは、僻《ひが》みかも知れませんが、意地になっても応じられるわけのものではなかったのでございます。

が、万戸屋には勿論親父の斯う云う気持なぞわかろう筈もございません。よほど気に入ったものと見えて、

「私の方でも一遍切り出したからにはお世辞やお追従で申してるわけではございませんから、如何です、越前屋さん、もう五円色を着けようじゃありませんか。私は此の品物に惚れたんだ。〆て五十五円！　それで一つ手を打って下さらんか」

と熱心な頼みでしたが親父にして見れば、これでは尚更うんとは言われなくなって来たのでございます。

「折角のお頼みだが此奴だけはいけねえ！　万戸屋さんいけねえわけがある」と親父は苦り切っ

て蒲団を見上げましたが、

「店に飾っては置いたが、此奴だけは売り物にしたくねえんだ！　来春には倅に嫁取りもしなけりゃならねえので、其の時の間に合わせようと思って実はめっけ出して来たんだ。折角だが……」

とキッパリと断ってしまいました。そして、「売り物じゃねえと言ってるのに、誰れがこんな下らねえ物を付けやがったのか！」

と苦笑しいしい、親父は万戸屋の眼の前で蒲団に振《よ》ら下げてあった正札を引き捲《ちぎ》ってしまいました。勿論親父にも別段の魂胆があってそんな事を言ったわけではございません。ただ一時の方便で万戸屋を扱《あし》らう為めに、口から出任せを言ったに過ぎなかったのでございますが、嘘にもせよ、とも角万戸屋の前でそんな大口を叩いてしまったものですから、一寸正札を付けて置くと云うのも工合が悪くなりましたので、其の後は蒲団は正札なしで相も変らず店晒《たなざら》しになった儘、一番人目に付き易い場処に積んでございました。

さて、そうこうしている裡に其の年も暮れて春を迎え、一月も瞬く間に経ってしまいましたが、二月になればいよいよ私の祝言を挙《あ》げなければなりませんでした。

前にも言った通り家内は同じ郡内の新町と云う処から嫁に来る事になっていたのでございますが、時節柄万事控え目にしてと云うわけで、祝言なぞもごく質素《じみ》にほんの内輪だけでやる事にいたしました。それでも日がいよいよ迫って来るにつれて仲人は打合せに参りますやら、親類共からも祝って来ますやらで、何やかや、まことに忙しい日を送っておりましたのでございます。

そんなわけで、まあ当分は家の中も大分明かるいような気持でございましたが、さて其の祝言の当夜でございました。其の頃は裏手の方に廊下続きで二間ばかりの離れ座敷がございまして――これからお話しする様な事件のあった後でございますから唯今は取り毀して其の跡へ土蔵を建てました――ふだんは雨戸を締めっ切りにしてお客様でもない限り使う用もなかったのでございますが、此の離れの方を当分の間私共夫婦の住居にする事に決めていたのでございます。

お開きになりまして、集まっておりました客人や町内の人達もそれぞれ帰ります。そして私達夫婦は其の自分達の居間へはいったわけなのでございますが、斯う云う田舎の住居で其の頃はまだ此の町には電灯なぞもございませず、枕許に立てた洋燈《ランプ》の光りも、床の間や鴨居《かもい》天井のあたり迄は届かず、まことに薄暗い陰気な座敷でございました。が、とも角新しく嫁取りもしました事でございますし、家中はさすがに賑わっておりますから、私も別段何んとも思わず寝《しん》に就いたわけなのでございました。

其の時にどう云うわけですか敷いてありましたのが、店に毎時《いつ》も店晒《たなざら》しになっておりましたあの縮緬《ちりめん》の蒲団なのでございます。ちゃんと家内の嫁入り道具の中に夜具も参っておりますし、まさか親父が言い付けたわけでもなかろうにと、一寸不思議な気もいたしましたが、何せ結婚当夜の事でございまして万事万端両親や仲人の采配通りになって花婿で納っている時の事でございますから、私も深くは気にも留めず、其の儘其の蒲団に眠ったわけなのでございます。

始めての晩でございましたから気は張っていたのでございましょうが、それでもやがてとろとろとして、何時間位経った頃でございましたろうか。いきなり夢中で家内にしがみ付かれて私は吃驚《びっくり》して眼を醒ましました。急いで跳ね起きて洋燈《ランプ》に火を点けましたが、

「どうしたのだ、どうしたのだ？」

と問い質《ただ》しましても、家内はただガタガタと震えているだけで、口もきけずに蒲団を引っ被ぶっているだけなのでございます。漸く真っ蒼な顔を蒲団の間から覗かせて、まだ震えの止まらぬ声で、

「綺麗な……眼の醒めるような綺麗な奥さんが血みどろになって……そ、其処に悄然《しょんぼり》と……お立ちなすって……真っ蒼な顔をしてわたしの方を見ておいでになって……ああ怖やの！」

と急いで又蒲団の中へ顔を埋めました。身体中にビッショリ冷汗を掻いて、其の熱気は私に迄も伝わって来るのでございます。

「夢に魘《うな》されたのではないかい？　そんな莫迦《ばか》なものがいる筈がないじゃないか！　何処《どこ》にいたんだ？　此の辺にかい？　此の辺にか？」

と私もあまりいい気持はしませんのですが、始めて顔を合わせた家内の手前、弱身を見せるわけにも行かなかったものですから、起きて床の間のあたり、屏風《びょうぶ》の廻りなぞを隈なく調べて見ましたが別段に変った事もございません。

ただ其処には薄暗い洋燈《ランプ》に照らされて、家内の脱ぎ棄てた衣裳が衣桁《いこう》から深い襞《ひだ》を作っているばかりでございました。

「大方夢に魘《うな》されたのだろう？」

「でもわたし、宵の口からまだ少しも眠ってはいませんでしたもん」

と家内は恥ずかしそうに顔を赧めました。そしてまだ気味悪そうに吻《ほ》っと溜息を吐《つ》いているの

でございます。

「それじゃ夢を見たわけでもないが」

と私は苦笑いいたしました。

「じゃ屹度《きっと》此の衣桁に掛かっている着物でも、燈の工合でお前さんにそう見えたんだよ……屹度そうだよ」

家内は不服そうに頭を振りましたが、何せ、宵に始めて顔を合せたばかりの事ですから、家内も私もまだ他人行儀で、そう親しく口をきき合っていたわけではありません。万事が遠慮勝ちな時ですから、恐ろしそうに震えながらも家内もそれ以上はもう言いませんでした。

血塗《まみ》れになった美しい奥さんが真っ蒼な顔をして立っていたと言えば、ずっと以前、去年の秋の暮れ、あの土砂降りの雨の晩に大戸を叩いて阿母と話をして行った女の人と云うのと寸分も変りのない姿でございます。私もあの晩の事を思い出して、何とも言えぬ、肌寒い気持を感じたのでございますが、其の時は私もまだ二十六七位の若い時分でございました。今迄稼業大切に働いて道楽一つした覚えもございませんから、女と共寝をしたのはこれが生れて始めてでございました。派手な長襦袢《じゅばん》一枚で震えている、始めてもらった妻と云うものがどうにも私の眼には可愛く見えて仕方がございません。やがて今の気味悪い話なぞも忘れるともなく頭から消え去ってしまったのでございます。

やがて母屋の方で時計が四時を打ちましたし、納屋の方から一番鶏の声なぞがいたしまして、もう眠る間もございませんから、其の晩は到頭それ切りまじまじと床の中で夜を明かしてしまいました。そして、夜が明ければ幾ら結婚早々でも、やはり商家の事でございますから又店の方も手伝わなければなりません。それに家の中も私の気持も何んとなしに賑やかに浮き立っておりましたから、何時《いつ》かのあの血だらけになった女の人の話を、阿母にもう一度聞いて見よう見ようと思いながら、つい取り紛れてそれなりだったのでございます。

そして前夜からの事はそれ切りすっかり忘れ果てていたのでございました。が、丁度《ちょうど》晩の八時頃一寸用事がありまして離れの自分の居間へ参ろうとしておりますと、血相変えて部屋を飛び出して来た家内と、廊下でぶつかり合ってしまったのでございます。

「又……あの怖い女の人が！　早く貴方《あんた》！　早く行って見て」家内は結い立ての髷も乱して蒼褪め切って歯の根も合わぬ位に震えているのでございます。途端に前夜のあの出来事がハッと私の胸を衝きました。取り縋る妻を振り切るようにして私は大急ぎで今家内の逃げ出した座敷へ飛び込んで見ました。

が、其処には明かるく洋燈が輝いて、長押《なげし》の隅々、床の間、相変らず何処に何一つの変った処もないのでございます。今迄家内は其処で片附け物をしていたと見えて、押し入れの唐紙が半開きになり、其処から嫁入り道具や髪の物なぞが食《は》み出しているばかりでございました。

私は隣りの座敷の唐紙も悉く明け放して見ました。しかも此処にも別段の変った処はないのでございます。そして第一まだこんな宵の口の、八時や九時頃家のものもみんな起きて往来も賑やかな時刻に、幽霊なぞと云うそんな莫迦《ばか》なものの出よう筈もない事でございました。

「何を莫迦な事ばかり言ってるんだい？　来て御覧！　何にもいやしないじゃないか！　お前さ

んの気のせいだよ！　何処にそんなものがいる！　さ、来て御覧！」

と私は又廊下へ引き返して来て家内の手を執《と》りました。

「だって……あの血だらけな恰好をしてあの蒲団の上に坐っていたんですもん。淋しそうな顔をして……真っ青な顔をして！　わたし怖うて、もうどうもならん」

と家内はまだ今の其の顔が眼先に散ら付いて来るのでしょう。さも恐ろしそうに肩を震わせておりました。

「何処にもそんなものはいやしないと言うのに！　お鹿、来て御覧！　何処にそんなものがいる」

苛《じ》れったくなって私は力を込めて家内の手を引きました。が其の途端でございます。ギョッとしてすんでの事に私は声を立てて其処を逃げ出す処でございました。血の気もない顔をして私に手を引っ張られながら、まだ其の場を動こうともしないで私を凝視《みつめ》ている家内の顔が、見る見る何んとも云えぬ凄まじい形相に変って来て、其の腰から半身以下が真っ紅に染まりながら、私の顔を食い入らんばかりに眺めているのでございます。

私は竦然《ぞつ》と総毛立ちながら、思わず眼を閉じて二三度頭を振りました。そして、怖々《こわごわ》眼を開けて見れば、其処に恐ろしそうに私を振り仰いで竦《すく》んでいるのは、やっぱり私の可愛い家内のお鹿の顔に相違ございません。

「そんな怖い顔をしないどいて！　なぜ又貴方そんな怖い顔をしてわたしの顔ばっかり見ていらっしゃるん？」

と家内は震えながら、怪訝《けげん》そうに私の顔を覗き込みましたが、其の拍子に何を私の眼の中に見たものか、

「キャッ！」

と叫ぶと憑《つ》かれたように私を振り捲《もぎ》って母屋の方へ逃げ出しました。そして今の家内の叫びに驚いたのでしょう。茫然《ぼんやり》と突っ立っている私の耳にも、店の方から番頭や小僧達のどやどやと駈け出して来る跫音《あしおと》が聞こえて来たのでございます。

四

騒ぎは一時に大きくなりました。そして困った事には妻はもう私さえも恐ろしがって、私が側へ寄ると慌てて父や番頭の蔭へ隠れるようにして飛び退きました。そしてこんな恐ろしい家には一刻もいる事が出来ないから、すぐに離縁を貰って家へ帰ると云うのでございます。

「莫迦な事を言いなされ！　昨日祝言が済んだばかりで何んの理由があって家へ帰らせられる？　幽霊？　莫迦な！　幽霊が出るから家へ戻って来たと貴方《あんた》は親許へ戻って言いなさる気か！　阿呆らしい！　家に幽霊が出るもんなら、何も昨日や今日に来た貴方一人の眼には映らんわ。親子三人番頭も小僧も斯うして多勢いるのに、今迄にそう云う人々の眼に映らんと云う筈がないじゃないか！」

と親父は頭ごなしに呶鳴り付けました。阿母は阿母で離縁をして呉れなぞと飛んでもない事を言い出すには、何かそんな莫迦げた理由ではなくて、ほんとうの理由《わけ》があるに違いない。理由に

よってはそちらから離縁を望まぬでも、こちらから熨斗《のし》を付けて親許へ帰して上げるから、仲人を呼ぶ迄の事はない、此処でハッキリした理由を言いなさいと云うようなわけで、彦吉《これ》がここにいる為めに言い憎いのなら彦吉《これ》にはしばらく店の方へ出て貰いましょうといきり立つのでございます。お蔭で私はしばらく莫迦な顔をして、店番を勤めていたような始末でございました。

さすがに斯う膝詰談判を食いましては、家内もただ恐ろしい怖いだけでは済まされなくなって参りましたのでしょう。泣きながら昨夜からの一部始終をありの儘にぶち撒《ま》けたものと見えまして、やがて私が又奥の間へ戻ってまいりました時には、親父と阿母と家内との三人がまことに気《き》拙《まず》そうに顔見合せながら坐っているのでございます。

「それ程お前が言うのでは、万更根も葉もない事でもないだろうが、困った事が持ち上ったものだな」

と親父は腕組みをして苦り切っていました。

「たださえ去年の秋から商売の方も旨《うま》く行っていないのに、又こんな噂でも立った日には余計商売の方にも響いて来るし、弱ったもんだ」

「それにしても彦吉《これ》が幽霊と云うわけでもあるまいに、何もお前さんが彦吉《これ》までを怖がる事もないだろうにね」

と母も厭な顔をしているのでございます。

「…………」

妻はまるで自分が悪い事でもしでかしたかのように、切なげに俯《うつむ》いておりました。

「処でそんな事ばかり言っていても仕方がないが、差しずめ今夜の処ですがね」

と阿母が膝を乗り出して参りました。誰れの彼のと言うよりも、若《も》しそう云う自分の逢ったあの女の人そっくりの幽霊が出るものならば、わたしが自分で今夜は一つ離れへ泊って見ようじゃないかね、と言い出して来たのでございます。

「怨みのある処へ出ると云うのなら話もわかっているが、何んの怨みつらみもない此処の家へなんぞ出てケチを付けるのがわたしには腑に落ちない。今夜出て来たらわたしだってもう容赦はないね。向う様どころか！　こっちからこそ、怨みの百万だら並べ立ててやらなけりゃ腹が癒えないよ」

と阿母は煙管《きせる》を叩いて意気込みました。勿論其の反面には嫁いで来て早々妙な事を言い出して来た家内に対して、若し幽霊でも出なかった分には其の儘にはして置かないよと云う母の勝気な、何時もの気性がありありと眉の間に溢れていたのでございました。

「又婆さんが詰まらねい事を買い込みよる。人が怖がる事を何も無理に買って出るには及ばねえがな。外に部屋がねえと云うわけじゃあるめえし、離れが気味悪かったら、なあに戸を締めっ放しにして使わずに置けば済む事なんだから」

と、親父は穏やかな気性ですから笑っておりましたが、母の気丈な気性はよく飲み込んでいましたから、どうせ言い出したからには後へは引かないと思ったのでしょう。

「それもいいだろう。こんな強い婆さんに出て来られたら先様で面食らって引っ込んでしまうだろう。そいじゃまあそうと決まったら、さあもう若いもんは引取って寝《やす》んだがいい！　寝んだがいい！」

と其の時小僧が呼びに来たのを機会《しお》に店の方へ立って行ってしまいました。そんな事でまあ此の騒ぎにもケリが付いたのでございましたが、私と家内とで、店と奥との隣りの三畳の方へ、家内の嫁入りの蒲団を搬《はこ》び込んでいました時には、阿母はもう昨夜迄私達の使っておりました例の蒲団の上に横になって、

「ああ極楽や！　広々とした座敷の中でこんな結構な蒲団の上に伸々と寝てられるものをお前さん達は粋狂な人達やな」

と笑い笑い私達を眺めて冗談なぞを言っておりました。

それを又私も笑いながら、蒲団を搬んでおりましたのですが、さすがに親父の寝ている隣り座敷だと云う安心があったのかも知れません。或いは座敷が狭くて床を敷くともう幽霊の出て来る隙間もない程に、一杯になったのに気持が休まったのでございましょうか。

家内もまことに心が落ち付いて、始めて楽しそうな笑顔なぞを見せて呉れましたのでつい私もうっかりして阿母の様子も気に懸けずに安心して眠ってしまいましたのですが……。

ハッとして夢うつつの裡《うち》に、思わず私は枕に頭を擡《もた》げて耳を澄ませました。

傍《かたわら》に家内は、一日間の疲れが出たのか気持よさそうにスヤスヤと軽い寝息を立てて眠っておりましたが、何処か地の底からでも響いて来るような人の呻き声がかすかに耳を打って来るのでございます。高く低く尾を曳いて、まるで喉首でも締め付けられているような、総毛立つ程厭な魘《うな》され声でございました。

阿母さんだな！　と気が付いて私が撥ね起きた時には、隣りで親父も眼を醒ましたらしい気色《けしき》でございました。

「お父つあん、眼が醒めているのか？」

「魘されているようだな」

と親父も嗄《しわが》れ声でございます。

「何んだな大きな事を云って！　だから止せばいいのに、から意地はねえじゃねいか！　彦吉！　起してやりねえ！」

「よし起して来てやろう」

と私が障子に手を掛けた途端、一際高くううむと身の毛のよだつような声を張り上げたと思いましたが、それっ切りバッタリと声は途絶えて、離れからはもう何んの物音も聞こえては来ませんでした。

「何んだか様子がお可怪《かし》いぞ！」

と親父も気に掛かると見えて起き出したらしい工合です。変に胸騒ぎがして廊下を離れの前迄行って、

「阿母さん！　阿母さん」

と呼んで見ましたが、内部は洋燈も消えて何んの物音もしないのでございます。もう猶予は出来ませんから障子に手を掛けて一思いにがらっと引き明けようとしましたが、どうした事か障子が磐石のような重さで明かないのでございます。

「いけねえ！　変だ！」

と親父も何時の間にか背後《うしろ》に突っ立っていて、一緒になって明けようと焦って見ましたが、開かばこそ！　不図《ふと》気付いて隣りの障子に手を掛けましたが、これも亦敷居際に閊《つか》えて滑らかに明きません。苛ら立ち切ってうんと力を籠めると一緒に、障子は敷居を外ずれて物凄い勢いでドサッ！　と掩《おお》い被ぶさるように縁側へ倒れ掛かって参りましたが、一瞥《ひとめ》見るといきなり私は「阿母さん！」と夢中で取り縋りました。

外から明かなかったのも道理！　肥った母は寝巻の胸もはだけた儘、余程苦しんだものと見えて、両手を開《ひら》けるだけ開いて、障子に向って大の字なりに縋り付きながら、眼を吊るし上げてもう息は絶えていたのでございました。

折角のお望みでございますから、私の存じております事だけは申上げましたが、どうぞ阿母の処は此の辺で御勘弁下さいまし。

とも角母の初七日も済んだ後、親類共も寄り集まりまして色々と後々の相談をいたしましたが、結局誰れ言うともなく、どうも蒲団に何か怪しい怨霊でも憑いているのではないかと云う事になりました。

此の蒲団を仕入れましてから、商売も左り前になったり家中が陰気臭くなっておかしな事ばかり続きますし、それに現に亡《なくな》った晩も、阿母は、あの蒲団を敷いておりましたが、私共は幸か不幸か、座敷を変えておりましたばっかりに、蒲団も家内の持って参りましたのを使いましたから何んの事もなかったのでございますが、どうも此の蒲団に何か怪しい事があるのではなかろうかと云う事になりまして、初七日の法事も済んだあと、親類共にも集まって貰いまして、此の蒲団を解いて見たのでございます。

中の綿もいちいち揉みほぐして丹念に調べて見ましたが、掛け蒲団には何んの事もございませんでした。夜着《よぎ》にも別段変った事はございませんでした。それから敷蒲団――これも一枚の方には何んの変った処もございませんが、残る一枚の方、つまり私共の重ねた下の方に当る分なのですが、これを解いて参りますと、真ん中頃に二ヵ所どす黒くコチコチに乾干《ひか》らびた、どうも血らしい物の付いている処がございました。

さてはと此処を取り分け丁寧に解きほぐして行きますと、どうでございましょう！　カラカラに乾干らびた女の片手の指が五本……よほど鋭利な刃物でバラリと落としたものでございましょう、肉なぞはすっかり落ちて、撚《よ》れ撚れになった皮膚が白い骨と爪だけに纏わり付いて現れて参りました。

それともう一つ、……これは如何にも申上げ憎いのでございますが、御婦人の或る場所を抉《えぐ》り取ったと見えて、これも白くカラカラに乾干らび切った皮膚が、ただ一摑みの毛だけは其の儘に綿に包《くる》まって出て参りました時には、其の場に居りました者七八人思わず「呀《あ》っ」と叫んだ切り、余りの不気味さに顔色を変えぬものはございませんでした。

手の指の方はとも角として、御婦人で此の場所を抉られましたらもうどんな事をしましても命のあろう筈はございません。成程亡《なくな》った阿母が話し合ったと云うあの美しい女の人も、家内の見ました怨霊も、腰から下が血塗《ま》みれになっていたと云う訳がようやく私共にも合点が参ったのでございます。

存ぜぬ昔ならばとも角も、もう斯う云う事を知りました以上一刻でもこんな蒲団を家へ置いとく訳にはなりませんから、すぐ元通りに縫い繕《つくろ》って、私共の菩提寺《ぼだいじ》の舒林寺《じょりんじ》と云うのへ何はともあれ預かって貰う事にしたのでございました。

実は其の時警察の方へも一応届けたらと云う話が出ぬでもございませんでしたが、今更こんな日数の経ったものを警察へ届けたからとて、亡った阿母が戻って呉れるものでもございませんし、それよりも何事も因縁と諦めて、どう云う身の上のお方かは存じませんが、こんな酷《むご》たらしい殺され方をなすった方の後生をようくお祈りして上げたらと云う事になって、一応菩提寺の方へお預けした様な訳なのでございます。

五

其の後舒林寺の住持の方からもお話がありまして、斯う云う怨霊の籠ったものはこんな小さな田舎の寺に置くよりも、いっそ総本山の増×寺へお納めして、今の大僧正様は近代での名僧智識と評判の高いお方だから、斯う云うお方に引導を渡して貰ったならば、此の非業な最期《さいご》を遂げられた御婦人も安心して成仏が出来るだろうから、そうなさったら如何《どう》だろうかと云う御相談でございました。若し其の気持があるのなら、衲《わし》も一緒に行って、ようく大僧正様に頼んで上げてもいいとの親切なお話でしたから、早速親父に其の話をいたしましたら、阿母を亡しましてからめっきり気が弱くなっております親父は、一も二もなく賛成して呉れまして、是非そうお願いした方がいいと申すのでございます。

で親父の代りに私と親類の者と、それから御住持との三人で蒲団と其の外にお経料として五十円携えて上京いたしまして、増×寺様にわけをお話してようくお願いしてまいりました。増×寺様でも快くお引受け下さいまして、懇《ねんごろ》に回向《えこう》をして置くから、もう何にも心配せずに安心してお帰りと仰せて下さいましたので、始めて私共も吻《ほっ》と致しました。

処がどうでございましょう。不思議な事には、去年の秋親父が仕入れから帰って参りまして以来、急に店が淋《さび》れ出して、さきほども申上げましたように、まるで物怪《もののけ》に憑かれたように暗く湿め湿めとしておりました家の中が、増×寺様から帰って参りますと一緒に拭ったようにからっと晴れ渡りまして、店へ見える客も、働いております番頭や小僧達、煤けた天井の隅々迄も、気のせいか見違えるように明かるく生き生きとして来た事でございます。まるで雨降り挙句に、青空が顔を覗かせて来たような工合でございました。本来なれば阿母があんな非業な最期を遂げまして、家の中は一層陰気さを増さなければならなかった筈なのでございますが、却って思いもかけずその反対になって参りました時には、今迄知らなかった事とは申せ、あの蒲団に絡まる怨霊の恐ろしさに、今更ながら唯々震え上らずにはいられなかったのでございます。そして、これも偏《ひとえ》に増×寺の有難い御引導のお蔭と、手を合せておりましたのでございますが、しかもそれがどうでございましょう。忘れもしぬ、三月の二日、丁度私共がお納めして安心して帰って参りました其の翌《あく》る日に新聞を見ますと、あの結構な増×寺が時も時私共が蒲団をお納めして帰りました其の晩の内に、原因分らずの怪火を発して見る間に焼け落ちてしまったと出ているではございませんか！

恐ろしい事だと思いました。因縁でございます。何事ももう因縁でございます。そうとより外には、もう何んと申す言葉もないのでございます。

そう思って私共はそれ以来、名前もわからず処もわからぬ儘に、御住持に其の御婦人の戒名を書いて戴いて、阿母の位牌に並べて斯うやって朝晩拝んでいるのでございます。御覧下さいまし、仏壇のあの右の方に並べてある白木のお位牌がそれでございます。そうそう、其の時念の為めに親父に書いて貰った処書《ところがき》を見て、其の蒲団を買った芝の露月町の小さな古着屋さんとか云うのを訪ねて見ましたが、名宛の処にはそう云う人は住んでいずどうしてもわかりませんでした。諦めて帰ろうとしておりました処が、漸く煙草を買いにはいった家で、其の古着屋さんならば、もう七八カ月も前にお内儀さんとかが発狂して、御亭主は子供とお内儀さんを連れて夜逃げ同様在所の方とかへ引っ込んだと云う事で、しみじみ恐ろしい事だと思いました。

え？　親父でございますか？　もうこれも疾《と》っくに亡りました。

阿母もあんな死に方をしたもんだから其の因縁の絡まる怨霊の主の素性を是非どうにかして知りていもんだ、と生前口癖のように申しておりましたが、七年以前に不図した風邪が因《もと》でポックリ亡りました。死ぬ前からめっきり気が弱くなりまして、仏弄《ほとけいじ》りばかりいたしておりましたが、これもやはり因縁なのでございましょう。

碁盤

森銑三

一

天明から寛政へかけての江戸の吉原には、一芸に達した遊女達が大勢ゐた。歌や発句を作る女もゐた。手紙をよく書く女もゐた。琴や三味線や、それから茶の湯や生け花の嗜みのある女などは、数へ切れぬほどだつたのであるが、さうした中に、なほ一人変つた女がゐた。それは扇屋の抱への唐糸で、碁に長じてゐたのであつた。

唐糸は、一体に内気な、物静かな生れつきだつたのでもあるが、外の女達が寄合つて、むだ話に時を過してゐる折にも、その仲間には入らず、部屋に閉籠つて、棋譜を手に、碁盤に石を置いて、自分だけ楽しんでゐるといふ風だつた。それで時々は、その道の人達を、わざわざ招いて碁を囲む。それを何よりも楽しいこととした。

吉原に唐糸といふ、碁を打つ女がゐる、といふ評判が、いつの間にか好事の人々の口の端に上るやうになつた。そしてそれは、幕府の碁所の本因坊の耳にも入つてゐた。

或年の春、二三の人々に誘はれて、夜桜の見物に来た本因坊は、扇屋に上つて、唐糸を呼んだ。もとより自分の名前などは、秘めて置くつもりだつたのに、唐糸の方では、どうして知つたのか、座敷に入るなり、恭しく手をつかへて、「本因坊先生で入らせられますか。ようこそお越し下さいました」と挨拶した。本因坊は、ひそかに舌を捲いた。

本因坊の入来は、唐糸にはよほど嬉しかつたらしい。外の人達などは、そつちのけにして、碁のことをつぎつぎと問ひかける。その問がまた本筋へ入つてゐる。これは聞きしにまさる女と、本因坊は内心驚かずにゐられなかつた。

その内唐糸は、「ついこの間、かやうな品が手に入りました」といつて、やや古びた碁盤を一面、出して来て見せた。それがまた何ともいはれぬよい盤である。

「これは見事な……」と、本因坊は思はず嘆声を発した。「よくもかやうな盤がありましたな。」

さう褒められて、唐糸はいかにも嬉しさうに、「わたくしなどには、分に過ぎた物と思ひましたけれど、見ましたら矢も楯もたまらなくて、つい求めてしまひました。」

さういつて笑みをたゝへてゐる。

見事な碁盤を前にして、本因坊は俄に技癢《ぎやう》を感じたらしく、「では、これで一局」と自分の方から勧めた。

唐糸は、「忝けないことに存じます」と、少しも悪びれず挨拶して盤に向つた。これは珍しい対戦と、外の人達は、膝を進めて、勝負に見入つた。

唐糸の技倆は、本因坊から見れば、もとよりいふに足りなかつた。けれどもそれは、強い弱いを別にして、素直な、癖のない碁であつた。本式に修行したら、どこまで上達するだらうかと思はれる。珍しい女があつたものと、本因坊は、感じ入らずにはゐられなかつた。

思はずも碁に時を過して、夜更けて本因坊の帰らうとするのに、唐糸は、さもさも名残り惜しさうに、「どうかまた、これを御縁に」と、繰返していつた。それは決して空の世辞ではないのだつた。

唐糸とその碁盤とのことを、本因坊は日を経ても忘れかねてゐた。けれども本因坊は、もう中年を過ぎて居り、吉原などといふところへ、しげしげと足を運ぶのには気が引けた。その上に家業の方も忙しい。「唐糸は、どうしてゐようか」と、時折思はぬではなかつたが、改めて会ひに行くことも得せずに、時を過してゐた。

二

とかうする内に、年が改まつた。門松が家々から取払はれて間もない或日のことである。本因坊の家へ、出入りの骨董屋が何やら重さうな物を背負ひ込んで来たと思つたら、それはやや古びた碁盤であつた。

「檀那、こんな出物がございましたが、いかがでせう。何だか見どころがあるやうな気がいたしますが……」といふ。

本因坊は、ひと目見るなり驚いた。扇屋の遊女唐糸の愛蔵の碁盤が、図らずも目の前に現れたのである。

碁盤を見た本因坊は、身と魂とが離れ離れになつたかの如くであつた。一も二もなく、云ひ値で買取つて、よい品の手に入つたことを喜んだ。けれども、唐糸は一体どうしたといふのであらうか。その一事が気に懸かる。あの女には、何か変事があつたのではあるまいか——。

碁盤を前に、物思ひに沈んでゐるところへ、弟子の一人の信濃屋の主人といふが訪れた。そしてその碁盤を見るなり、また魅せられたかのやうに、「これは結構な品ですな。わたくしにお譲り願はれますまいか」といふ。

本因坊は、首を振つた。「実はこの盤には、少し因縁があるのです。以前によそで見て、忘れることの出来なかつたのが、不思議にも舞込んで来ましたのですから、さうやすやすとは上げられません。」

さういつて断つたけれども、主人はなほもあきらめかねて、「そこを何とか願はれませんか」と、請うて止まぬ。

本因坊も、つひに譲歩して、「それほどに御執心なら、当分お貸しすることにしませう」といふことで、折合を附けた。「けれども、見た目がよくありません。ひと鉋《かんな》当てさせまして、線も引き直させませう。」

信濃屋の主人も、それ以上に強要するわけには行かなかつた。碁盤の職人で、本因坊の愛顧を受けてゐる平七といふ老人を、主人も知つてゐた。それで帰りがけにその家へ廻つて、師匠の意を伝へた。平七は、すぐに本因坊方へ来て、その碁盤を持帰つた。

ところが、それから二三日したかと思ふと、平七は何やら落ちつかぬ面持で、本因坊の家へ来て、「檀那、あの碁盤のことなのですが……」と、いひ差して、もぢもぢしてゐる。

「碁盤が、どうしたのかい」と、何気なく尋ねると、平七はなほも声を潜めて、「どうもあの碁盤には、何か曰くがございますね」と、気味悪さうに、次のやうな事実を語つた。

平七が、手入れにかからうとして、碁盤の面に鉋を当てた時だつた。その上に、薄く煙が漂うてゐるやうなので、はてなと思つて手を休めたら、盤の傍らに、若い色白の女が坐つて、削る手許を見詰めてゐる。その女の帯を前で結んでゐるのまでが、はつきりと見えた。思はず、「あつ」と声をたてたら、姿は消えて、そこには何者もいなかつた。

けれども平七は、何やら無気味で、それからこちら、手を附けかねてゐる。

平七は、それだけのことを話しながらも、その女の姿が、なほも目に附いてゐるかのやうだつた。

三

「さては」と本因坊も思つたけれども、それは顔色にも現さずに、わざと渋面を作つていつた。

「年がひもないことをいひ出して、大事な碁盤にけちを附けたりしては、困るぢやないか。好きな煙草でも飲み過ぎて、気分がどうかしてゐたのではないか。あの碁盤は、信濃屋さんにも、貸す約束がしてあるのだ。よしまた女の姿が出ようと、お前が祟られるわけなどありはすまい。さつさとかかつて貰ひたいね。」

本因坊は、仏頂面をし続けてゐる。平七は、取り附く島もない。致し方なしに、「へえ、それでは……」とだけいつて引き下つた。

四五日したら平七は、碁盤をすつかり仕上げて持参した。本因坊は、それを見て喜んだが、平七はなほも腑に落ちぬ顔附で、「檀那、またしても余計なことをいふやうですが……。この碁盤は、どうも怪しうございますぜ」と、その後の話をした。

この前、本因坊から励まされて帰つて、こはごは仕事にかかり、碁盤に鉋を当てたけれども、何事もなかつた。それに勢ひを得て、すぐに漆で線を引くことを始め、暫くは夢中でゐたところが、ふと気が附くと、側にはいつの間にか、女が坐つて、仕事に見入つてゐるのだつた。やはりこの前通りに、帯を前で結んでゐる。

あやふく声を立てようとした時、姿は掻き消えて、そこには何もなかつた。

平七は、怖しくはあるけれども、気を取直し、弟子も呼んで手伝はせて、ひと息に線を引き終へた。さうしてけふ、持つて上りました、といふ。

ぢつと聴いてゐた本因坊は、「さうかい」と、穏かにうなづいて、「その女といふのには、心当りがないでもないが、なほよく尋ね合せた上で、お前にも話をしよう。とにかく御苦労だつたな。これは、おつかながらせた駄賃だよ。」

さういつて、手間賃に色を附けて、平七に与へた。

四

本因坊は、その日の内に吉原へ出向いて、扇屋の亭主に会つて聞いたら、予感に違はず、唐糸は死んでゐた。昨年の秋に身請せられて、吉原に近い田町に家を持つたのであるが、一二箇月にして病みついて、年も越さずに亡くなつた。「まだ五七日にもなりませぬ」とのことだつた。

本因坊が、その足で、田町の家といふへ行つて見たら、そこには遠縁に当る老婆が一人、位牌を護つて、寂しく暮してゐた。本因坊は、仏壇に名を告げて、線香を上げ、なほもその婆アやに、何かと聞いて見た。

「唐糸さんには、大事な碁盤が一面あつた筈だがね、それに就いて、何か耳にしてはゐませんか。実はその碁盤は、道具屋が私のところへ持つて来たのだが、何しろ仏の大事にしてゐなすつた品だから、それが気がかりで、そのことを尋ねに遣つて来ましたよ。」

これを聞いた婆アやは、膝を乗出していつた。

「知つてゐるどころぢやありません。あれは仏の何よりも大切になすつてゐた品ですよ。わたしが死んだら、本因坊のお師匠様に差上げておくれと遺言をなすつて、手紙まで書いて、近所の男にお頼みになつたことを、わたしは、ちやんと知つてゐます。それだのに、あの男はお頼みの通りにしないで、道具屋へ売払つたのでございますね。何といふひどい男でせう。」

婆アやは、さういつて腹を立てる。

本因坊は、それをなだめて、「ひどいといへばひどいけれど、年の暮ではあり、借金のかたに、持つて行かれでもしたのかも知れないね。けれども、そのことはもうどうでもいい。碁盤はわたしの物になつたのだから……。しかし、唐糸さんの手紙を、そのままにして置いては気がかりだ。御苦労だけれど、取返して来て貰はれまいか。」

本因坊は、幾らか包んで、「これは使賃だよ」と、渡した。

婆アやは、「かしこまりました」と、すぐ出て行つて、その手紙を取戻して来た。

「これは喜ばしい。手紙も手に入つたか」と、その場で開封して読むと、生前に唯の一度でもお目にかかり、碁盤も見ていただいた喜びを述べ、わたしに代つて、碁盤をどうかよろしくとしてあるのだつた。それを読んだ本因坊には、唐糸から、直接物をいはれてゐるやうな気がした。

五

翌日の朝の内に、本因坊は、婆アやから聞いて置いた山谷のなにがし寺に、唐糸の墓まゐりに行つた。そしてまだ墨の香の新しい墓標に向つて、生きてゐる人にいふかのやうに呼びかけた。

「唐糸さん、大切になすつた碁盤は、わたしが確かに貰ひ受けましたよ。あなたに代つて大事にしますから、御安心なさい。わたしに下すつた手紙は、今ここへ持つて来ました。これはお返しするとしませう。」

さういつて、寺男に墓前の土を掘らせて埋めた。

墓地の片隅に咲いた梅が、清らかな香を放つてゐる。どこかで鶯が鳴いてゐる。早春らしい、日射が明るくあたりを領してゐる。

六

墓まゐりまで済まして帰つた本因坊は、荷が軽くなつたやうな気持であつた。

本因坊はその夜、安らかな睡りに就いたが、時ならぬ霰《あられ》の音に目を覚ました。さうしてまた、うとうととしてゐると、霰の音に混つて碁盤に石を下す音がする。そつと枕をもたげたら、居間の片隅に置いた碁盤には、こちら向きに唐糸が坐つて、さもさも嬉しさうに、石を置いてゐるのだつた。——

翌日もまた、よく晴れた、穏かな日が続いてゐた。本因坊は、唐糸の幻を見たことなど、誰にも話さなかつた。けれども居間に坐つて、その碁盤に目を遣ると、そこに唐糸がゐるかのやうに感ぜられるのであつた。

赤い鼻緒の下駄

柴田錬三郎

高木市夫《たかぎいちお》という、ごくありふれた名前の人物から、私のところへ、二十枚、ばかりの原稿が送りつけられて来たのは、昨年の秋であった。

未知の人から、原稿を送られて来ることは、しばしばなので、私は封を切らずに、他の投稿原稿と一緒に、書斎の廊下の隅《すみ》へすてておいた。

ところが、つい先日、一枚の葉書が来て、私は、あわてて、その原稿をさがし出して、封筒を破らなければならなかった。

その葉書には、

「わたくしは、先生と大学の同窓であった高木市夫の妹でございます。兄は、先月はじめ、自殺いたしました。胃癌《いがん》が理由でございました。死後、兄のものを整理しているうちに、昨秋、先生の許《もと》へ、原稿をお送りいたしましたことが判り、もし、もうお読みでございましたら、お手数でもお送りかえし頂けませんでしょうか。兄の遺品のひとつとして、とって置きとうございますので、失礼をかえりみず、お願いをいたす次第でございます」

と記されてあったのである。

その葉書によって、私は、記憶をよみがえらせた。たしかに、私が、慶応義塾の文学部予科に入った時、高木市夫という学生がいた。ごく目立たない、平凡な男であったし、私自身同級生とは殆《ほとん》どつきあわなかったので、口をきいたこともなかったようである。二年生にあがる時、高木市夫は、いつの間にか、教室から消えていた。誰も、彼がなぜ退学したのか、知らなかった。

私が、すっかりその名を忘れていたのも、いたしかたがなかった。

胃癌で亡くなった、と知らされて、私は、その原稿を読まざるを得なかった。


柴田学兄。

貴兄はもはや、三十年前に、わずか一年あまり、日吉の校舎で机をならべていた私などの名は、ご記憶ではないかと存じます。

たったそれだけのご縁をたよりに、ぶしつけに、この手記をお送りすることを、お許し下さい。

実は、B誌別冊に、貴兄が、幽霊の存在を肯定《こうてい》される小説を発表されているのを拝見して、ふと、私自身の体験を、貴兄に知って頂きたい、と思いたったのです。べつに、この手記を、どこかの雑誌に発表して欲しいなどというおこがましい野心を起して、書いたのではありません。ただ、私は、死期せまった身でありますので、自分のつまらない生涯の中で、ただひとつ、あじわった異常な体験を、書きのこして、作家である貴兄に読んで頂けたら幸いだ、と考えたまでのことなのです。

恰度《ちょうど》いまから二十年前——昭和二十二年の夏のおわりでした。

私は、亡父の故郷であるT県の山奥の村へ、帰って居りました。私は、肺結核で、ずうっと、戦時中、富士見の高原療養所でくらしていたのです。実際、長い療養生活でした。私が、寝ているあいだに、戦争が起り、それが終って、私自身、すでに三十を越えていました。

故郷といっても、亡父の生れたところというだけのことです。父は、高木家の当主ではなく、次男だったので、大学を出ると、そのまま、京都に住みつき、故郷には帰って居りません。私も、中学時代に、夏に遊びに行っただけでした。

その村に五千坪あまりの敷地をもった高木家の本家は、亡父の兄の息子――私より七つばかり年長の従兄が、継いで居りました。

無類の好人物で、私が、本家へ身を寄せたのも、病みあがりの、無職の独身者が、焼野原の東京でうろうろと、飢えてさまよっているのを気の毒に思って、呼び寄せてくれたのでした。

庭には、樹齢六百年といわれる老松が、幾本も、濃い影を、苔むした地面へ落している屋敷でした。

私が与えられたのは、南の隅に、楓《かえで》の樹にかこまれた風雅《ふうが》な草庵《そうあん》でした。深い土廂《どびさし》の下には、月照庵という舟板の額がかかげてありました。

庵《いおり》の前は、母屋の庭の心字池から流れて来た泉水が巡っていて、みごとな緋鯉が泳いで居りました。

楓のうしろに、裏門があって、そこを抜けると、ほんの百歩ほどで、菩提寺の山門に至りました。曹洞宗《そうとうしゅう》の禅刹《ぜんさつ》でありました。かなり由緒のある寺とききおよんで居りました。

住職は、もう六十に手のとどく、いかにも栄養の満ち足りた肥満体の、一瞥《いちべつ》生《なま》ぐさい印象でしたし、梅さんと呼ばれる大黒は二十も年下の美人でしたし、はじめて訪れた時は、私を、かなり坐り心地のわるい気分にさせたものでした。私が、好感を持てなかったのは、和光というその和尚が、なんとか流の華道の師範をして、遠くR市まで出張教授をしている、ということでした。生花師匠をしている禅坊主、などという存在は、たしかに、好感のもてるものではありませんでした。

ところが、二度三度、招かれるままに、その庫裏《くり》に遊びに行くうちに、私は、この村に逗留《とうりゅう》している限り、ここが最も居心地がいいことが判ってきたのです。和光和尚は、まことに、ざっくばらんな気象で、大黒さんをそばに坐らせておいて、夫婦の秘事を平気でしゃべる人だったのです。学識もゆたかで、大正大学にかよっている頃は、社会主義の本から、文学書まで読みあさった模様で、その話のはしばしにうかがわれました。大黒の梅さんも、気さくな善女でした。和尚が、とって置きのスコッチ・ウイスキイをちびちびやり乍《なが》ら、きかせる話は、まことにウイットに富んだもので、私は、生れてはじめてといっていいほど、笑い声をたてさせられたのです。

私自身、毎日なにもすることがなく、退屈していたのですから、実際ねがってもない場所になった次第でした。

おかげで、つい、腰を上げるのを忘れて、そのまま、夕飯をご馳走になったりして、八時九時になるのも、しばしばでした。

辞去して、玄関を出ると、いつの間にか、そこに、提燈《ちょうちん》を持った吉江という一人娘が、立っていて、月照庵へ戻る夜道をてらしてくれるのでした。

吉江は、まだ十七歳で、口かずのすくない、頸の細い、胸の薄い、和服のよく似合う少女でした。

私を月照庵まで送ってくれ乍ら、殆ど口をきいたことはなく、戸口で、黙って頭を下げて、ひきかえして行くのでした。

毎晩その庫裏を訪ねるのが、二週間もつづいたので、さすがに、私は、気がひけて、数日遠慮することにしました。いくら、気軽な和尚夫妻も、私の図々しさに少々あきれていることだろう、と思ったのです。

すると、遠慮して六日目の夕刻、吉江が、月照庵を訪れて、

「お風呂に入りにいらっしゃいませ」

と、誘ってくれたのです。

寺の湯殿は、むかしの武家屋敷では、こうであったかと思わせる立派な構えで、まことに、湯槽は沈み加減がよかったのです。

私は、吉江の誘いに、一も二もなく、起ち上って居りました。

風呂からあがって、夕食のご馳走になり、和尚の四方山《よもやま》話に笑わせられていると、戦争に敗れて、日本中が、飢餓と喧騒にあけくれていることなど、全く遠い別の国のことのように思われるのでした。

「ところでと――」

和尚は、ふと、真面目な面持になり、

「吉江は、まだ、胸もふくらんで居らぬ少女だと思っていたが、あにはからんや、すでに春情を催していましたな」

「つまり、あんたの出現によって、目ざめたのだな」

「………」

和尚は笑い乍ら、云いました。

「私は、もう三十です。吉江さんからみれば、いいオッサンのはずですよ」

「ところが、同じ三十でも、あんたは、ちょっとちがうな。十年間も、サナトリウムのベッドにやすんでいたために、中年男の逞《たくま》しさがないかわりに、生活の汚染《しみ》がついていないんだな。青年の持つはつらつさを失ったかわりに、きれいな空気だけを吸って生きて来た者の、純粋みたいな、深い思索でつくりあげたような、インテリの雰囲気がある。あんたが、ただよわせているそのいい匂いは、十七の娘の夢見心地を酔わせるのに、おあつらえ向きというわけだ――」

「私は、それじゃ、もう、ここをお訪ねすることはできませんね」

「いや、一向にかまいませんよ。吉江がかかった麻酔は、一命にかかわるほど、ひどいものじゃない。いずれ、さめますよ」

それから、和尚は、来年あたり、O市にある兄寺の禅刹から、吉江の婿をつれて来るつもりでいる、とつけ加えていました。

翌朝から、私は、寺の境内を通り抜けて、裏山へのぼる日課を、中止しました。私は、その日課で、いつも、庭を掃いている吉江と顔を合せていたのです。

庫裏《くり》を訪れるのも、夕食が終ってから、かなり経った頃あいを、見はからいました。私は、吉江が、午後九時頃には、就寝することを知っていました。したがって、辞去するのも、吉江が就寝した後、ずっと夜が更《ふ》けてからにするように、心掛けました。

吉江は、囲炉裏《いろり》のある茶の間へは入って来ないならわしでしたので、私は、彼女と顔を合せないですませられるのでした。

私はまた、理由をつけて、母屋の方に泊るようにしました。私は、吉江が、そっと、月照庵を訪れて来て、私が何をしているか、遠くから、うかがうのに気づいていました。

しかし、私は、そうやって、吉江を避けるようになると、皮肉にも、かえって、彼女のことを、思うようになったのです。十七歳の少女に恋慕されていることに、かなりいい気分になっていた、と云えます。


その夜――。

私は、幾日ぶりかで、月照庵に戻って来て、寝ることにしました。

庭の樹々を鳴らして行く風は、もう秋の音をひびかせていました。

私は、わざと床の間のわきの壁を切った源氏窓の障子を開けて、床《とこ》に入りました。恰度《ちょうど》、窓の前にさしのばされた楓の枝に、半月《はんげつ》がかかって、闇にした部屋へ、ほのかな光をそそぎ入れて居りました。

ねむられぬままに、私は、吉江のことを考えていました。いや、吉江のことというよりも、十年後あるいは二十年後の吉江の心に、俤《おもかげ》をのこしている自分のことを、考えていたのです。どこからともなく、この村へ現われて、幾月かを滞在して行った一人の孤独な男の俤が、吉江の脳裡《のうり》で、幾月が経つにつれて、しだいに、幻想的なイメージになってゆく。生活のなまぐさいにおいを持たぬ男は、吉江が結婚して、現実的な女になってゆくにつれて、かえって、ますます、ロマンチックな美しい存在となるのではあるまいか。

私は、自分の想いに、満足をおぼえて、ねむりに就きました。

と――ふと。

裏門の軋《きし》る音に、私は、眼がさめました。

どれくらいねむったか、いまが何時頃か、わかりません。

――吉江だ！

私は、直感しました。

私と吉江は、もう十日以上、顔を合せてはいませんでした。

窓の外から、月かげは消えていました。

じっと、耳をすましていましたが、跫音《あしおと》が近づいて来る音をききわけることはできませんでした。しかし、たしかに、裏門の戸は開けられたのです。

ものの十分も、耳をすましていてから、私は、急に、決心して、起き上りました。

庵を出て、裏門へ行ってみると、たしかに、戸は開かれたままになっていました。

裏門をくぐり抜けた私は、ゆっくりと、山門へ向って、歩きました。そこらあたりに、吉江が佇《たたず》む姿はないか、と見まわし乍《なが》ら――。

境内に立ってみると、本堂も庫裏も、鐘楼《しゅろう》も、くろぐろと、寝しずまって、風音が高いだけにかえって、寂寞の夜気は深いのでした。

私は、自身がどうして、そうしたのか、いまだにふしぎなのですが、まるで、吉江と約束でもしていたように、庫裏の庭へまわって行きました。

庫裏は、棟がふたつにわかれていて、和尚夫妻が住む棟と、渡廊でつなぐ、小ぶりの棟がありました。そして、そちらの方は、むかしは納所《なっしょ》が二人寝起きしていたそうですが、いまは、無人になっている由でした。

私は、その棟の深い土廂にかげって、さだかではないが、雨戸が一枚すこしひらかれているように見えたので、近づきかけました。

とたんに、そこに、ぼうっと白く浮きあがる人影を、みとめたのです。私は、一瞬、はっと息をつめました。

眸子《ひとみ》を凝《こ》らすと、まぎれもなく、吉江の寝衣姿でした。

――そうか、やっぱり、そうだったのだ。

私は、歩み寄りました。すると、吉江の姿は、廊下の闇の中へ、すい込まれるように、消えました。

私は、そこの沓石《くついし》の上に、小さな赤い鼻緒の下駄が、きちんとそろえて置かれてあるのを、みとめました。

その時、庭には、月光しかなかったので、鼻緒の色が見わけられる道理はなかったのです。にも拘《かかわ》らず、ふしぎなことに、私の眼には、鼻緒の可憐な赤が、あざやかに映《うつ》って、のちのちまで、のこったのです。

私は、廊下の闇の中を、手さぐりですすみました。

どこかに、微かな衣《きぬ》ずれの音が、きこえて、私は、それをたよりにして、すすんだのでした。

衣ずれは、奥の部屋で、つづいていました。障子の前に立って、私は、はっきりと、耳にしたのです。

私は、障子を開けて、闇に、眸子《ひとみ》を凝らしてみましたが、何ひとつ見わけることは不可能でした。

私は灯をつけることは、さけてやらねばならない、と自分に云いきかせました。吉江に幻想的なイメージをのこしてやるために、あくまで、隠微な世界で、無言裡にふるまわねばならぬ、と思ったのです。

足が寝床につきあたると、私は、そっとしゃがんで、ふっくらと盛りあがった掛具へ手をあててみました。

私は、それからさきのことは、作家ではないので、どうやって、文章に表現してよいのか、途方にくれてしまいます。

そうです。私は掛具をあげて、床の中へ、身を入れました。それは、たしかです。

しかし、それだけです。

かたわらには、たしかに、吉江がやすんでいる気配がありました。にも拘らず、私は、手をさしのべて、抱くことをしませんでした。どうして、ふれようとしなかったのか——自分でも、わかりません。私を、そうさせなかった、なにかがあった、と云うよりほかに説明のしようがないのです。

影の薄い、頸の細い、寡黙《かもく》な少女のかたわらに、そっと横になっていてやることだけが、自分の示してやれる唯一の愛情の表現のような気がしていたようです。

どれくらいの時間、そうして、じっとしていたか、私にも、わかりません。

やがて、かたわらから、吉江が、そっと起き抜けて行く気配がしました。

私は、それから二分か三分後に、起きて居りました。

沈黙をまもったまま、ひとつ床の中で、何事もなく過したことに、私は満足していたようです。

雨戸のひらかれたところから、庭へ出ようとして、私は再び、沓石の上に置かれている赤い鼻緒の下駄を見ました。実際、その赤さは、胸を打たれるほど、可憐な色だったのです。

次の日の夜は、月もなく、風も落ちて、妙に息苦しい重い夜気がこめているように感じられました。

私は、前夜と同じく、裏門の戸が開く音を期待しました。

しかし、いつまで、待っても、私自身の神経がいたずらに冴えかえるばかりで、なんの物音も、気配もしないのでした。

私は、ついに、堪えきれなくなって、牀《とこ》から抜け出すと、庵を出ました。

裏門の戸は、閉ったままでした。

私は、あきらめて牀へ戻るべきだったにも拘らず、裏門を抜け出ました。

私は、あきらかに、欲情に支配されていました。今夜は、あの闇の中の寝床に入ったら、手をさしのべて、吉江をひき寄せ、抱きしめて、接吻してやろう、と肚《はら》をきめていたのです。

私は、庫裏の庭に、忍び入りました。

しかし、雨戸は閉められてありましたし、沓石の上には、赤い鼻緒の下駄は置いてありませんでした。

雨戸を押してみましたが、ビクともいたしません。私は、ふたつみつ、雨戸を叩いてみましたが、むだでした。

私はむなしく、ひきかえすよりほかはありませんでした。

私は、境内を横切って、戻って行く途中、今夜の自分の行為に、はげしい自己嫌悪をおぼえて居りました。

——おれは、もうこの村を去るべきなのだ。

自分に云いきかせたことでした。

事実、私は、それから、三日後に、故郷の村に別れを告げました。

O市へ出るバスの乗場には、本家の家族のほかに、梅さんも吉江も、見送りに来てくれましたが、私は、ついに、吉江と言葉をかわす機会がなく、別れなければなりませんでした。

バスが来て、乗り込んだ時、私は、もう他の人々に遠慮していられなくなって、ただ、吉江の顔だけを、瞶《みつ》めて、頷いてやりました。

吉江の眼眸《ひとみ》は、潤《うる》んでいたようでした。そして、私の頷くのに応えて、ふかく頭を下げました。

私と吉江の、淡いともいえないほどの、お互いの心をかよわせるただのひとときさえも持たない縁は、それで、切れたのでした。

貴兄は、三十男のあまりにも間抜けた体験ではないか、と苦笑されるに相違ありますまい。

そうです、これだけならば、たしかに、私の体験は、間抜けたものです。

ところが、十年後に、再び故郷の村を訪れた私は、自分の体験が、実は、異常なものであったことを、知らされたのです。

私が、その庫裏を訪れると、和尚はR市へ生花の出張教授におもむいて、留守でした。

梅さんに招じられて、茶の間の炉端へ坐って、すぐに感じたことですが、たたずまいは、十年前とすこしも変っていないにも拘らず、妙にさむざむとした冷《ひや》やかな空気に占められているのでした。

私の合点のいかぬ様子に、梅さんは、すぐに気がついて、さびしげに微笑して、

「この家も、さびしくなりました。あるじとわたしと、二人きり、とりのこされてしまいましたのですよ」

と、云いました。

「え？……吉江さんは、どうなすったのですか？」

「婿《むこ》をとる前に、肺病になって寝つきましてね。三年ばかりわずらって、とうとう亡くなりました」

「…………」

私は、言葉もなく、梅さんを見かえすばかりでした。

「あれはふしぎなところのある娘でしてね。幼い頃から、一人ぼっちで口もきかずに、いつまでも、じっとしている娘でした。父親にも母親にも似ずに、どこか遠くから貰われてでも来たような——何も知らぬ他人様の眼には、そう映りましたでしょう。心の優しい、いい子だったのですけどねえ……」

心の優しかった一例として、梅さんが、何気なく語ってくれた話をきくうちに、私の顔色が変りました。

吉江は、双生児として生れた娘でした。わずか二時間さきに生れた姉がいたのです。

一卵性だったので、君江という姉と吉江は、なにから何まで、そっくりでした。

そして、おもしろいことに、二人をひきはなすと、ともに、泣きだして、子守を手こずらせるのでしたが、一緒に遊ばせておけば、終日でも仲よく、老女たちのように物音ひとつたてずに、遊んでいて、手がかからなかったのです。

八歳の春に、姉妹はチフスにかかり、はじめは吉江の方が重く、君江だけが助かるだろう、と医師が診《み》ていたにも拘《かかわ》らず、急に、結果が逆になりました。

吉江は、姉を喪《うしな》ってから、殆ど、口をきかない、さびしい子になってしまいました。

君江が亡くなったのは、四月六日でしたが、吉江は、六の日になると、必ず、庫裏の別棟の雨戸を一枚、すこし開けておいて、沓石の上へ、君江の一番好きだった赤い鼻緒の下駄を揃えておくことにしました。

そうしておけば、君江が、墓地から還《かえ》って来る、と吉江は、かたく信じたのでした。

吉江は、その晩になると、その別棟の奥の間に――そこで、君江は亡くなったのです――床を延べておきました。

すると、君江は、その床に入って、つめたいからだをあたためて、夜明け前に、そっと、墓地へ去って行くのでした。

吉江は、墓地の土の下で、ねむっている君江が、さぞかし、つめたいからだをしているだろう、と思いつづけたのです。

この優しい心遣いは、十年の間、毎月ただの一度も欠かされることなく、つづけられたのでした。

このことを知っているのは、父母だけでした。

梅さんの話をききおわった時、私は、自分で自分の顔色が変わっているのが判りました。

梅さんは、私が感動しているのだ、と受けとったようでした。

「吉江は、わずらってからも、決して、この習慣を止めようとはしませんでした。高い熱があっても、起きて行って、雨戸を開け、下駄を揃え、床を敷いておきました。母親のわたしにも、代らせようとはしませんでした。……恰度、亡くなる前の日が、六の日にあたって居りましてね。

吉江は、そのつとめをはたしたいと、いくどか起きあがりかけましたが、とうとう、それが叶いませんでした。吉江は、うわ言のように、姉に、それをしてやれないことを、詫びて居りました」

そう語って、梅さんは俯《うつむ》くと、そっと泪《なみだ》をぬぐったことでした。

貴兄は、私の話を、決して、つくりごとだとはお思いにならない、と私は、かたく信じて居ります。

私は、もう間もなく、この世を去る決意をしている男です。私は、あの世へ参って、吉江に会って自分に起った出来事を語るのを愉《たの》しみにして居ります。その愉しみが、私に、自分で自分の生命を断つ決意をさせたのかも知れません。

貴兄の文筆のますます盛んなることを祈って、ペンを擱《お》きます。

くれぐれも、おからだをお大切に。

足

藤本義一

一

「おい、波さんよ、えらいことになってしもうた……」

銀箔の作業服の高野が鋼板操作管理室の戸を開けるなり、叫んだ。

「事故か」

室長の波川はインスタント・コーヒーに湯を淹れたところだった。

「消えたんや……」

「消えたて……」

高野は喘《あえ》ぎながらいうと、一メートル八十の体を机にめり込ます勢いで、倒れかかった。

「おい、高やん、どないした……」

波川は愕いて、高野の作業衣の襟首を摑んで、引っ張り揚げた。

高野は、蒼白の顔に玉の汗を滲ませている。波川は鉄粉掃除のガーゼの束で、高野の額の汗を拭ってやった。汗は腥《なまぐさ》く、冷たかった。野菜が腐って放つ饐《す》えた臭気だった。

波川は、人間が極度の緊張や恐怖に見舞われた時には、こういった匂いを放つのを二十五年間の現場生活から知っていた。

「消えたて、誰が、何処で、何時や……」

波川は室長の責任を感じて、事故についての詳細を早く知りたかった。

「第七転炉で、中沢竜一が消えました」

「第七転炉。転落事故か……」

といって、波川は気付いた。この数ヵ月、転炉の操業は半分に減少していた。鉄鋼の不況は深刻だった。造船関係が受注低下のために、鋼鉄の生産は半減していた。炉に送り込まれる鉄鉱石は、赤茶けたボタ山同然の大きな三角錐で工場の海岸べりに積み上げられたままになっている。これは、数年前の好況の時には考えられなかった風景である。

壁の――今年こそ七%の成長を実現しよう――と墨で大書した年度目標のスローガンも虚しいものに見えるのだった。

波川は黒板の転炉操業時間の表を見た。

第七転炉は、午前六時まで操業したことになっている。

波川は、腕時計を見た。午後一時十三分である。第七転炉は、約七時間は空家になっていたことになる。

波川は、喘ぐ高野に薬罐の水をコップ一杯飲ませて、報告のあった第七転炉のある第二工場に馳けつけた。

第七転炉の傍に、すでに十数人の若い作業員が集っていた。

波川は、その人垣を分けて転炉の方に歩んだ。転炉は通路として敷かれた鉄板の方に向って、三十度ぐらいの角度で、ぽっかりと蓋を開けていた。

「室長、中沢の奴、この中で昼寝をしてよったらしいのですわ」

糸井が波川の目の前一メートルばかりの足許を指した。

波川は、そこに中沢竜一がいつも穿いていた靴がきちんと脱がれているのを見た。

靴はブーツだが、昔に海軍で用いられた半長靴だった。予科練の体験のある波川は、終戦直後に、この靴と同じ形の靴を穿いて、闇市を彷徨したことがある。最近、若者の間で再び半長靴に似たブーツが流行しはじめたので、波川は戦後はすでに遠い昔のようになってしまったと感慨無量だった。だが、中沢竜一だけは、製鉄所に入ってから、ずっとこの半長靴を穿いていた。半長靴を穿いている男といえば、作業員の誰もがすぐに中沢を思い出すほどだった。

波川は、容易に言葉が出なかった。彼は、目の前に靴先をこちらに向けて、きちんと脱がれている一足を見ていた。靴は手入れが行届いていて、半皮は新しいのが打ちつけられている。

この靴の脱ぎ方から見ると、中沢は転炉の蓋の開いた下方の縁に腰かけて脱いだと見るのが妥当だった。

波川は、そっと脱がれた靴を跨ぐようにして、転炉の中を覗いてみた。まだ、むっとする熱気が転炉の中に籠っていた。サウナに首を突っ込んだ感じである。

中沢は、昼休みに、暖を得るために、この中に入っていたらしい。その時、高熱のスイッチが入れられたのだろう。鉄鉱石をも溶かす高熱だから、中沢の体は、骨の一片も残さずに溶けてしまった。こういう考えしか波川には出来なかった。

これと同じ事件が二十数年前にあったと波川は聞いていた。が、直接、波川は目撃したわけでなく、彼が製鉄所に入る前の事件であった。

「中沢がやな、第七に入ったのを見ていた者はいてるか」

波川は作業員の一人一人に確認を促す視線をやった。

「いや、知りません」

「午前中、中沢は購買部にいたのを見かけましたけどもなあ」

その答も、実に曖昧模糊としたものだった。

波川は中沢の面影を思い泛かべていた。三十半ばの彼は、面長で鼻梁が鋭くとおり、目は涼しく、身長は一メートル七十五ぐらいはあり、なかなかの美男子で、ギターの弾き語りも巧みで、スポーツは所内製鉄部の野球チームのサードを守っていた。誠実な彼は、今まで仲間と諍《あらそ》いを起したことは一度もなかった。事務所にいる女性たちの憧れの的だったが、彼は誰にも振り向く気配はなかった。口の悪い仲間は、中沢竜一は男色ではないかと陰口をたたいたものだ。

中沢の死は、すぐに所轄の警察に報告された。たちまち本部から捜査員や鑑識課員が工場に派遣されたが、死体のない事件に、彼等は途方に暮れるばかりだった。

転炉の中から、人間の肉体のなにかがと捜したが、なにひとつとして検出されなかった。

鑑識課員は、ただ、うろうろと事故発生の第七転炉の周囲を歩きまわり、無意味と思われる写真を何葉かとるだけだった。

誰がスイッチを入れたかも不明だった。スイッチの指紋を採取しようとしたのだが、スイッチ操作をする作業員は常に軍手をしているわけであり、指紋を検出することは不可能だった。

「昼休みに、この炉の中で昼寝するのを黙認していたのか」

捜査主任は苛立った口調で波川に問いかけた。捜査の責任者としては、遺留品が古い靴一足という点に絶望すると同時に、小馬鹿にされたような感情を抱いていた。彼は、なんとかして当面の敵を見つけて、己の権威のほどを示したいと焦り、波川が不幸にも会社側の矢面に立たされた恰好になったのだ。

「いや、それは、以前から厳禁していますけれども……」

捜査主任としては、スイッチを押した者が見付かり、その男が故意であれば、ただちに殺人犯としたいと希《ねが》い、もし、故意でなかったなら、過失致死にしたいと思っているのだが、なにしろ、死体が消えてしまったのだから、手の下しようがないのだ。転炉の中に、中沢竜一の衣類の一片があり、肉片の一片でもあれば、また彼も活気づくのだろうが、それらが一切ないということは、肩透しを食ったようなものだといえる。

「行政解剖の妙味も司法解剖の妙味もないがな」

捜査員の中から、こんな声が洩れた。彼等も、主任同様に現場に勢いよく到着したのに、完全に消えた死体に舐められているという感じだった。それでも根気よく口を開けた転炉のあちこちに中沢の指紋が残されていないかと調べたが、なにひとつ残っていないのだ。炉を扱う場合は、何人といえども軍手を着用しているわけであり、指紋を望む方が無理という状態であった。

「自殺という線も考えられることは考えられるが……」

捜査主任は、幅一メートル半の鉄板の上をせかせかと歩きまわる。彼は、あくまでも他殺の線に今回の事を繋ぎとめたい様子だった。

「が、偽装殺人ということもあるし……。また、偽装自殺ということも考えられるわけだし……」

捜査主任の頭の中は混乱しているようだった。

「主任、偽装自殺という表現はあまり耳にしませんなあ。狂言自殺ということなんでしょうか」

部下の言葉に、主任は、さらに、むっとした表情になった。

「なにをいうか」

一喝してから、見守っている工場側の顔を睨み据えた。部下に揶揄《からか》われる図を他人に見られると、彼の矜持が音をたてて、たちまちに崩れ去るということなのだろう。

「狂言自殺というのはだな、自殺と見せかけた犯人《ホシ》がそこにいることをいうわけではないか。わしのいっておる偽装自殺というのは、自殺しましたよと見せかけて、本人はどこかで、ピンピン生きていてだ、こちらを嘲笑しているということだな」

いわれてみると、それもまた筋が通っているように波川にも高野にも思えた。

「つまり、自殺したと見せかけて、中沢竜一は、蒸発したということでしょうか」

波川がいうと、捜査主任は、大きく頷き、また鋭い視線を波川に向けたのだった。

「室長……」

「はあ……」

波川はいらないことをいわなかった方がよかったのにと悔んだ。

「中沢竜一の私生活については、どの程度知っているのか」

「はあ……」

「たとえば、サラリーマン金融で金を借りていて、返済が不可能という状態であるのかどうか」

「いや、そんなことはないと思います」

「それでは、ギャンブルは……。麻雀をやるだろう、うん。競馬はやらんかね、うん。ボートは……」

「いや、彼は、そういうものには一切興味をもっていなかったようです。おい、誰か、こういう点について詳しいのがいるかね」

波川は作業員を見回したが、誰も否定する者はなかった。

「なんにもやらんのか」

捜査主任が怒った口調でいった頃に、事務所の庶務課で、中沢の死に関する小さな事柄が起っていた。

二

中沢の事故死が事務所に伝えられた時、事務所には、恐怖とも悲愴ともとれる声が洩らされたが、中でも庶務課の野口妙子の悲嘆は、他の人たちの悲嘆よりも、何倍、何十倍といったものだった。

「あーあー」

と、大声をあげ、奇声を放つ自分の口が意志で抑制出来ないとわかると、下唇から右手の指を三本突っ込んで、指先で舌を抑えようとしたのだった。

もともと温和しく目立たない存在だった妙子だけに、事務所内の人たちは、一斉に彼女の方を見た。

いつも地味な服装をしている三十三歳の妙子は、庶務課では、かなりのベテランで、部下の女事務員たちの面倒見もよかった。ハイミスのぎすぎすした態度を一切見せなかったし、たえず微笑を湛えていた。

その日の昼食時も、妙子は後輩と一緒に食事を摂りながら、吻っとした表情で語ったものだ。

「あたしね、やっと女の厄から逃げ出せたわ。厄年というのは、気にしないでおこうと思うても、やっぱり気になるもんやねえ」

といったのだ。

「へえ、野口さん、そんなお年齢《とし》でしたのん。……そんな年齢に見えしませんよ。ううん、決して、お世辞やなしに……」

後輩は、あらためて妙子を見たものだった。たしかに、小柄で顔の造作がちまちまとした感じの妙子は、時として二十代の前半のように見え、せいぜい二十五歳という感じだった。

「うちの姉ちゃんも女の厄が済んだいうてましたから、野口さんと同い年になるわけやけど……。えらい違いますわ。子供を二人産んだからやろか。やっぱり、女は結婚すると生活の苦労が降りかかってきて、老化《ふけ》るんが早いということやろか。うちも結婚せんとこかなあ……」

後輩がそういうと、妙子はいつになく厳しい面持になっていったものだ。

「やっぱり結婚はした方がええよ。女の倖せというのんは、結婚やと思う。その結婚がよしんば不幸を背負い込むということがあっても……。女は、その不幸に耐えるだけの強さをもってないかんのや」

妙子の強い口調に、後輩は愕いて妙子の顔を見たのだった。妙子は、自分のいったことを恥じて、照れくさそうな表情になったのだった。

中沢の死が報らされた時、妙子は数分間、あーあーあといった奇声を放って、目は虚ろに天井の一点に据えたまま瞬きを忘れてしまっていた。蒼白な顔から大粒の青い光を帯びたような汗が滲み出した。

彼女は、左手を肩と同じ高さに上げて、顔は天井を向いたまま、歩き出していた。遠目には操り人形のように見え、近くの者は、彼女の歩行と表情に、夢遊病者というのはこういう状態ではないだろうかと思ったものだ。

彼女は、ほとんど関節の屈伸を見せない動きで、衝立を倒し、その衝立の上を踏んで、電気時計の嵌め込まれている壁に当って、額が大きな音を立て、奇声は悲鳴になり、彼女は、両手で頭をかかえ込むようにして蹲ったのだった。

妙子は嘔吐しながら、気を失っていった。

一同の目に、彼女のこの奇妙な行動は、白昼夢のように見えたものだった。すぐに救急車が呼ばれ、ものの一分も経たない裡に、救急車がサイレンの音高く玄関に到着した。車は事故発生と同時に始動出来る態勢をとっている製鉄所のものだった。

波川たちは、第七転炉でこのサイレンを耳にして、また事故が発生したのかと、お互いに不安の眼差を向け合った。

捜査員たちは、中沢の唯一の遺留品である靴だけを持って帰った。

「室長、あんな靴を持って帰っても、詮《しょう》ないと思うんですけどねえ」

高野が波川にいった。

「いや、わしもな、そないに思うのやけども、そんなことを警察の前でいうと、また厄介なことになるしなあ……」

波川は、重い口調でいった。彼は、いずれ、中沢の件で警察に行かなければならないと思うと気が重かった。それにも増して、会社内でも、やはり、事故死の責任を問われるのだと考えると、体全体が濡れた砂袋のように重かった。

そこに、野口妙子の一件が伝えられた。

「室長、中沢竜一は、野口妙子と深い関係があったんでしょうか」

深刻な表情で訊ねる高野に、波川はすぐに否定の意味の首を左右に振ったのだった。

「そんなこと、先ず考えられないやないか。事務所には、他にも若いぴちぴちしたOLが仰山いてるやないか」

波川は喋りながら、ふと、中沢と妙子の関係は考えられるという気もしたのだ。別に、どういった根拠はないのだが、なんとなく両者には共通項があるようだった。それは、雰囲気といったものである。一抹の淋しさというものかもしれないと波川は考えてみた。

波川は、職場に長くいると、職場結婚には大雑把に分類して三通りのパターンがあるように思える。陽性と陰性が結びつく形と陽性と陽性が結びつく形と、陰性と陰性が結びつく形とである。強いて中沢と妙子をこの三通りのパターンの中に押し込むとすれば、最後の陰性と陰性の方に入るような気がするのだった。

翌日、波川は労災保険の件で走りまわったが、中沢竜一には死亡診断書もなければ、警察医の死体検案書もないのだから、保険金の交付というのは不可能だった。遺留品が靴一足ではどうにもならない。それに、中沢には父母はおらず、高齢の祖母が大阪と京都の境にある老人ホームに身を寄せているというのだ。

波川は、一応、老人ホームに行ってみた。祖母に事件について語っておこうと思ったからだ。室長という立場上、身寄りの者に報告しなければいけない義務があるように思ったのだ。が、これもまた絶望的なものであった。八十三歳の祖母の花は、脳軟化の後遺症で、廃人寸前といったところだった。波川がなにをいっても理解を示してくれそうにないのだ。

「まあ、無理でしょうねえ」

ホームの係の女性は、波川に気の毒そうにいい、花は、思考能力が極端に鈍くなっていて、時には痛感さえも覚えないことがあるといい、乱暴な手付で花の下腹部を曝《さら》け出してみせた。皺苦茶の皮膚が、懐炉の火傷の部分だけ赤くてらてらと光っていた。

「孫の中沢竜一というのが訪ねてくることがありましたか」

「ええ」

「毎月……ですか」

「さあ、毎月ってほどでもなかったようですねえ。二カ月に一回ぐらいですか。なかなか礼儀正しい方でしたわ」

此処でも、中沢の評判は良かった。

「そうそう、お孫さんの靴について、このおばあちゃんはよく話してくれましたよ」

「靴……というと、中沢がいつも穿いていたあの……半長靴《はんちょうか》のことかなあ……」

「あれは半長靴っていうのですか」

「軍隊用語でそういうふうにいうんですが……」

「あ、そのね、軍隊用語で思い出しましたけれど、このおばあちゃんの息子さん、つまりお孫さんのお父さんは、海軍の方で、戦死されているそうですね。なんですか、詳しいことは、あたし、よく知りませんが、終戦の前の月……というと、昭和二十年の七月ですか……に戦死されたんですって。そして、その日に、息子さんが生れたって……」

「ほう、因果物語ですな、これは……。私が中沢君から以前に聞いた話は、彼を産むと同時に、彼の母は死亡しているそうですが……」

「あ、そういうこともおばあちゃんから聞きました。だから、息子と嫁の命日が同じだって聞いています」

「なるほど……」

「ところでねえ……。おばあちゃんは、おかしなことをいうのですよ」

「というと……」

波川は、軽い、安らかな鼾をたてる花をちらっと見た。顔の造作の大きい女である。老人特有の汚点《しみ》が額と目の周辺と、顎のあたりに出来ている。

「靴だけが帰って来たんですって……」

「つまり、遺品としてですか」

「いいえ、そうじゃないんです。靴だけが、ポコポコと帰って来たんですって……」

「靴だけが歩いてってことですかいな」

「ええ、戦死の日に、玄関から……。おばあちゃんは、世の中にはおかしなことがあるもんだと思ったそうですよ」

「まさか……」

「そう、あたしも、まさかっていったんです。でも、おばあちゃんは、そういって聞かないものですから……そういうふうにしておいた方がおばあちゃんも安心するので、あたしは、へえ、世の中には変ったことがあるんですねえって調子を合わしておいたんですけども……」

波川は老人ホームを辞してからも、この奇妙な話がいつまでも頭に焼き付いて離れなかった。

靴だけが街を歩いて行く。それが自分の家に戻って来る。それだけではない。靴が自宅に到着すると同時に、自分の子供が生れ落ちて、妻は死亡する。こう考えると、靴に人間の魂が籠られているような気がするのだった。それは、単に靴といわれる皮製品ではなく、もっと深淵な哲理を秘めた観念として泛かび上がってくるではないか。告解とか示唆とかいう熟語が波川の頭の中を掠めたのだった。

中沢竜一の祖母は、帰って来た靴に樟脳を入れて保管しておいただろうと波川は想像した。それは、大事な親と子の書翰のようなものであったに違いない。やがて、竜一は、その靴を穿きたがり、一生、その靴は竜一の足に纏り付いたのだろう。それは、竜一の意志というよりは、靴の意志といった方がいいように思えるのだった。

波川は高野を連れて中沢竜一の一人住いのアパートに行った。木造二階建ての部屋は四畳半一間に狭い板の間がひとつあり、トイレは一階と二階に共同があり、子供のいる住人はいなかった。

中沢の部屋は、きちんと整理されていて、埃ひとつない。壁には製鉄所のカレンダーが貼られ、蜜柑箱を黒塗りにした仏壇が書棚の横に鎮座していた。

独身の男性の部屋といえば、壁にピンナップの裸の写真があり、獣じみた匂いが充満していると思った波川と高野は、完全に想像を引っくり返されてしまったのだ。

「この部屋には、格式がありますなあ」

見回しながらいう高野に、波川も思わず頷きを返したものだ。たしかに格式と呼ばれるものがあった。それは他者の手が犯すことが出来ない張りつめた空気のようなものだった。

衣類はきちんと洗濯して箪笥の中にあり、書棚に並んでいる本にも乱れはない。本の大半は、太平洋戦争の回顧、記録といったものだった。アメリカ側の記録もあれば、日本側の記述もあった。

「これはどうしたもんですか」

蜜柑箱製の中の三つの位牌を、高野は途方に暮れた表情で眺めている。まさか、自宅へ持ち帰るわけにもいかない。位牌は、中沢の両親と祖父のものである。本来なら、この中に中沢自身も参加しなければいけないのだが、死亡したという事実が認められないので、葬式も出来ず、戒名も付けることが出来ないのだ。

波川は、位牌を手にして、当惑した。

「やはり、老人ホームにいるおばあちゃんが持っていて然るべきものなんだろうな」

「ところで、中沢竜一の死亡が確認されないなら、一体どうなるんですか」

「失踪宣告ということになるんじゃないかなあ。警察のいうように、死んでいると確認出来るものがなにひとつとしてないんやからなあ」

事実、波川も高野も中沢がどこかに生きている気がするのだ。警察の見解のように、中沢は第七転炉を巧妙に利用して蒸発したのかもわからない。しかし、蒸発する理由がまったくもってわからない。追われていたという事実はなにひとつとしてないわけなのだ。

「おかしいなあ」

「なにがですか」

「いや……」

波川は、一寸振り返ってみた。

高野も同じ動作をする。

「室長……」

「え……」

「なんですか」

「いや……」

「戸ですか」

「うん、戸が……少し……」

「開いたようですね」

「君もな……」

波川と高野は怯えた顔を見合わせた。ベニヤ板を二枚貼り合わせた戸は、内側に引けば開くことになっている。その戸が、外からの力で開いたのだ。波川は、その戸の下方に見慣れた中沢の靴の先端が少し見えたような気がして、胴顫いした。

「おい。高野、開いた戸の下にやな、中沢の靴の先端が見えんかったか」

「え。あの靴が……。室長、そんな筈がないやないですか。靴は警察に行っている筈でしょ」

いわれてみればそのとおりだが、靴の先端は、たしかに覗いたのだ。波川は、老人ホームの女性の話を思い出して、怯えた。

波川は、耳を澄した。かすかに軋む階段を降りて行く靴音が聞えたような気がした。

三

波川は幻想に過ぎないと幾度も自分にいい聞かせた。十日も経てば、幻想は幻想として片付けられるようになった。

問題は中沢の消えた部屋をどう扱うかである。死亡と断定出来ないので、勝手に部屋の中の衣類や調度、本といったものやテレビ、小型冷蔵庫を処分することは出来ない。悩んだ波川は中沢の残して行った状差しにあった五通の手紙の差し出し人に、これらの道具を保管してもらうことに決めた。

池村哲平という人のが二通あった。手紙の内容は、アクアラングに関するのが一通、もう一通は、幻の秘密兵器といわれている特殊潜航艇を海中に見たというものだった。波川は、往年の自分の姿を思い泛かべていた。特殊潜航艇という呼び名に郷愁さえ覚えたのだった。

波川は、この二通を持って、池村を訪ねた。池村は波川と年恰好も同じで、五十歳とは思われない若々しい筋肉の持ち主だった。陽灼けした顔は、海に憧れている少年のように光沢があり、練習によって鍛えあげられた肺活量で喋る声も大きかった。

「中沢君から手紙を貰ったのは、私が熱海市の網代港の沖合で戦時中に沈んだ特殊潜航艇『海龍』の水中撮影をテレビのドキュメンタリーに流した直後です。詳しいことを教えてほしいといわれましてねえ。で、まあ、私は知っているかぎりのことを書いて送ったのですが……」

池村は、水中撮影のカメラマンとしては、ベテランであり、今までにも、世界中の海底探険をやってきたというのだった。

「二回目の中沢君の手紙は、アクアラングをやってみたいというので、その方法、クラブへの入会とか練習量といったものを紹介したのですが……」

池村は、一寸表情を曇らせたのだった。

「どうしたのですか、池村さん……」

波川は、池村がなにかいいづらいことがあるのだと、話の先を促したのだった。

「いや、それがねえ、まったく無茶をいってきたんですよ、中沢君は……。基礎訓練もしないで、すぐに潜りたいというのでしょう。もしも駄目なら、自分は一人でやってみる……と、こうなんですねえ。無謀というか……」

波川は中沢竜一から、この無謀な挑戦状ともいえる態度がどうしても思い泛かばなかった。温和しく慎重な彼が、そういった激烈な文を顔も知らない池村に送るとは考えられなかった。

「もう、あきれて……私は返事を書きませんでしたよ」

もっともなことだと波川は頷きながら、中沢の手紙があるかどうかを訊ねてみた。

「いや、私もね、あまり肚立たしかったので破り棄てましたよ。大人気ないことをしたもんですなあ。あれが残っていたなら、中沢君の遺書になったかもわからんのですからねえ。……しかし、大変な死に方でしたねえ。なにも肉体の片《かけら》も残らなかったわけですか……」

池村は沈痛な面持になった。

二人の間には詳細を書き込んだ海図が展げられていた。熱海市網代港の北北東約八百二十メートル沖の海底に沈んでいる『海龍』は、全長が一七・二八メートル、直径は一・三メートル、速力一〇ノットと書かれていた。

「一〇ノットというと時速一八キロですか」

波川は換算しながら、『海龍』の図面を見ていた。

艇の先端は丸味を帯びていて、そこには、体当り用の爆薬が六百キロ付いている。ずんぐりした円筒の艇を、水中で支えるための魚の鰭に似た翼が、艇の両サイドから生えているのだった。

「艇全体が爆弾みたいなものですねえ。この両側に四十五キロの魚雷をかかえて潜航して行くわけですから……」

上等飛行兵だったという池村は、人間魚雷の図を感慨無量の面持で眺めているのだった。同世代の波川にも池村の気持がよくわかった。

「現代の若者がこの図を見たなら、玩具だと嗤うでしょうがねえ。われわれとしては、必死でしたからねえ、あの当時は……。三十年あまりで、なにもかもが価値転換してしまったようですなあ……」

池村は苦笑した。波川も苦笑を返した。

結局、波川は池村に中沢竜一が残して行った家財道具を保管してもらうことを諦めたのだった。手紙の交信があっただけの人に、道具類を運び込むことは、不可能であった。

中沢の残していった物は、製鉄所の資材倉庫の片隅に保管されることになった。中沢が消えて、二十日間が経過していた。

この二十日間に、二つの事件があった。ひとつは、野口妙子が重症のノイローゼで精神病院に収容されたが、その心因については不明だということと、もうひとつは、警察が持ち帰った中沢の半長靴が盗まれたということだった。

「警察署に保管されていた靴が盗まれたというのは、なんとも情ない話やないかいな」

波川は捜査主任の態度を思い出しながら皮肉まじりにいったものの、いったその後から、背筋が急に冷たくなっていくのだった。ひょっとすると、中沢のアパートで見かけた靴先は、警察から単独で歩いて来たように思われるのだった。

野口妙子のことについては、色々と取沙汰されたが、彼女は中沢と関係があったのではないかということだった。彼女が妊娠しているという噂もあった。

「男と女というもんは、わからんもんやねえ。あの野口さんが中沢さんと深い仲やったやて、夢にも思われへんもんねえ」

女性たちは、やや不満気に話し合うのだった。彼女たちは、中沢竜一に好奇心以上のものを覚えていたからだろう。しかし、妊娠説にしても、関係説にしても真偽の程は妙子に聞かなくてはわからなかった。

波川は仕事の量も不況で少なくなり、残業もなくなったので、その暇を利用して中沢竜一についての事実を出来るだけ忠実に調べてみようと思った。

中沢が製鉄所に入った時は、祖父母に育てられたことになっていて、父の中沢茂市は戦死、母の絹は病死になっている。

中沢茂市は昭和十七年八月、十七歳で甲種飛行予科練習生に志願し、昭和二十年八月には、福島県小名浜基地にある『神潮特別攻撃隊・菊水隊』に配属になっているのだった。

十九歳で絹と恋愛結婚の末に、竜一が生れる。結婚の届出は、祖父の手でなされているのだ。戦時中に、どんな恋がどういう状況で進行したのかはわからないが、一人息子の茂市の子供が祖父母にも欲しかったのだろうと想像出来た。息子は、二等飛行兵曹として、死地に赴くだけの訓練を受けているというのだから、祖父としては、息子が死亡した後に、唯一の血の繋りのある孫を手許に置いておきたかったという心情もわからぬことではない。

ただ、波川にとって不思議だったのは、秘密兵器に乗り込む訓練を受けている者が、自由に恋愛が可能かということだった。波川自身の経験からいくと、一寸考えられないことだった。が、皆無というわけではない。ちなみに茂市の妻になった絹の本籍地を調べると、福島県の基地近くの農家の娘だった。

「これでは考えられないこともない」

と、波川は頷いた。おそらく、休日に茂市は基地近くの農家に遊びに行って、絹と関係が生れたのだろう。

死に赴く若者の情熱が、自分の生命の種をこの地上に置いておきたいと希求したに違いなかった。

絹は妊娠して、中沢家で子供を産んだわけである。

波川は、この事実を突きとめていきながら、さらに深い部分に足を踏み込んでいったのだった。

それは、中沢茂市の戦死の状況を知っているかつての戦友たちに出会って、その事実を突きとめたいと思う気持を抑えることは出来なかった。

吉田元二等兵曹に会った波川は、中沢茂市の輪廓を、ほぼ摑むことが出来た。吉田は証券会社の部長のポストにいた。彼を紹介してくれたのは、池村だった。海底写真が縁で知り合ったという。

吉田は小柄な敏捷さを失わない男だった。揺れ動く株の世界を泳ぎまわっているだけあって、目は鋭く、波川は別世界の住人に出会ったような気がした。

基地の秘密に対して、吉田は確実な記憶をもっている男だった。

「基地はこういうふうになっていましてねえ。これは洞穴なんですよ」

湾の海岸線から二本の線を定規も使わない正確な直線で引いてみせた。さすが、罫線が日常生活の男だなと波川は驚嘆した。

基地に二本の洞穴があり、その中にはレールが敷いてあったという。

「現在はどうなってるんでしょうか」

波川が聞くと、吉田は、いやァと困惑の表情になった。

「どうでしょうか。ないでしょう、おそらく。なにしろ三十年の歳月ですからねえ。ないでしょうよ。このレールは『海龍』を避難させるためのものなんですよ」

吉田は、この基地で『海龍』に九三式魚雷を取り付けていたという。

「時折、グラマンの襲来がありましてねえ。今でも耳の底に、あの機銃掃射のバリバリって音が残っているのですよ。いやな音ですよ、あれは……。海面すれすれに飛んでくるわけですよ。水面がパッパッとミシン針のように縫われてしまいましてねえ。戦友の何人かが、目の前で胸を射抜かれたものでしたよ。実に悲惨な思い出ですなあ。今でも夢に見まして、汗びっしょりになりますなあ」

「ところで中沢さんとは……」

「中沢とは無二の親友でしたよ。貴様、オレの仲だったですなあ。いい男でしたよ。根っからの海軍魂の持ち主でしたよ。あいつがねえ……」

「やはり『海龍』で戦死なさったんですか」

「それが……」

　吉田は目を閉じた。

「どうしたんですか」

「中沢の戦死は公表されたのと違いますね」

　暗い表情であり、言葉だった。

「奴の艇が沈められたわけですが、引き揚げて確認されたわけではありません。従ってですね、故郷に戻った骨は、中沢の骨ではないのですよ」

「ほう……。すると、池村さんが偶然に撮った潜航艇の中に、中沢竜一の父親の遺体が……」

「あると思いますね。あるでしょうね」

　吉田にとっては、三十数年前の悪夢であるに違いなかった。

「あ、波川さん、中沢と彼女の写真を持っていますが……」

帰り際に、波川の目の前に出された名刺大のセピア色の写真を見て、あッと愕いた。

「これは……」

「彼女ですよ。絹さんといったかなあ」

微笑しているお下げ髪の娘は、まぎれもなく野口妙子だった。

波川は、言葉を喪っていた。他人の空似とはいえなかった。

「どうかなさったんですか」

吉田にいわれて、中沢は、いやァと額の汗を拭うだけだった。

四

三カ月あまりが経過した。初夏の気配が製鉄所に溢れ、白の夏服が所内に眩しい季節になった。

野口妙子が退院し、出社出来るようになった。出社した日、妙子は波川に挨拶に来た。

「以前よりも、元気そうじゃないか」

波川のいったのは、お世辞ではなかった。事実、妙子は血色もよく、言葉もはきはきしていた。

「あたし、感受性がとても強いんですって。でもね、波川さん、今もってわからないんですが、あたしが中沢さんの死を聞いた時、どうして失神してしまったのか……。中沢さんとはね、時折バスが一緒でしたから話し合ったことがありますが、その他のことはなんにもないんですもの」

波川は、妙子のいうことを信じようと思った。中沢と関係があったなら、こういった明るい調子で報告することは無理だと思ったからだ。

「でもね、室長さん、聞いて下さいませんか。あたしの生い立ちは、決して倖せではないんですの。母は、あたしを産んで、数ヵ月後に死んだのですもの……」

「病気で……」

「いえ、そうじゃありません。あまり詳しいことは知りませんが、自殺したそうです。その時、母は、あたしが他人の目で母を睨みつけるっていってたそうです。狂っていたんですね。自分で産み落としておきながら、自分の子供ではない目で見るので怕い、怕いといっていたんですって……」

「ふーむ……」

波川は、妙子の不幸をはじめて聞いた。彼女も中沢竜一と同じように祖父母の許で成長した。二人の違う点は、妙子が私生児であり、中沢がそうでないという点だった。

「それで、あたし、中沢竜一さんと同じ年の同じ月と日が誕生日なんです。だから、いつも、意識の中に、あたしと中沢さんは同じ星の下に生れた運命をもっていると信じ込んでいました。だから、中沢さんが死んだと聞いた途端に、頭の中ががんがん鳴り出し、割れるような痛みになって倒れてしまったようですね」

「ふーん、そういうことも考えられないことはない」

波川は、もってまわったいい方をしながら、野口妙子を観察した。見れば見るほど、中沢の母の絹に似ている。

「でも、もう、元気になりました。生年月日なんて、同じ運命となんの関係もないんですもの」

「そうだ、そうだ。運命というのは、生きている人間一人一人が違うわけなんだからなあ。あまり神経質にならない方がいいよ、野口君。それよりも、あんた結婚の相手を捜した方がええ。なんやったら、わしが仲人を買うて出てもええ」

「そうですか」

妙子は明るい微笑で波川を仰いだ。

「ええ人でもいてるのか」

「え、いいえ。でも、その時は絶対にですよ、ね」

妙子が恢復したので吻っとしたものの、今度は波川の方が暗い想念に憑かれてしまったのだ。それは、野口妙子が中沢竜一と生年月日が同一だという点である。彼女の方は、妄想を払い落としたというのに、波川の方は、これが偶然の一致だとは思われないのだった。

その原因は、竜一を産み落とした日に絹は死に、そして、絹と瓜ふたつが妙子だということである。この二つの点がどうしても波川の頭から離れないのだ。生臭い鱗の一枚が貼り付いているような気分だった。

夏に入り、吉田から電話があった。電話の内容は、網代港沖合に沈没している特殊潜航艇を引き揚げる計画が纏ったというものだった。

「もしも、時間の都合がつけば、私も是非共に参加したいものですが……」

波川は答えておいた。彼は同じ世代を生きた一人として、責任を感じていた。

「そうですか、波川さんもですか。是非、参加して下さい。しかし、ニュース関係者には、あまり大々的に発表しないでおきたいのですよ」

ごく内輪だけの、ひっそりした引き揚げ作業をするという。波川は、この意見にも賛成だった。大半が戦争を知らない時代に、あらためて戦時中の傷痕を陽に曝すのはどうかと思うのだ。単なる感傷と受け取られても困るし、さらに売名行為のように取沙汰されたなら、余計に困るように思われたからである。

「わかりました。皆さんの意志を私も十分に汲んで、他言はしないでおきましょう」

といって、波川は電話を切った。そして、中沢竜一がいたなら、どんなに喜ぶだろうとも思った。もしも警察が疑っているように、中沢が蒸発しているのなら、引き揚げ作業の行われるのを知って、現場に現われてくるような気がした。

この電話があった夕刻に、波川は事務所の野口妙子から帰りに是非会って欲しいという連絡を受けた。それまで、事務所からなんの連絡もしてこなかった妙子からなので、波川はまた恐怖じみた偶然を覚えたが、これはあくまでも偶然であるといい聞かせて、退社時に妙子に会った。

「結婚の仲人さんを引き受けて下さるということでしたね」

「ああ、約束したな」

「それで、お願いがあるんですが、今日、これから、彼に会っては下さいませんでしょうか」

「ほう。早や、彼が出来たのかね」

「出来たのかという表現は一寸……」

「そうやったな。ま、ええよ、一緒に行こう。彼に会ってから、わが家に来るんやなあ。仲人ちゅうのは、わし一人では出来んわけやからな。わしよりも、あんたたち二人でうちの女房を口説いてほしい」

波川は、自家用に妙子を乗せて、彼女が彼と待ち合わせている喫茶店に立寄った。

「あたしの方が四歳も年上なんですけど……」

妙子が羞ずかしそうにいった相手の杉垣猛夫は、誠実な学究の徒という感じであった。彼を彼女は、若い医師と患者という関係で知り合ったのだ。

「縁というものは、ほんまにわからんもんやなあ。わしと女房も、患者と看護婦やからなあ。わしが落下事故で入院した時、女房が世話をしてくれたんや」

「へえ。そうですか。あたしたちとよく似ていますねえ」

妙子は、笑いながら、杉垣と波川の顔を見較べたものだ。

「ぼくは、年齢なんかに拘泥しない方がいいっていうのに、彼女は、どうもその点に拘泥しているんですよ」

話していると、杉垣の方が妙子よりも年齢が上のように思われた。若いのに落着きがあり、自信が見えた。

三人は暫く世間話をして、波川の家に行き、波川の妻を無理矢理仲人役に引きずり込んだ。若い二人が帰った後、妻は波川に向って、愚痴をひととおり並べた挙句に、

「当日、私はなにを着ていくのですか。お仲人をやるというのに、着ていくものがなにひとつな

いやないですか」

というのだった。

女の最後の切り札は、いつもどうしてこんなのかとうんざりしながらも、波川は久しぶりに気持のいい酒に酔っていた。ひとつの機構の中で部下に頼られるというのは悪い気持のものではない。なんとなく華やいだ満足感を覚えるのだ。

「貸衣裳の派手なんを着たらええやないか。めでたい事やというのに、なにをうだうだいうてんのや。酒や、酒……」

上機嫌だった。

「あんた、なんで仲人のことを月下氷人といいますのん。月の下の氷の人やて、なんとのうに不気味やおませんか」

いわれてみるとそのとおりだった。急に、波川は酔が醒めてくるのを覚えたものだ。

「つまらんことをいうさかいに、折角うまいことまわりはじめてた酒が醒めてきたやないかいな」

波川は呟きながら、台所に立ち、一升壜の酒をコップに淹れ、一升壜を置きながら、なんの気なしに、暗い土間を見ると、そこに中沢が穿いていた靴がこちらを向いて並んでいた。

「おい！」

波川は、台所から居間にいる妻に呼びかけた。

「このブーツ、誰のんや。淳一のかいな、それとも……」

といって、土間を見ると、今までたしかにあったブーツは、影もかたちもなくなっているのだった。

「ない……」

慄然となった。彼は這うようにして土間のあたりに行った。はっきり見えたブーツが消えている。

「そ、そんな阿呆な……」

波川は、勇気を鼓舞して、暗い土間に顔を近付けるようにして見た。鼻腔に、かすかながら海の香りがした。それも、ほんの一瞬だった。

波川は、頭の襞《ひだ》に浸み透っていたアルコールの成分が、乾いた粉状になり、床と土間に、ぱらぱらと散乱していくように思えるのだった。

「気のせいや、気のせいや。いや、気のせいやのうて、目のせいか……」

彼は、コップに満ちた酒を片手に居間に戻ろうとしたが、コップの酒は小刻みに揺れて、持ち運ぶのが困難だった。

「あんた、アル中と違うのでっか」

妻にいわれて、波川は自分の恐怖心を覗かれまいと強がった。

「阿呆吐《ぬ》かせ。これは酒が冷たいさかいにや」

いってみたものの、背筋のあたりに棲みついた恐怖は、容易に逃げ出す気配がなかった。

五

杉垣と妙子の結婚式は、六十人あまりの出席を得て、厳かに行われた。
波川は緊張の中にも、日頃あまり味わえない充実感を覚えていた。
妙子は泣いていた。きっと彼女は、自分にとって〝結婚〟は無縁のものだと思っていたのだろう。

仲人の席に座った波川は、人生とはおかしなものだと思った。もし、中沢の事件がなかったなら、妙子の倖せは永久にやってこなかったかもわからない。

披露宴の進行中に、妙子と中沢の母の絹が重なり合った。
中沢茂市が愛した絹。その絹の産んだ子供が竜一。その竜一と同じ生年月日の妙子は絹に瓜ふたつであり、中沢竜一の事件で妙子は杉垣を知った。

こう考えると、人間の関係というのは、同心円上の点のような気がしてくるのだった。
杉垣と妙子は、友人たちに見送られて、新婚旅行のハワイに旅発った。波川と妻は、空港まで見送った。

波川は無事に媒酌人としての勤めを終えた安堵感と、妻の前で自分の存在を誇った満足感で、空港からのタクシーの中でも上機嫌だった。

「あのね、けったいなことをいうようですけども、今日、お式の最中に、変な靴音が聞えませんでしたか……」

妻にいわれて、波川の上機嫌は消えてしまった。

「そんな、お前……」

波川と妻は、新郎新婦の後に立って、神主のお祓いとか、三三九度の盃の儀を見守っていたのだ。親戚筋は杉垣方が多く妙子側が少なく、バランスを欠いていたものの、静寂の中で式はつづけられていた。

「それで、あたし、緊張しての耳鳴りかと思うたんですけど、はっきり靴の音が式場の入口から近付いてくるのが聞えたんです」

「それで……」

「靴はね、妙子さん側のお席の方に歩いて行って、止ったんでしょうね。それきり聞えなくなってしもうたんですけども……」

「ふーん。そんなことがあったのか。そういうたら、披露宴の席も、おかしかったやないか」

波川は、あらためて、披露宴の席の数がひとつ多かったのを思い出した。単に誰かが急な用事で出席出来なかったのだと思っていたのだが、宴の後で、結婚会館の宴会係の主任と宴の予約をした杉垣の友人とが口論していたものだ。杉垣の友人は、きちんと名前を並べて席をつくってくれといったのに、会館の宴会係は申し込まれただけの席を用意したのだと主張していたものだ。

「じゃ、その出席者の名前はわかるのかね」

杉垣の友人は気色ばんで、宴会主任に食ってかかった。

「冗談おっしゃっては困りますよ。電話ではっきりおっしゃったではありませんか。予備だから、名前札は不要だといわれたでしょう」

「そんな馬鹿な……」

こんな会話《やりとり》が波川の耳を掠めたものだった。妻のいう靴音もおかしいが、席がひとつ余分にあったのも奇怪だった。そして、余分の席は、遂に最後まで誰も座らなかったが、仲人の席から見ると、その空席だけが頑固に存在を主張しているように見えたものだった。

波川は、中沢竜一の霊が宴会場に現われたのではないかと考えていた。

「そやけど、万事がうまいことといって、あたしも吻っとしましたわ。あんたも、なかなか落着いてはりましたしねえ……」

妻に褒められて、本来なら胸を張ってどうだという態度を示す筈の波川も、靴音と空席に拘泥って、曖昧な返事をしただけであった。

新婚旅行先で妙子はまた発作を起したという噂が、波川の耳に入ってきたのは、式後一ヵ月を経た頃だった。結婚と同時に妙子は退職していたので、この事件が伝わってくるのに時間がかかった。

「室長、おかしな話ですよ。ハワイのホテルの部屋に三人が泊ると予約《リザーブ》されていたそうですわ。新婚旅行やというのにねえ……」

と、知らせてくれたのは、高野だった。波川は、また披露宴での空席を思い出し、慄然となった。

「どうも、そのあたりから新婦の精神状態に変調が起きたそうですなあ。結局、彼女は完全に癒ってえへんかったというわけですなあ。しかし、新郎が少壮の精神病理の先生やというから、よかったですなあ。臨床例がひとつ出来たということですもんなあ」

「阿呆なことをいうたらあかんわ」

波川は仲人を勧めたという責任の重大さを感じ、すぐに杉垣のいる病院に行った。高野の聞いてきた噂は、嘘ではなかった。

杉垣は、陰鬱な表情で、言葉尠《すく》なだった。

「いや、弱りましたよ、ハワイで、彼女が急に幻聴と幻覚に怯えはじめましてねえ……」

「幻聴と幻覚……」

「そうなんですよ。靴の音が近付いてくると深夜にいったり、ベランダを靴だけが歩いて行ったといったり……」

波川は、危うく声をあげそうになった。その幻聴なら、自分も妻も経験しているし、幻覚の方も自宅の土間と中沢のアパートで経験しているのだ。波川は、その経験を口にしたものかどうかと迷っていた。が、やめた。いえば、たちまち、自分も入院してしまうことになると思ったからだ。

「で、これから、どうなさるのですか」

「結婚生活を……ですか」

「そうです」

「継続していくつもりです。幸い、ぼくはこういう立場の医者ですし、根気よく治療をつづけていくつもりですが……」

　杉垣の確信のある言葉を聞いて、波川は安心した。安心したものの、家に帰ってからも憂鬱だった。杉垣から聞いたことを妻にいう勇気もなかった。いえば、今度は妻の方が気味悪がるだけではないか。

　波川は、靴音と靴が、次第に今まで中沢竜一となんの関係もなかった杉垣や妻にまで及んでいくのを知った。

　考えてみれば、靴というのは、歩きまわるために作られた用具である。不安感の輪を益々拡大さすために歩きまわるための道具として用いられても、なんの不思議はないものだという気持になってきた。

　杉垣は二週間に一度ぐらいの割合で波川に報告のための電話をかけてきた。容態は一進一退で、それが天候よりも気圧に関係があるようだと医者らしい見解を報らせてきた。

「気圧が低くなると、どうも幻聴に伴う幻覚に襲われるようですね」

という。

「普通の人間でも、気圧で耳鳴りがするということがあるでしょう」

　と、波川は訊ねてみた。

「そうですが、彼女の場合は、その落差が激しいようです」

　杉垣は気候の変り目よりも、気圧の変り目の方が変化が生じるのだという研究をつづけたいともいった。

「そういえば……」

波川は、かつてアクアラングの池村を訪問した時に、水圧の変化で精神状態が不安定に陥るという話を思い出して、杉垣にしてみた。

「俗にいう潜水病というやつですね」

杉垣の言葉は、淡々としたものであった。

波川だけが、強引に、海底に沈んでいる特殊潜航艇と妙子の関係を結びつけようとしているのだった。

吉田からの連絡があって、波川が網代港に出向いた時、すでに八百メートルの沖合の海底から、赤錆と貝殻が付着した『海龍』が海面にクレーンで引き揚げられているところだった。

焼玉エンジンの漁船に乗って波川は現場に立合った。

晩秋の夕暮時の海は凪で、海面は油の厚い層に塗りこめられたように動かない。その厚い層を徐々に割って引き揚げられる円筒型の鉄塊は不気味だった。

海上保安庁の小艦が二隻、百メートルほど離れた場所に停泊し、乗組員たちは逆光の中で甲板に整列し、この模様を眺めていた。

波川は、胸に錐で揉まれるような痛みを覚えた。

「重い海です」

横で吉田が、ぽつんといった。

波川は吉田の顔を盗み見た。涙が膜を張って大きく膨《ふく》れあがり、一条すうっと頬に伝った。

重い海という表現が、この場合なんと適していることかと波川は感激した。一面の油を流したような凪の下から、痛恨の呻きをあげながら『海龍』は浮上してきたのだ。

海面に、葬礼の喇叭が鳴り渡った。その音は低く、悲しかった。

『海龍』は、意志を失った一匹の巨きな怪獣のように、徐々に母船に引き寄せられ、どっと破壊された舷から海水が溢れ落ちた。

吉田とアクアラングをつけた池村が身を乗り出し、池村はすぐに海に飛び込んで、破れた舷の縁に手をかけ、機敏な動作でハッチの方に上がっていった。池村の後輩たちも、それぞれが敏捷な動きを示して、艇のまわりに群がった。

声はない。ただ、水の音とロープの鈍い軋みが海面にあった。

「やはり……」

艇の下部のあたりから、遺骨の白い片《かけら》が見えた。それは、中沢竜一の骨であるに違いないのだ。

波川は、池村の手で取り出された半長靴の片方を見て、愕然となった。靴だけが新しいように思えた。三十年余、海底にあっても、靴だけが変化しないというのは、異様であった。

が、波川以外の人間は誰もこの異常さには気付いていないようだった。波川は、この恐怖を誰かに告げようと思ったが、周囲の厳粛な表情を見ると、言葉を口にすることが出来なかった。

遺骨が納められ、鎮魂の式が終った後も、波川は、その靴の異常さを誰にもいえなかった。が、やはり、その異常さを誰かに話さないことには戻れない気分だった。

二日目の夜に、波川は、吉田にいってみた。

「靴が……」

　吉田は不審な面持になった。

「そうですよ、靴ですよ」

「そんなもの、ありましたか」

　吉田は池村に聞いた。

「いや……私は覚えがありませんが……」

　池村は、首をひねった。

　波川は、背筋に冷たい氷の矢が射込まれた気がした。自分だけが見たのかと思うと、中沢茂市も息子の竜一も、自分だけに取り憑いたように思えたのだった。

　やりきれない気持で家に戻ると、妻が恐怖の表情でいうのだった。

「あのね、あんた、妙子さんが一昨日の晩に、病院から蒸発しはったんや」

「え……」

「落着いて聞いてよ、あんた。妙子さん、何処にいたはったと思いますか。中沢さんの住んではった部屋に……」

「え……」

　血の気の失せていくのを覚えた。

「それだけではないのんよ、あんた。え……杉垣さんがね、ようやく見付けはったんやけど……昨日の晩やけども……」

彼女は、とっておきの話を小出しにする楽しみを反芻しているふうに、いった。

「なんや……」

波川は、苛立って、話の先を促した。

「そのね、杉垣さんの目の前を、靴だけが歩いていたんですて。靴音はっきりと……。それで、その靴が、妙子さんの部屋に入ったんですて。それから、戸が閉って、中で、妙子さんが楽しそうに話し合うてはったんですて……」

妙子は昔噺を口にするようにいうのだった。

「それで、杉垣君は……」

「それがねえ……。今の話、杉垣さんが病院に帰っていいはりましたらねえ。立場が逆になってしもうたんです」

「立場が逆に……」

「そうです。お医者はんが、患者になりはったんですて……」

波川は、もう、ほとんど立っていられないほどの恐怖に囚われていた。

「お前も、靴音を、聞いたやろ……」

と、波川は助けを求めるように、妻にいった。

「そやから、あんたも、なんにもいうたらあきませんで」

妻の堂々とした背を見ながら、波川の恐怖は、ますます募ってきた。

手

舟崎克彦

新聞は殆ど読まない。

ニュースや天気予報はＴＶの方が活きがいいし、書評や映画評はあてにしない主義だ。株はやらないしゴシップの類いは週刊誌の方が刺激的だ。連載小説などは時間に追われて筆が荒れていることが多く、単行本になるのを待った方が得だと思う。

にも拘らず営々として新聞をとっているのは単なる習慣だろうか、見栄だろうか。

いいや、ラジオ、テレビ欄というものがある。あれだけは重宝だ。それだけのことであれば朝刊で事足りるのだが、契約は夕刊もこみになっていてこちらの方は単に一日のたそがれを知らせる合図にしか過ぎない。

凡そ五時半から六時頃、かさこそといじらしい音がして玄関の郵便受けを割りながら、情報の折りたたみが肩をもぐり込ませる。

「あ、そんな時間か……」

私は腰を上げてＴＶニュースのスイッチをひねり、炊飯器の電源を入れるという按配だ。哀れな夕刊は無言を強いられたまま中折れの姿で薄暗い三和土《たたき》を見おろして数時間を過ごすことになる。

問題は、その数時間後である。大抵は十一時頃であるが、かさこそと、夕刻と同じ音を立てて新聞が床に落ちる時が来る。

引力のせいではないようだ。誰か、マンションの住人が通りすがりに親切気でねじ込んで行くのだろう。退職金で購入し、そのまま住まい続けているというケースの、老人が多いマンションであるから、お節介に近い親切を受けることは多い。が、大抵の老人にとって夜更けといってもさしつかえないそんな時間に、出歩いている人物がいるのだろうか。因みに、管理人が見廻りを終えて表玄関の鍵をしめるのは午後十時である。いずれにせよ酔狂なことだと思っていた矢先き、私はちょうど新聞が押し込まれる瞬間を目撃した。

湯上がりで汗の吹き出た体をタオルのバスローブにくるみつつ廊下へ出た途端、身をよじりながら新聞がずり落ちてくると、新聞受けのすき間から細い指がのぞいたのである。

踊り場の常夜灯がもれて逆光になっていたせいもあったか知らぬが、透明感のある白い――紛れもなく女の指であった。が、それも束の間、
パタン……

素気ない音がして蓋が閉じると、指は闇を残して鉄扉の向こうに消えてしまった。私は裸足のまま三和土に立つと、マジック・ミラーに片目を押しつけてみた。が、円型に歪んだ踊り場には既に人影はなく、立ち去る足音も聞こえなかったのである。

「若い女なんか、ここにいたっけかな」

翌夜、私は玄関に坐り込んで、「手」を待ち伏せた。

酔狂といえばこっちが上手《うわて》だ。

と、歩み寄る音もなく、いきなりズ、ズ……新聞が押し込まれる。同時に、あの白い指が蓋のすき間から、さながらイソギンチャクの触角めいてあらわれ、新聞の端を軽くつき放すと、

パタン……

例の音を残して消えた。私は間髪を入れず、マジックミラーにしがみついた。が、又しても姿をたしかめることは出来ない。

「間違いない。女の指だ」

私は独りごちた。

「若い女だ。美しい……」

これほどしなやかで優美な指先きを私は見たことがなかった。ピアニストの指、画家の指、ダンサーの指、詩人の指、これまでに沢山の指を見てきたが、そして美しい指の持主が美しい人達であったことも知ってはいたが、どんな指にもどこかしら生活臭というものがある。が、その指は例外だった。俗塵に塗《まみ》れたことのない指だ。山百合の蕾だ。

いや、これは即断に過ぎる。暗い場所でたまゆら、一部しか目にしていないのだから決めつけることは出来ない。しかしそうであればなおさら思い込みは激しくなる。私は何とかしてその手に触れてみたくなった。いいや出来得ることならその手の持主を仰いでみたいものだ。

老人の世話をしている孫娘だろうか。老人は彼女を喪いたくないために男の目に触れさせぬよう部屋にたれこませているのかも知れぬ。そして皆が寝静まった夜更け、娘はあえかな外気を求めてコンクリートの箱の中をいっとき散歩するのではないか。押し込まれる新聞は彼女の、ささ

やかな自己主張に違いない。

私は妄想をたくましくさせた。そうなると我慢が出来ない。私は次の日から、玄関の外に立って彼女を待った。階段を下りて来たら、ちょうど帰宅したばかりという風を繕って、

「今晩は」

何気なく声をかけてみよう。

が、そんな時に限って相手は姿を見せてくれないのである。小一時間ほどなすすべもなく戸口をうろうろと歩き、時に階段を上下して人の気配をうかがうのだが、夜がかすかな寝息を立てているばかりである。

あきらめて部屋に入る。

と、まるで私の動静を見守っていたかのように背後の郵便受けから新聞が落ちた。反射的にドアをあける。

しかし「手」の主はすでに視野から消えていた。

何回か同じような経験をへて、私は苛立ちを募らせると、遂に最後の手段に踏み切る覚悟を決めた。

玄関に椅子を出し、郵便受けの直前で身構える。相手はいつものように何気なく、例の華美な指をさし込むだろう。ああ、あの指を想い出すだけで物狂わしい。両手でいつくしみながら一本ずつ頰ばってみたい。

いや、だが戸口で見張ったりしていたために警戒して寄りつかなくなってしまったかも知れな

いぞ。相手に悟られるべきではなかった。来てくれるかしら。

不安と期待に心おののかせながら腰をかけ、一点に眼を据えていると、郵便受けの蓋がさながら現実からの脱出孔であるかのように思えてくる。

「これ位のことで緊張するやつがあるか、ただのいたずらじゃないか」

私が気を落ちつかせていると、来た。

新聞の先端がダイビングのコマ落としのように動き、あの指を室内にみちびいて来る。その刹那、私は豹の素早さで手をとらえた。指は反射的に手を引っこめる。が私の握力に叶うものではない。あぶなっかしいくらい華奢な骨組が掌中で軋んだ。私は同時に空いた手でノブを廻すと半身を外に乗り出した。「いや、これは失礼、泥棒かと思いましてね」と逃げを打つ算段である。が、郵便受けの入口へ目をやって私は言葉を喪った。誰もいない。

「馬鹿な……」

呆気にとられて「指」をつかんでいる片手を見る。と、そこには正体を持たぬ手首が、しっかり握られていたのである。

私は途方にくれて、三和土に坐り込んでいた。

ちょっと摑んだ位で人の手首が抜けたりするはずはない。とすると、この手首自体が、一個の生命体なのだろうか。

それにしてもバラバラ死体の一片を預かってしまったようで何とも気色が悪い。こうなるともはや、指を愛でる気など何処へかけし飛んでしまった。

暫くの放心の後、私はいささか平静を取り戻すと、手の中にある「手」を改めて確かめてみた。玄関の照明をつける。

先を少しすぼめたかたちの白い手が仰向けになっている。私に襲われたショックのせいだろうか、手はぬくもりを失い無機質の冷気を帯びて硬直している。

こわごわと両手に取ってためつすがめつしてみると、手首のつけ根に小さな銀色の螺子がついているのを発見した。

「なんだ、義手か……」

私は安堵とも失望ともつかぬ声を洩らした。

「だが待てよ……」

持主はあの時、咄嗟にこれを残して疾走したのだろうか。いいや、そんな束の間にこの螺子をはずせるはずはない。といって、合成樹脂の手が自分勝手に活動するということも考えられないし。第一、これまで垣間見てきた指は、もっとしなやかな動きをともなっていたはずだ。あれは確実に生命を帯びた指なのである。

私は冷ややかな光沢を放って虚空をつまんでいる手を居間に運ぶと、ドレッサーの上に載せた。かたちの良いうつ伏せの手が黒檀《エボニィ》に白く映えて、二枚貝のように見える。

それにしても、この物体をどう処理したものだろうか。

住居不法侵入罪でつき出すべきか、拾得物として届けるべきか。場合に依ってはこちらが窃盗罪を問われることになりかねない。

「もう止そう。混乱してきた」

私は頭を二、三度ふるって洗面所へ顔を洗いに行った。

「部屋の外に落ちていたということで、管理人室へ届けるしか手はないな。きっと誰かにからかわれたんだ。畜生」


その晩、私は悪夢にうなされた。

夥しい白い飛沫が闇の中から迫ってくるのである。それらは原生動物のようにさまざまなフォルムに変幻しつつ触角をのばし、触角はやがて五本の指にかわると音もなく私の口や鼻へしのび込んでくる。

息がつまって蒲団をはね上げ、

「助けてくれぇ」

自らの呻き声で目をさますと、パジャマは汗みずくであった。

ふうっ。

熱い息を吐いて、ひたいをぬぐう。手が、私の中心部をしっかりと握っている。

怕い夢を見た時など、私はよくそうしていることがある。どういう心理作用なのか知らん、が、はて、この手は……不審に思って目をやると、私はすんでのところで気を失いかけた。

居間のドレッサーの上に置いたままにしてあったはずの「手」が、そこにあったのである。先刻とはうって変わって、ぬくもりを帯びた細い指が、さもいとおしげにからみついている様が、夜目にも白く浮き上がっている。

「やめてくれ」

私はふるえる声になると、腰をずらして指をもぎとり、唐紙に投げつけた。肉質を感じさせる鈍い音がして「手」はビニールクロスにはねかえり、どす、と、床に転がる。

「どういうことなんだ……」

電気スタンドをつけると、更に私を驚かせる事態が待っていた。手が成長していたのだ。手首で途切れていたそれが、寝ている間に肘のあたりまで増殖している。手はそれを源にして、自分の本体を創造し始めているらしい。

「俺は知らんぞ」

私は恐怖をまぎらわすために、大声を出した。

「今日だけは泊めてやる。だから、あとはほっといてくれ」

まんじりともせずに一夜が明けた。冷えた汗をしとどにふくんだパジャマの襟をかき合わせたまま、小一時間ほどまどろんだのだろうか、マンションの下を通る塵芥収集トラックのオルゴールの音で目をあけると、

「そうだ。手を管理人室へ持って行かなくちゃ……」

ベッドから起き上がった。が、ゆうべ床に叩きつけたままになっているはずの手が、そこには無い。

どきっとして蒲団の中に目をくれる。が、そこにもいない。

「帰ったのかな」

私は、はれぼったい瞼をこすりながら、部屋じゅうをくまなく捜しまわった。昨夜の様子からおしはかれば、「手」は今頃「腕」にまで成長しているに違いない。

私のうたた寝の間に窓からでも出て行ったのだろうか。

例え手であっても女は女だ。私の剣幕におびえて逃げ出したに違いない。いずれにせよ、もう新聞なんかとるのはやめちまおう。


しかし「彼女」は出奔などしてはいなかったのである。それに気づいたのは同じ日の夕食後のことだ。

食休みにベッドで横になってTVを見ていると、押入れの中で何かの蠢く気配がする。ネズミのように小さいものの音ではない。唐紙の桟がみしりと軋んだ。

「誰だ……」

私は体を起こした。咄嗟に——こんなこともあろうかと——ベッドの下にしのばせてある竹刀を取り出す。

「出てこい」

音が止んだ。

私は用心深くベッドを下りると、唐紙にそっと近づき、その端に手をかける。すると、

「あけないで」

中から女の声がするではないか。その、鈴を振ったような声音に私はホッとすると、

「誰です」

穏やかな声になった。

「どうしてそんなところに入ってるんです」

「着る物をお願いします」

声はすがるように言った。

裸の女か……? 一体全体、どういう訳で押入れの中に全裸の女なんかが紛れ込んでしまったのだろう。

「お願い……着る物を……そしたら御挨拶をさせて戴きます」

どうやら剣呑な相手ではなさそうだ。

「女の服なんか、ありませんよ。でも、少し大きめかも知れないが、ジーンズとTシャツでよければ」

「ええ……それはもう何でも……」

「じゃ、ちょっと待ってなさい」

私は反対側の壁面へ後ずさると、作り付けの洋服簞笥をあけて、手近の衣類をかき集めた。その間、女は身じろぎもせずに外をうかがっているらしい。それにしても奇妙な出来事が立て続けに起こるものだ。

「少しあけます」

私は押入れに声をかけた。中で体の位置をずらす気配がする。ゆっくりと、二十センチほど唐紙をあけ、服を中へ差し入れてやる。

「そんな狭苦しいところで服を着るのは厄介でしょう。出てらっしゃい、僕ははずすから」

私が言うと、

「いえ、結構です。申し訳ありません」

声は即座に答えて、闇の中に衣類を引き込むと、唐紙をするすると閉ざしてしまった。

同時に身動きの音が始まる。時たま肘が唐紙にぶつかったりしている。私は暗がりの中に蹲踞して服をまとおうとしている裸身を想像しながら時ならぬ劣情を催した。

ややあって、

「失礼しました」

声がすると、唐紙の隅が少し開き、その隙間に美しい手がかかった。その途端、私は諒解した。

「あの手だ……」

手は一日がかりで自身を形成したのに違いない。そうして、時間の経過をたぐりながら今、腕を見せ、その先につらなる全身をすべるようにさらした。

私の「手」に関する審美眼は誤っていなかった。竹久夢二風というのだろうか、古風なエレガンスを漂わせた娘である。だぶだぶの借り着はいかにもちぐはぐであったが、Tシャツの胸をかすかにおし上げているとがった乳首のうす桃色が愛らしい。

「あの、初めまして」

娘は居心地の悪そうな視線を上げた。

「どうも」

私は言葉につまって、竹刀をうしろに隠した。名前なんぞをたずねるべきなのだろうか。しかし、本来が手でしかなかった人間——といっていいかどうかも解らないが——に姓名や職業があろうとも思えない。とりあえず、

「どうしてこういうことになったんです」

事の次第を問うてみた。

「はあ……」

娘は端座している。

「それが、よくわからないんです。でも、何だかおそろしくて……」

「何が?」

「誰かに追われているようで。もしみつかったらつらい目にあわされるんじゃないかと」

「いつからそんな風に考えるようになったんです」

「わかりません」

娘は途方に暮れたようなまなざしを私に向ける。長い睫毛の下の、黒く潤んだ切れ長の瞳にみつめられると、背筋が総毛立った。

「何が何だかわからないんです。でも多分、この押入れの中で、わからないっていうこともわか

りました」

「どうしたらいいんだろう」

　それは独白だった。彼女が単なる記憶喪失者であるとか家出人であるのならば、しかるべき手続きもあるだろうが、押入れの中で人体を得た「手」に対してはどんな法的手段を取れば良いのか想像もつかない。

「かくまって戴けますか」

　娘は思い切ったように言った。

「私、外へ出るのがおそろしいんです。誰にも見られたくない」

「そんなこと言ったって、君はゆうべ外を出歩いていたところを僕に摑ま……じゃなくて保護されたんだぜ。知ってるかい?」

「……さあ」

　娘は膝に目を落とした。無理もない話だ。手それ自体には知能はないはずなのだから。

「わかったよ」

　私は答えた。

「ここでよかったら、当分遊んでいなさい」

　思いもよらない成り行きで、私は世にも麗しい指を持つ美女を独占できる身分になったのである。前歴というものが皆無な娘を、一人前に教育してやろうという好奇心にも胸がときめいた。そうとも、自分好みの完璧な女に仕立ててやるんだ、これが男の夢でなくて何であろう。

しかし、私の思惑はいささかはずれた。

彼女の原点であった手には既にさまざまな情報がインプットされているようで、暮らしを共にする内にそれらの端はしが表出してくるのであった。

例えば名前は田中園江というらしい。歳は十八。きものでなくては落ち着けない、と言い、朝食は御飯と味噌汁でないと淋しいのだそうだ。

「女は男に奉仕するために生まれついている」

などと大層旧いことも言う。

「男の子を産んで国に御奉公もしたい」

そうである。手から生まれているだけあって料理、裁縫などは実に上手《うま》い。

尋常でない身の上であるのに、肉体は完璧であった。発生のいきさつはどうであれ、本人に不足さえなければ日常生活に何ら支障はない訳である。それどころか昨今では、こんなに控え目で家事能力に秀でた娘はみつけられないだろう。おまけに美人と来ている。戸籍を取りようもない相手であるから、正式な結婚は叶わないが、内縁の妻とでもしておこう。

「それでもいいか」

とたずねると、顔をうつむけて泪を拭き、その夜は赤飯を炊いてくれた。私は新派の舞台でも演《やっ》ているような気になった。

「ちょっと、あんた」

或る朝、私はマンションの玄関を出ようとすると、落葉を掃いていた管理人から呼び止められた。

「は?」

　足を止めると、

「どなり込まれなかったかい、七階のおばあちゃんに」

　管理人は声をひそめて寄ってきた。

「別に」

「ならいいんだがね」

「何があったんです?」

「物盗りに遭ったって言うんだよ。このマンションの誰かが犯人に違いないって思い込んでるらしくてね、上の階から一軒ずつ詮索して廻ってみんな大迷惑さ」

「何を盗られたっていうんですか」

「それがお笑いでね」

　話がそこまで来た時、管理人は玄関のガラス戸が開くのを私の肩越しに見ると、「ヘッ」と首をすくめた。

「あらまあ、おはようございます」

　しわがれ声がして和服の老婆が階段を下りてくる。管理人は胸元で「あいつ、あいつ」という風に彼女を指さし、そそくさと掃除を始めた。

　彼女のことなら若干は知っている。マンションの住民で作っている委員会の理事をやっており、私も一年だけ当番で役員をおおせつかったことがあるからだ。名前は確か田中園江とかいったっけ。

私はすんでのところで声を上げそうになった。田中園江?!

「まあ、お久しぶりですこと。お元気で?」

園女はひっつめにした銀髪に手をやりながら、私を見上げた。ああ、体の芯がぬけて行くようだ。上質の和紙を揉んだようなその顔は風雪に弄ばれ見る影もないが、たるんだ瞼の下の長い睫毛や黒目がちの瞳、指でつまんだような小鼻やうすい唇、原型を司っている一つひとつのものは紛れもなく私の女の持ち物のデフォルメであった。

彼女が盗られたと騒いでいるお笑い草とは義手のことに違いない。

この老婆は、歳にそぐわぬ艶やかな義手に、若い頃の自分を胸に彷彿させていたのではないか。例えば夜、床の中でまどろみながら、その偽りの手を撫でつつ今は風化しかけている過去にいっとき帰郷していたのかも知れぬ。そうして青春時代の息吹きを与えられた手は、深更、主人から離れてささやかな追体験の旅に出ていたに違いない。

私はたまたま、その先を引き受けてしまったのだ。手は男を知って、再生したのだ。違うだろうか……。

私は胸を突かれて園女の手に目を走らせた。と、案の定、彼女の、買物籠を下げた左腕の先にはレースの手袋越しに、ひと目で義手と解る光沢をはらんだ娘の手がのぞいていたのである。きっと新たに購入したに違いない。私はその日のうちに引越しを決意した。

今の私にはこれ以上手におえない。

人間椅子

江戸川乱歩

佳子《よしこ》は、毎朝、夫の登庁を見送ってしまうと、それはいつも十時を過ぎるのだが、やっと自分のからだになって、洋館のほうの、夫と共用の書斎へ、とじこもるのが例になっていた。そこで、彼女は今、K雑誌のこの夏の増大号にのせるための、長い創作にとりかかっているのだった。

美しい閨秀作家としての彼女は、このごろでは、外務省書記官である夫君の影を薄く思わせるほども、有名になっていた。彼女のところへは、毎日のように未知の崇拝者たちからの手紙が、幾通となく送られてきた。

けさとても、彼女は書斎の机の前に坐ると、仕事にとりかかる前に、先ず、それらの未知の人々からの手紙に目を通さねばならなかった。

それはいずれも、極《き》まりきったように、つまらぬ文句のものばかりであったが、彼女は、女のやさしい心遣いから、どのような手紙であろうとも、自分にあてられたものは、ともかくも、ひと通りは読んでみることにしていた。

簡単なものから先にして、二通の封書と、一葉のはがきを見てしまうと、あとにはかさ高い原稿らしい一通が残った。別段通知の手紙は貰っていないけれど、そうして突然原稿を送ってくる例は、これまでにもよくあることだった。それは、多くの場合長々しく退屈きわまる代物であったけれど、彼女はともかくも、表題だけでも見ておこうと、封を切って、中の紙束を取り出してみた。

それは、思った通り、原稿用紙を綴《と》じたものであった。が、どうしたことか、表題も署名もなく、突然「奥様」という、呼びかけの言葉ではじまっているのだった。はてな、では、やっぱり手紙なのかしら。そう思って、何気なく二行三行と目を走らせて行くうちに、彼女はそこから、なんとなく異常な、妙に気味わるいものを予感した。そして、持ち前の好奇心が、彼女をして、ぐんぐん先を読ませて行くのであった。

奥様、

奥様のほうでは、少しも御存じない男から、突然、このようなぶしつけなお手紙を差し上げます罪を、幾重にもお許しくださいませ。

こんなことを申しあげますと、奥様は、さぞかしびっくりなさることでございましょうが、私は今、あなたの前に、私の犯してきました世にも不思議な罪悪を告白しようとしているのでございます。

私は数ヵ月のあいだ、全く人間界から姿を隠して、ほんとうに悪魔のような生活を続けてまいりました。もちろん、広い世界に誰一人、私の所業を知るものはありません。もし、何事もなければ、私はそのまま永久に、人間界に立ち帰ることはなかったかもしれないのでございます。

ところが、近頃になりまして、私の心に或る不思議な変化が起こりました。そして、どうしても、この、私の因果な身の上を、懺悔《ざんげ》しないではいられなくなりました。ただ、かように申しましたばかりでは、いろいろ御不審におぼしめす点もございましょうが、どうか、ともかくも、この手紙を終りまでお読みくださいませ。そうすれば、なぜ、私がそんな気持になったのか、またなぜ、この告白を、殊さらに奥様に聞いていただかねばならぬのか、それらのことが、ことごとく明白になるでございましょう。

さて、何から書きはじめたらよいのか、あまりに人間離れのした、奇怪千万な事実なので、こうした、人間世界で使われる手紙というような方法では、妙に面はゆくて、筆の鈍るのを覚えます。でも、迷っていても仕方がございません。ともかくも、ことの起こりから、順を追って、書いて行くことにいたしましょう。

私は生れつき、世にも醜い容貌の持主でございます。これをどうか、はっきりと、お覚えなすっておいてくださいませ。そうでないと、もしあなたが、このぶしつけな願いを容れて、私にお会いくださいました場合、たださえ醜い私の顔が、長い月日の不健康な生活のために、二た目と見られぬひどい姿になっているのを、なんの予備知識もなしに、あなたに見られるのは、私としては、たえがたいことでございます。

私という男は、なんと因果な生れつきなのでありましょう。そんな醜い容貌を持ちながら、胸の中では、人知れず、世にも烈しい情熱を燃やしていたのでございます。私は、お化けのような顔をした、その上ごく貧乏な、一職人にすぎない私の現実を忘れて、身のほど知らぬ、甘美な、贅沢な、種々さまざまの「夢」にあこがれていたのでございます。

私がもし、もっと豊かな家に生れていましたら、金銭の力によって、いろいろの遊戯にふけり、醜貌のやるせなさを、まぎらすことができたでもありましょう。それともまた、私に、もっと芸術的な天分が与えられていましたなら、たとえば美しい詩歌によって、この世の味気なさを忘れることができたでもありましょう。しかし、不幸な私は、いずれの恵みにも浴することができず、哀れな、一家具職人の子として、親譲りの仕事によって、その日その日の暮らしを立てて行くほかはないのでございました。

私の専門は、さまざまの椅子を作ることでありました。私の作った椅子は、どんなむずかしい注文主にも、きっと気に入るというので、商会でも、私には特別に目をかけて、仕事も、上物ばかりを、廻してくれておりました。そんな上物になりますと、凭《もた》れや肘掛けの彫りものに、いろいろむずかしい注文があったり、クッションのぐあい、各部の寸法などに、微妙な好みがあったりして、それを造る者には、ちょっと素人の想像できないような苦心がいるのでございますが、でも、苦心をすればしただけ、できあがったときの嬉しさというものはありません。生意気を申すようですけれど、その心持は、芸術家が立派な作品を完成したときの喜びにも、比ぶべきものではないかと存じます。

ひとつの椅子ができあがると、私は先ず、自分でそれに腰かけて、坐りぐあいをためしてみます。そして、味気ない職人生活のうちにも、そのときばかりは、なんともいえぬ得意を感じるのでございます。そこへは、どのような高貴の方が、或いはどのような美しい方がおかけなさることか。こんな立派な椅子を注文なさるほどのお屋敷だから、そこには、きっとこの椅子にふさわしい、贅沢な部屋があるのだろう。壁には定めし、有名な画家の油絵がかかり、天井からは、偉大な宝石のようなシャンデリヤが下がっているにちがいない。床には高価なジュウタンが敷きつめてあるだろう。そして、この椅子の前のテーブルには、眼の醒めるような西洋草花が、甘美な薫りを放って、咲き乱れていることであろう。そんな妄想に耽っていますと、なんだかこう、自分が、その立派な部屋のあるじにでもなったような気がして、ほんの一瞬間ではありますけれど、なんとも形容のできない、愉しい気持になるのでございます。

私のはかない妄想は、なお、とめどもなく増長してまいります。この私が、貧乏な、醜い、一職人にすぎないこの私が、妄想の世界では、気高い貴公子になって、私の作った立派な椅子に腰かけているのでございます。そして、そのかたわらには、いつも私の夢に出てくる、美しい私の恋人が、におやかにほほえみながら、私の話に聞き入っております。そればかりではありません。私は妄想の中で、その人と手をとり合って、甘い恋の睦言《むつごと》を、ささやき交わしさえするのでございます。

ところが、いつの場合にも、私のこのフーワリとした紫の夢は、たちまちにして、近所のおかみさんのかしましい話し声や、ヒステリーのように泣き叫ぶ、そのあたりの病児の声に妨げられて、私の前には、またしても、醜い現実が、あの灰色のむくろをさらけ出すのでございます。現実に立ち帰った私は、そこに、夢の貴公子とは似ても似つかない、哀れにも醜い自分自身の姿を見出します。そして、いまの先、私にほほえみかけてくれたあの美しい人は……そんなものが、全体どこにいるのでしょう。その辺に、埃まみれになって遊んでいる、汚ならしい子守女でさえ、私なぞには、見向いてもくれはしないのでございます。ただひとつ、私の作った椅子だけが、今の夢の名残りのように、そこにポッネンと残っております。でも、その椅子は、やがて、いずことも知れぬ、私たちのとは全く別の世界へ、運び去られてしまうのではありませんか。

私は、そうして、ひとつひとつ椅子を仕上げるたびごとに、言い知れぬ味気なさに襲われるのでございます。その、なんとも形容のできない、いやあな、いやあな心持は、月日がたつに従って、だんだん、私には堪えきれないものになってまいりました。

「こんな、うじ虫のような生活をつづけて行くくらいなら、いっそのこと、死んでしまったほうがましだ」

私は、まじめに、そんなことを思います。仕事場で、コツコツと鑿《のみ》を使いながら、釘を打ちながら、或いは、刺戟の強い塗料をこね廻しながら、その同じことを、執拗に考えつづけるのでございます。

「だが、待てよ、死んでしまうくらいなら、それほどの決心ができるなら、もっとほかに、方法がないものであろうか。たとえば……」

そうして、私の考えは、だんだん恐ろしいほうへ、向いて行くのでありました。

ちょうどそのころ、私は、かつて手がけたことのない、大きな革張りの肘掛椅子の製作を頼まれておりました。この椅子は、同じY市で外人の経営している或るホテルへ納める品で、一体なら、その本国から取り寄せるはずのを、私の雇われていた商館が運動して、日本にも舶来品に劣らぬ椅子職人がいるからというので、やっと注文をとったものでした。それだけに、私としても、寝食を忘れてその製作に従事しました。ほんとうに魂をこめて、夢中になってやったものでございます。

さて、できあがった椅子を見ますと、私はかつて覚えない満足を感じました。それは、われながら、見とれるほどの見事なできばえだったのです。私は例によって、四脚ひと組になっているその椅子のひとつを、日当りのよい板の間へ持ち出して、ゆったりと腰をおろしました。なんという坐り心地のよさでしょう。フックラと、硬すぎず軟かすぎぬクッションのねばりぐあい、わざと染色を嫌って、灰色の生地のまま張りつけた、なめし革の肌ざわり、適度の傾斜を保って、そっと背中を支えてくれる豊満な凭れ、デリケートな曲線を描いて、コンモリとふくれ上がった両側の肘掛け、それらのすべてが、不思議な調和を保って、渾然として「安楽」という言葉を、そのまま形に現わしているように見えます。

私は、そこへ深々と身を沈め、両手で、丸々とした肘掛けを愛撫しながら、うっとりとしていました。すると、私のくせとして、止めどもない妄想が、七色の虹のように、まばゆいばかりの色彩をもって、次から次へと湧き上がってくるのです。あれを幻というのでしょうか。心に思うままが、あんまりはっきりと、目の前に浮かんできますので、私はもしや気でも違うのではないかと、空恐ろしくなったほどでございます。

そうしていますうちに、私の頭に、ふとすばらしい考えが浮かんでまいりました。悪魔の囁きというのは、多分ああしたことを指すのではありますまいか。それは、夢のように荒唐無稽で、無気味な事柄でした。でも、その無気味さが、言いしれぬ魅力となって、私をそそのかすのでございます。

最初は、ただただ、私の丹精こめた美しい椅子を、手放したくない、できることなら、その椅子と一緒に、どこまでもついて行きたい、そんな単純な願いでした。それが、うつらうつらと妄想の翼をひろげておりますうちに、いつの間にやら、その日頃、私の頭に醱酵しておりました、ある恐ろしい考えと結びついてしまったのでございます。そして、私はまあなんという気ちがいでございましょう、その奇怪きわまる妄想を、実際にやってみようかと思い立ったのでありました。

私は大急ぎで、四つの内でいちばんよくできたと思う肘掛椅子を、バラバラに毀《こわ》してしまいました。そして、改めて、それを、私の妙な計画を実行するのに、都合のよいように造り直しました。

それは、ごく大型のアームチェアーですから、掛ける部分は、床にすれすれまで革を張りつめてありますし、そのほか、凭れも肘掛けも、非常に部厚にできていて、その内部には、人間一人が隠れていても、決してそとからわからないほどの、共通した大きな空洞があるのです。むろん、そこには頑丈な木の枠と、沢山なスプリングが取りつけてありますけれど、私はそれらに適当な細工をほどこして、人間が掛ける部分に膝を入れ、凭れの中へ首と胴とを入れ、ちょうど椅子の形に坐れば、その中にしのんでいられるほどの余裕を作ったのでございます。

そうした細工はお手のものですから、充分手際よく、便利に仕上げました。たとえば、呼吸をしたり、外部の物音を聞くために、革の一部に、そとから少しもわからぬような隙間をこしらえたり、凭れの内部の、ちょうど頭のわきの所へ、小さな棚をつけて、何かを貯蔵できるようにしたり（ここへ水筒と軍隊用の堅パンとを詰めこみました）ある用途のために大きなゴムの袋を備えつけたり、そのほかさまざまの考案をめぐらして、食料さえあれば、その中に二日三日はいりつづけていても、決して不便を感じないようにしつらえました。いわば、その椅子が、人間一人の部屋になったわけでございます。

私はシャツ一枚になると、底に仕掛けた出入口の蓋をあけて、椅子の中へ、すっぽりと、もぐりこみました。それは実に変てこな気持でございました。まっ暗な、息苦しい、まるで墓場の中へはいったような、不思議な感じがいたします。考えてみれば、墓場にちがいありません。私は、椅子の中へはいると同時に、ちょうど隠れ簑でも着たように、この人間世界から、消滅してしまうわけなのですから。

間もなく、商会から使いのものが、四脚の肘掛け椅子を受け取るために、大きな荷車を持ってやってまいりました。私の内弟子が（私はその男と、たった二人暮らしだったのです）何も知らないで、使いのものと応対しております。車に積みこむ時、一人の人夫が「こいつはばかに重いぞ」とどなりましたので、椅子の中の私は、思わずハッとしましたが、いったい肘掛椅子そのものが非常に重いのですから、別段あやしまれることもなく、やがて、ガタガタという荷車の振動が、私のからだに一種異様の感触を伝えてまいりました。

非常に心配しましたけれど、結局何事もなく、その日の午後には、もう私のはいった肘掛椅子は、ホテルの一室に、どっかりと据えられておりました。あとでわかったのですが、それは、私室ではなくて、人を待ち合わせたり、新聞を読んだり、煙草をふかしたり、いろいろの人が頻繁《ひんぱん》に出入りする、ラウンジとでもいうような部屋でございました。

もうとっくにお気づきでございましょうが、私の、この奇妙な行いの第一の目的は、人のいない時を見すまして、椅子の中から抜け出し、ホテルの中をうろつき廻って、盗みを働くことでありました。椅子の中に人間が隠れていようなどと、そんなばかばかしいことを、誰が想像いたしましょう。私は、影のように、自由自在に、部屋から部屋を荒し廻ることができます。そして、人々が騒ぎはじめる時分には、椅子の中の隠れ家へ逃げ帰って、息をひそめて、彼らの間抜けな捜索を、見物していればよいのです。あなたは、海岸の波打ち際などに、「やどかり」という一種の蟹のいるのを御存じでございましょう。大きな蜘蛛のような恰好をしていて、人がいないと、その辺を、わが物顔に、のさばり歩いていますが、ちょっとでも人の足音がしますと、恐ろしい速さで、貝殻の中へ逃げこみます。そして、気味のわるい毛むくじゃらの前足を、少しばかり覗かせて、敵の動静を伺っております。私はちょうどあの「やどかり」でございました。貝殻のかわりに椅子という隠れ家を持ち、海岸ではなく、ホテルの中を、わが物顔にのさばり歩くのでございます。

さて、この私の突飛《とっぴ》な計画は、それが突飛であっただけ、人々の意表外に出て、見事に成功いたしました。ホテルに着いて三日目には、もう、たんまりと、ひと仕事すませていたほどでございます。いざ盗みをするというときの恐ろしくも楽しい心持、うまく成功したときの、なんとも形容しがたい嬉しさ、それから、人々が私のすぐ鼻の先で、あっちへ逃げた、こっちへ逃げたと、大騒ぎをやっているのを、じっと見ているおかしさ。それがまあ、どのような不思議な魅力をもって、私を楽しませたことでございましょう。

でも、私は今、残念ながら、それを詳しくお話ししている暇はありません。私はそこで、そんな盗みなどよりは、十倍も二十倍も、私を喜ばせたところの、奇怪きわまる快楽を発見したのでございます。そして、それについて、告白することが、実は、この手紙のほんとうの目的なのでございます。

お話を、前に戻して、私の椅子が、ホテルのラウンジに置かれた時のことから、はじめなければなりません。

椅子が着くと、ひとしきり、ホテルの主人たちが、その坐りぐあいを見廻って行きましたが、あとは、ひっそりとして、物音ひとついたしません。多分、部屋には誰もいないのでしょう。到着匆々《そうそう》、椅子から出ることなど、とても恐ろしくてできるものではありません。私は、非常に長いあいだ（ただそんなに感じたのかもしれませんが）少しの物音も聞き洩らすまいと、全神経を耳に集めて、じっとあたりの様子をうかがっておりました。

そうして、しばらくしますと、多分廊下のほうからでしょう、コツコツと重くるしい足音が響いてきました。それが、二三間むこうまで近づくと、部屋に敷かれたジュウタンのために、ほとんど聞きとれぬほどの低い音に変りましたが、間もなく、荒々しい男の鼻息が聞こえ、ハッと思う間に、西洋人らしい大きなからだが、私の膝の上にドサリと落ちて、フカフカと二三度はずみました。私の太腿と、その男のガッシリした偉大な臀部とは、薄いなめし革一枚を隔てて、暖かみを感じるほども密接しています。幅の広い彼の肩は、ちょうど私の胸の所へ凭れかかり、重い両手は、革を隔てて私の手と重なり合っています。そして、男がシガーをくゆらしているのでしょう。男性的な豊かな薫りが、革の隙間を通して漂ってまいります。

奥様、仮りにあなたが、私の位置にあるものとして、その場の様子を想像してごらんなさいませ。それは、まあなんという、不思議千万な感覚でございましょう。私はもう、あまりの恐ろしさに、椅子の中の暗やみで、堅く堅く身を縮めて、わきの下からは、冷たい汗をタラタラ流しながら、思考力もなにも失ってしまって、ただもう、ボンヤリしていたことでございます。

その男を手はじめに、その日一日、私の膝の上には、いろいろな人が入りかわり立ちかわり、腰をおろしました。そして、誰も、私がそこにいることを——彼らが柔かいクッションだと信じきっているものが、実は私という人間の、血の通った太腿であるということを——少しも悟らなかったのでございます。

まっ暗で、身動きもできない革張りの中の天地。それがまあどれほど、怪しくも魅力ある世界でございましょう。そこでは、人間というものが、日頃目で見ている、あの人間とは、全然別な生きものに感ぜられます。彼らは声と、鼻息と、足音と、衣ずれの音と、そして、幾つかの丸々とした弾力に富む肉塊にすぎないのでございます。私は、彼らのひとりひとりを、その容貌のかわりに、肌ざわりによって識別することができます。或るものは、デブデブと肥え太って、腐った肴のような感触を与えます。それとは正反対に、或るものは、コチコチに痩せひからびて、骸骨のような感じがいたします。そのほか、脊骨の曲り方、肩胛骨《けんこうこつ》のひらきぐあい、腕の長さ、太腿の太さ、あるいは尾骶骨《びていこつ》の長短など、それらのすべての点を綜合してみますと、どんなに似通った背恰好の人でも、どこか違ったところがあります。人間というものは、容貌や指紋のほかに、こうしたからだ全体の感触によっても、完全に識別することができるにちがいありません。異性についても、同じことが申されます。普通の場合は、主として容貌の美醜によって、それを批判するのでありましょうが、この椅子の中の世界では、そんなものは、まるで問題外なのでございます。そこには、まるはだかの肉体と、声の調子と、匂いとがあるばかりでございます。

奥様、あまりにもあからさまな私の記述に、どうか気をわるくしないでくださいまし。私はそこで、一人の女性の肉体に（それは私の椅子に腰かけた最初の女性でありました）烈しい愛着を覚えたのでございます。

声によって想像すれば、それは、まだうら若い異国の乙女でございました。ちょうどその時、部屋の中には誰もいなかったのですが、彼女は、何か嬉しいことでもあった様子で、小声で、不思議な歌を歌いながら、踊るような足どりで、そこへはいってまいりました。そして、私のひそんでいる肘掛椅子の前まできたかと思うと、いきなり、豊満な、それでいて、非常にしなやかな肉体を、私の上へ投げかけました。しかも、彼女は何がおかしいのか、突然アハアハと笑い出し、手足をバタバタさせて、網の中の魚のように、ピチピチとはね廻るのでございます。

それから、ほとんど半時間ばかりも、彼女は私の膝の上で、ときどき歌を歌いながら、その歌に調子を合わせでもするように、クネクネと、重いからだを動かしておりました。

これは実に、私に取っては、まるで予期しなかった驚天動地の大事件でございました。女は神聖なもの、いや、むしろ怖いものとして、顔を見ることさえ遠慮していた私でございます。その私が今、見も知らぬ異国の乙女と、同じ部屋に、同じ椅子に、それどころではありません。薄いなめし革ひとえ隔てて、肌のぬくもりを感じるほども密着しているのでございます。それにもかかわらず、彼女は何の不安もなく、全身の重みを私の上に委《ゆだ》ねて、見る人のない気安さに、勝手気儘な姿態をいたしております。私は椅子の中で、彼女を抱きしめる真似をすることもできます。革のうしろから、その豊かな首筋に接吻することもできます。そのほか、どんなことをしようと、自由自在なのでございます。

この驚くべき発見をしてからというものは、私は、最初の目的であった盗みなどは第二として、ただもう、その不思議な感触の世界に惑溺《わくでき》してしまったのでございます。私は考えました。これこそ、この椅子の中の世界こそ、私に与えられた、ほんとうのすみかではないかと。私のような醜い、そして気の弱い男は、明かるい光明の世界では、いつもひけ目を感じながら、恥かしい、みじめな生活を続けて行くほかに、能のない身でございます。それが、ひとたび、住む世界をかえて、こうして椅子の中で、窮屈な辛抱をしていさえすれば、明かるい世界では、口を利くことはもちろん、そばへよることさえ許されなかった、美しい人に接近して、その声を聞き、肌に触れることもできるのでございます。

椅子の中の恋！　それがまあ、どんなに不可思議な、陶酔的な魅力を持つか、実際に椅子の中へはいってみた人でなくては、わかるものではありません。それは、ただ、触覚と、聴覚と、そして僅かの嗅覚のみの恋でございます。暗やみの世界の恋でございます。決してこの世のものではありません。これこそ、悪魔の国の愛欲なのではございますまいか。考えてみれば、この世界の、人目につかぬすみずみでは、どのような異形《いぎよう》な恐ろしい事柄が行なわれているか、ほんとうに想像のほかでございます。

むろんはじめの予定では、盗みの目的を果たしさえすれば、すぐにもホテルを逃げ出すつもりでいたのですが、この、世にも奇怪な喜びに夢中になった私は、逃げ出すどころか、いつまでも、椅子の中を永住のすみかにして、その生活を続けていたのでございます。

夜々《よるよる》の外出には、注意に注意を加えて、少しも物音を立てず、また人目に触れないようにしていましたので、当然、危険はありませんでしたが、それにしても、数ヵ月という長い月日を、そうして少しも見つからず、椅子の中に暮らしていたというのは、我ながら実に驚くべきことでございました。

ほとんど一日じゅう、ひどく窮屈な場所で、腕を曲げ、膝を折っているために、からだじゅうが痺れたようになって、完全に直立することができず、しまいには、料理場や化粧室への往復を、躄《いざり》のように這って行ったほどでございます。私という男は、なんという気ちがいでありましょう。それほどの苦しみを忍んでも、不思議な感触の世界を見捨てる気にはなれなかったのでございます。

中には、一ヵ月も二ヵ月も、そこを住居のようにして、泊まりつづけている人もありましたけれど、元来ホテルのことですから、絶えず客の出入りがあります。従って私の奇妙な恋も、時とともに相手が変って行くのを、どうすることもできませんでした。そして、その数々の不思議な恋人の記憶は、普通の場合のように、その容貌によってではなく、主としてからだの恰好によって、私の心に刻みつけられているのでございます。

或るものは、仔馬のように精悍で、すらりと引き締まった肉体を持ち、或るものは、蛇のように妖艶で、クネクネと自在に動く肉体を持ち、或るものは、ゴム鞠《まり》のように肥え太って、脂肪と弾力に富む肉体を持ち、また或るものは、ギリシャの彫刻のように、ガッシリと力強く、円満に発達した肉体を持っておりました。そのほか、どの女の肉体にも、ひとりひとり、それぞれの特徴があり、魅力があったのでございます。

そうして、女から女へと移って行くあいだに、私はまた、それとは別な、不思議な経験をも味わいました。

そのひとつは、ある時、欧州の或る強国の大使が（日本人のボーイの噂話によって知ったのですが）その偉大な体軀を、私の膝の上にのせたことでございます。それは、政治家としてよりも、世界的な詩人として、いっそうよく知られていた人ですが、それだけに、私は、その偉人の肌を知ったことが、わくわくするほども誇らしく思われたのでございます。彼は私の上で、二三人の同国人を相手に、十分ばかり話をすると、そのまま立ち去ってしまいました。むろん、何を言っていたのか、私にはさっぱりわかりませんけれど、ジェスチュアをするたびに、ムクムクと動く、常人よりも暖かいと思われる肉体の、くすぐるような感触が、私に一種名状すべからざる刺戟を与えたのでございます。

その時、私はふとこんなことを想像しました。もし！　この革のうしろから、鋭いナイフで、彼の心臓を目がけて、グサリとひと突きしたなら、どんな結果を惹き起こすであろう。むろん、それは彼に再び起つことのできぬ致命傷を与えるにちがいない。彼の本国はもとより、日本の政治界は、そのために、どんな大騒ぎを演じることであろう。新聞は、どんな激情的な記事を掲げることであろう。

それは、日本と彼の本国との外交関係にも大きな影響を与えようし、また芸術の立場から見ても、彼の死は世界の一大損失にちがいない。そんな大事件が、自分の一挙手によって、やすやすと実現できるのだ。それを思うと、私は不思議な得意を感じないではいられませんでした。

もうひとつは、有名な或る国のダンサーが来朝した時、偶然彼女がそのホテルに宿泊して、たった一度ではありましたが、私の椅子に腰かけたことでございます。その時も、私は、大使の場合と似た感銘を受けましたが、その上、彼女は私に、かつて経験したことのない理想的な肉体美の感触を与えてくれました。私はそのあまりの美しさに、卑しい考えなどは起こす暇もなく、ただもう、芸術品に対するときのような敬虔《けいけん》な気持で、彼女を讃美したことでございます。

そのほか、私はまだいろいろと、珍らしい、不思議な、或いは気味わるい、数々の経験をいたしましたが、それらをここに細叙することは、この手紙の目的でありませんし、それに大分長くもなりましたから、急いで、肝腎の点にお話を進めることにいたしましょう。

さて、私がホテルへまいりましてから、何ヵ月かの後、私の身の上にひとつの変化が起ったのでございます。と言いますのは、ホテルの経営者が、何かの都合で帰国することになり、あとを居抜きのまま、ある日本人の会社に譲り渡したのであります。すると、日本人の会社は、従来の贅沢な営業方針を改め、もっと一般向きの旅館として、有利な経営を目論《もくろ》むことになりました。

そのため不用になった調度などは、或る大きな家具商に委託して、競売させたのでありますが、その競売目録のうちに、私の椅子も加わっていたのでございます。

私はそれを知ると、一時はガッカリいたしました。そして、それを機として、もう一度娑婆《しゃば》へ立ち帰り、新しい生活をはじめようかと思ったほどでございます。その時分には、盗みためた金が相当の額になっていましたから、たとえ世の中へ出ても、以前のように、みじめな暮らしをすることはないのでした。が、また思い返してみますと、外人のホテルを出たということは、一方においては、大きな失望でありましたけれど、他方においては、ひとつの新しい希望を意味するものでございました。と言いますのは、私は数ヵ月のあいだも、それほどいろいろの異性を愛したにもかかわらず、相手がすべて異国人であったために、それがどんな立派な、好もしい肉体の持ち主であっても、精神的な妙な物足りなさを感じないわけには行きませんでした。やっぱり、日本人は同じ日本人に対してでなければ、ほんとうの恋を感じることができないのではあるまいか。私はだんだん、そんなふうに考えていたのでございます。そこへ、ちょうど私の椅子が競売に出たのであります。今度は、ひょっとすると、日本人に買いとられるかもしれない。そして、日本の家庭に置かれるかもしれない。それが、私の新しい希望でございました。私は、ともかくも、もう少し椅子の中の生活を続けてみることにいたしました。

道具屋の店先で、二三日のあいだ、非常に苦しい思いをしましたが、でも、競売がはじまると、仕合わせなことには、私の椅子は早速買手がつきました。古くなっても、充分に人目を引くほど、立派な椅子だったからでございましょう。

買手はY市から程遠からぬ、大都会に住んでいた或る官吏でありました。道具屋の店先から、その人の邸まで、何里かの道を、非常に震動のはげしいトラックで運ばれた時には、私は椅子の中で死ぬほどの苦しみを嘗《な》めましたが、でも、そんなことは、買手が、私の望み通り日本人であったという喜びに比べては、物の数でもございません。

買手のお役人は、可なり立派な屋敷の持ち主で、私の椅子は、そこの洋館の広い書斎に置かれましたが、私にとって非常に満足であったことには、その書斎は、主人よりは、むしろ、その家の若くて美しい夫人が使用されるものだったのでございます。それ以来、約一ヵ月間、私は絶えず、夫人とともにおりました。夫人の食事と、就寝の時間を除いては、夫人のしなやかなからだは、いつも私の上にありました。それというのが、夫人は、そのあいだ、書斎につめきって、ある著作に没頭していられたからでございます。

私はどんなに彼女を愛したか、それは、ここにくだくだしく申しあげるまでもありますまい。彼女は、私のはじめて接した日本人で、しかも充分美しい肉体の持ち主でありました。私は、そこにはじめて、ほんとうの恋を感じました。それに比べては、ホテルでの、数多い経験などは、決して恋と名づくべきものではございません。その証拠には、これまで一度も、そんなことを感じなかったのに、その夫人に対してだけ、私は、ただ秘密の愛撫を楽しむのみではあきたらず、どうかして、私の存在を知らせようと、いろいろ苦心したのでも明らかでございましょう。

私は、できるならば、夫人のほうでも、椅子の中の私を意識してほしかったのでございます。そして、虫のいい話ですが、私を愛してもらいたく思ったのでございます。でも、それをどうして合図いたしましょう。もし、そこに人間が隠れているということを、あからさまに知らせたなら、彼女はきっと、驚きのあまり、主人や家のものに、そのことを告げるにちがいありません。それではすべて駄目になってしまうばかりか、私は、恐ろしい罪名を着て、法律上の刑罰をさえ受けなければなりません。

そこで、私は、せめて夫人に、私の椅子を、この上にも居心地よく感じさせ、それに愛着を起こさせようと努めました。芸術家である彼女は、きっと常人以上の微妙な感覚を備えているにちがいありません。もし彼女が、私の椅子に生命を感じてくれたなら、ただの物質としてではなく、ひとつの生きものとして愛着を覚えてくれたなら、それだけでも、私は充分満足なのでございます。

私は、彼女が私の上に身を投げた時には、できるだけフーワリと優しく受けるように心掛けました。彼女が私の上で疲れた時分には、わからぬほどにソロソロと膝を動かして、彼女のからだの位置を変えるようにいたしました。そして、彼女が、ウトウトと居眠りをはじめるような場合には、私は、ごくごく幽《かす》かに膝をゆすって、揺籃《ゆりかご》の役目を勤めたことでございます。

その心遣りが報いられたのか、それとも、単に私の気の迷いか、近頃では、夫人は、なんとなく私の椅子を愛しているように思われます。彼女は、ちょうど嬰児が母親の懐に抱かれるときのような、または、乙女が恋人の抱擁に応じるときのような、甘い優しさをもって私の椅子に身を沈めます。そして、私の膝の上で、からだを動かす様子までが、さも懐かしげにみえるのでございます。

かようにして、私の情熱は、日々に烈しく燃えて行くのでした。そして、ついには、アア、奥様、ついには、私は身のほどもわきまえぬ、大それた願いを抱くようになったのでございます。たったひと目、私の恋人の顔を見て、そして、言葉を交わすことができたなら、そのまま死んでもよいとまで、思いつめたのでございます。

奥様、あなたは、むろん、とっくにお悟りでございましょう。その私の恋人と申しますのは、あまりの失礼をお許しくださいませ、実は、あなたなのでございます。あなたの御主人が、あのY市の道具店で、私の椅子をお買い取りになって以来、私はあなたに及ばぬ恋をささげていた、哀れな男でございます。

奥様、一生のお願いでございます。たった一度、私にお逢いくださるわけにはまいらぬでございましょうか。そして、ひとことでも、この哀れな醜い男に、慰めのお言葉をおかけくださるわけにはまいらぬでございましょうか。私は決してそれ以上を望むものではありません。そんなことを望むにはあまりに醜く、汚れ果てた私でございます。どうぞ、どうぞ、世にも不幸な男の、切なる願いをお聞き届けくださいませ。

私はゆうべ、この手紙を書くために、お屋敷を抜け出しました。面と向かって、奥様にこんなことをお願いするのは、非常に危険でもあり、かつ私にはとてもできないことでございます。

そして、いま、あなたがこの手紙をお読みなさる時分には、私は心配のために青い顔をして、お邸のまわりを、うろつき廻っております。

もし、この、世にもぶしつけな願いをお聞き届けくださいますなら、どうか書斎の窓の撫子《なでしこ》の鉢植えに、あなたのハンカチをおかけくださいまし。それを合図に、私は、何気なき一人の訪問者として、お邸の玄関を訪れるでございましょう。

そして、この不思議な手紙は、ある熱烈な祈りの言葉をもって結ばれていた。

佳子は、手紙の半ばほどまで読んだとき、すでに恐ろしい予感のために、まっ青になってしまった。

そして無意識に立ち上がると、気味のわるい肘掛椅子の置かれた書斎から逃げ出して、日本建ての居間のほうへきていた。手紙のあとのほうは、いっそ読まないで破り棄ててしまおうかと思ったけれど、どうやら気掛りなままに、居間の小机の上で、ともかくも、読みつづけた。

彼女の予感はやっぱり当たっていた。

これはまあ、なんという恐ろしい事実であろう。彼女が毎日腰かけていたあの肘掛椅子の中には、見も知らぬ一人の男がはいっていたのであるか。

「おお、気味のわるい」

彼女は、背中から冷水をあびせられたような悪寒を覚えた。そして、いつまでたっても、不思議な身震いがやまなかった。

彼女は、あまりのことに、ボンヤリしてしまって、これをどう処置すべきか、まるで見当がつかぬのであった。椅子を調べて見る? どうしてどうして、そんな気味のわるいことができるものか。そこには、たとえもう人間がいなくとも、食べ物その他の、彼に附属した汚ないものが、まだ残されているにちがいないのだ。

「奥様お手紙でございます」

ハッとして、振り向くと、それは、一人の女中が、いま届いたらしい封書を持ってきたのだった。

佳子は、無意識にそれを受け取って、開封しようとしたが、ふと、その上書きを見ると、彼女は、思わずその手紙を取りおとしたほども、ひどい驚きに打たれた。そこには、さっきの無気味な手紙と寸分違わぬ筆癖をもって、彼女の宛名が書かれてあったのだ。

彼女は、長いあいだ、それを開封しようか、しまいかと迷っていた。が、とうとう最後にそれを破って、ビクビクしながら中身を読んで行った。手紙はごく短いものであったけれど、そこには、彼女を、もう一度ハッとさせたような、奇妙な文句が記されてあった。

突然御手紙を差し上げますぶしつけを、幾重にもお許しくださいまし。私は日頃、先生のお作を愛読しているものでございます。別封お送りいたしましたのは、私の拙い創作でございます。御一覧の上、御批評がいただけますれば、この上の幸いはございません。或る理由のために、原稿のほうは、この手紙を書きます前に投函いたしましたから、すでにごらんずみかと拝察いたします。如何でございましたでしょうか。もし拙作がいくらかでも、先生に感銘を与え得たとしますれば、こんな嬉しいことはないのでございますが。

原稿には、わざと省いておきましたが、表題は「人間椅子」とつけたい考えでございます。

では、失礼を顧《かえり》みず、お願いまで。

竈の中の顔

田中貢太郎

一

「今日も負かしてやろうか」

　相場三左衛門はそう云ってから、碁盤を中にして己《じぶん》と向いあっている温泉宿《ゆやど》の主翁《ていしゅ》の顔を見て笑った。

「昨日は、あまり口惜しゅうございましたから、睡らず工夫しました、今日はそう負けはいたしません」

　主翁は淋しそうに笑って手にした石をおろしはじめた。

「そうか、それは油断をせられないな、小敵と見て侮ることなかれ、か」

　三左衛門は彼方此方に石を置いている主翁の指端《ゆびさき》の顫えを見ていた。それは主翁の神経的な癖であった。

「今日はそうは負けませんよ」

　主翁はひどく碁が好きであったが、それはいわゆる下手の横好きで、四目も五目も置かなければならなかった。それでも三左衛門は湯治の間に隙潰《ひまつぶし》にその主翁を対手にしていた。

「それでは負けないように願おうかな」

三左衛門は江戸を出てこの箱根の山中へ来てからもう二十日あまりになっていた。

「それでは、今日は勝ちましょうか」

二人のおろす石の響が思いだしたように響いていた。それは初夏の明るい日で開け放した障子の外はすぐ山路になっていて、其処をあがりおりする人の影が時とすると雲霧のように薄すらした影を曳いた。

「お客さんが来たのじゃないか」

三左衛門は人の影とも鳥の影とも判らないものが映ったように思ったので注意した。

「お客さんは来るには来ましたが、このお客さんが悪いお客さんで、困っております」

主翁《ていしゅ》は碁に夢中になっている。

「悪いお客なら、断らなくちゃならないな」

三左衛門は笑いながら縁側の方へちょと眼をやった。色の蒼白い痩せた僧が其処に立っていた。

「これは、旅僧」

三左衛門はちょと会釈した。

「ちょっと覗かしてもらいます、私もいたって碁が好きでな」

僧も三左衛門に会釈を返した。その声に主翁がはじめて気が注《つ》いた。

「や、これはお坊さんだな、まあ、どうかお掛けなさい」

「ちょっと覗かしてもらいます」

僧は黒い破れた法衣《ころも》を着ていた。彼は冠っている菅笠の紐を解き解き縁側に腰をかけて、斜に碁盤の上を覗き込んだ。

「さあ、それでは往《い》こうかな」

三左衛門は控えていた石をおろした。

「それでは、私もまいりましょうか、此処か、此処にしよう」

主翁はもう僧のことも忘れてしまったように石をおろしだした。

「それでは、私は此処にする」

三左衛門のおちついた声に交って、主翁のきょときょとした声が聞えた。

「またいけない、これとこれが繋がった、お客さん、また負けました、もう駄目です」

主翁はがっかりしたように云った。三左衛門の笑い声が起った。

「今日は負けるはずじゃなかったが、どうした」

「どうも」

主翁は右の耳際を軽く掻いてからその眼を僧の方へやった。

「お坊さん、どうだね、私はどうも駄目だ」

「私も好きだが、どうも下手でな」

「同じ対手より、ちがった対手が面白いものじゃ、ひとつやったらどうだな」

僧は厭でないと云う顔をした。で、三左衛門が云った。

「ひとつ願いましょうか」

「とてもお対手になりますまいが」

僧はそう云い云い縁側へあがって胡坐をかくようにした。

「其処は板の上だ、どうか此方へ」

三左衛門は僧を畳の上へあげようとした。僧は頭《かしら》を掉《ふ》って応じなかった。

「私は、石の上や板の上に慣れておる」

そこで三左衛門は碁盤を前へ出して、一方の脚を敷居の上に載せるようにした。

「私とあなたとは、どうも互角のようだ、私が先《せん》で往こう」

僧は主翁《ていしゅ》の出した碁笥《ごけ》に手をやった。

「私が先で往こう」

三左衛門の詞《ことば》の中《うち》に僧はもう石をおろした。

「それはいかん、私が先で往く」

「まあ、今度はこれで願いましょう」

二人は石をおろしはじめた。三左衛門もゆったりとしておれば僧もゆったりとしていて、ただ石の音が丁々と響くばかりであった。

そのうちに黒白の石が碁盤の上にいっぱいになった。三左衛門は己《じぶん》の負けたことを知った。

「私が負けた、二三目は負けたようだ」

三左衛門はそれでも対手が好いので面白かった。

「うんと多くて、二目でしょうよ」

僧が云った。吟味の結果は僧が云ったように三左衛門が二目の負けとなっていた。

「今度は私が先で往く」

三左衛門が先に石をおろしはじめた。僧は三左衛門の云うままになって後から石をおろした。

勝負の結果は僧が二目の負けとなった。三左衛門は面白くてたまらなかった。

「今度は私がまた先だ」

僧がさきに石をおろした。

「これは面白い」

主翁も己のことのようにして喜んだ。

二

三左衛門と僧は夕方まで石を持っていたが、一勝一敗、先手になる者が勝ち後手になる者が負けて、甚だしい懸隔がなかったので非常に面白かった。碁が終って僧が帰ろうとすると三左衛門が云った。

「貴殿《あなた》は、何処か、このあたりのお寺に御逗留になっておりますか」

三左衛門は僧を帰すのが惜しいような気がしていた。

「私は、この山の上に庵を結んでおりますよ」

僧は起って菅笠を頭《かしら》に載せていた。

「では、またお対手が願えますな、なんなら明日あたり、またお対手が願えますまいか」

「まいりましょう、私は碁と聞くとたまらない、明日も明後日《あさって》も、気が向いたら、毎日でも来てお対手をしましょう」

「それはかたじけない、私は退屈で毎日困っておるところじゃで」

「では、復た明日お目にかかります」

僧はそのまま簷下《のきした》を離れて路へおり、夕陽の光の中を鳥の飛ぶように坂上の方へ登って往った。

「あんなお坊さんが、このあたりにおったか、なあ」

主翁は気が注《つ》かなかったと云うようにした。

「お前さんは気が注《つ》かなかったのか」

三左衛門はもう温泉《ゆ》のことを考えていた。

「今日まで気が注《つ》きませんでした、さあ、何処におりましょう、この辺《あたり》は、あんなお坊さんが好く往来《ゆきき》しますから」そう云って主翁は何か思いだしたように、「そのお坊さんの中には、いろんなお坊さんがありますから、うっかりお坊さんと知己《しりあい》になってはいけませんが、彼《あ》のお坊さんなら大丈夫でございましょう」

「何か坊主について、かわった話でもあるかな」

「へえ、おかしな話がありますよ、この山の中に、怪しいお坊さんがいて、そのお坊さんのことを云う者があると、そのお坊さんに生命《いのち》を奪られると云いますが、それがどんなことやら、べつに何人《たれ》が生命を奪られたと云う者もなければ、そのお坊さんを見たと云う者もないが、そんな噂をする者がありますよ」

「そうかなあ、まあ、まあ、怪しい坊主でも、碁が上手なら良いな」

翌日になると彼の僧がまた来た。心待ちに待っていた三左衛門はすぐ碁盤を出して、まず己《じょん》が先でやってみた。先でやってみると昨日《きのう》のように勝った。そして、後手でやるときっと負けた。僧はその日も夕方まで三左衛門の対手をして帰って往った。

僧はそれから毎日のように来た。三左衛門は何時も僧ばかりに来て貰ってもすまないように思うし、それにその僧がどんな生活をしているかそれも見たいので、己の方からも一度僧の許へ往こうと思って某日《ある》それを云ってみた。

「何時も私の方へばかり来ていただいてすまない、ぶらぶら遊びかたがた、私も一度伺いたいと思うておるが」

「私の庵は、山の中の狼や狐のおる処で、べつに眺望も何もない、厭な処だから、どうか来るのはよしてくだされ」

「御迷惑ならなんだが、一度私からも伺わないとすまないから」

「いや、その御心配は無用にしてくだされ、私の処は、とても人の来る処じゃないから、折角だがそれはお断りしておきます」

「そうですかな」

三左衛門は話を碁の方へ持って往った。

「では、また一つ願いましょうかな」

僧は十日ばかりも続けて来たが、某日《ある》用事でも出来たのか待っていても来なかった。三左衛門は主翁を対手にして碁を打つ気もしないので、江戸から伴れて来ている若党を供に伴れて戸外《そと》へ遊びに出た。

初夏の山の中は嫩葉《わかば》に飾られて、見おろす路の右側の谷底には銀のような水が黒い岩に絡まって見えた。杜鵑《ほととぎす》の鳴くのが谷の方で聞えていた。三左衛門は何処か眺望の佳い処はないかと思って、本道から折れて小さな峰の方へ径《こみち》をを登って往った。

駒ヶ嶽であろう頂上の薙ぎ禿げた大きな山の姿が頭の上にあった。その山の頂の処には蒼白い雲が流れていた。

径《こみち》は杉や檜の林の中へ入った。大きな山の姿も空の色ももう見えなかった。檜の枝には女蘿《さるおがせ》がかかって、霧しぶきのようなものが四辺《あたり》に立ち罩《こ》めて冷たかった。

岩の多い雑木林となって、径は小さな谷川の流れへ出た。

「旦那様、あんな処に小屋がありますよ」

すぐ後を歩いていた若党が云うので、三左衛門はふり返った。若党は谷のむこうの遙か上の方へ指をやっていた。

「何処だ」

「あすこでございます」

馬のたて髪のように黒い木の枝を冠った岩があって、その下の処に小さな小屋のようなものが見えていた。

「なるほど小屋だ」三左衛門はそう云ってから、ふと僧のことを思いだした。「あんな処におるかも判らないぞ」

「どなたでございます」

「毎日、俺の処へ碁を打ちに来るお坊主さ」

「彼のお坊さんは、お寺にはおりませんか」

「寺にはいない、庵におるそうだ、ついすると彼処《あすこ》かも判らない、往ってみようか、山番の小屋だったところで、良いじゃないか、どうせ腹こなしだ」

三左衛門は路に注意した。岩が甃《いしだたみ》を敷いたようになっていて前岸《むこう》へ渉るにはぞうさもなかった。二人はその岩を伝って往った。

雑木と岩の間に人の通った径のような処があったり、そうかと思ってそれを往ってみると、荊棘や葛がそれを塞いでいたりした。二人は時どき立ち止って足場を考えてからあがって往った。岩陰にある小屋が眼の前に来た。三左衛門は一呼吸《いき》入れてから小屋の口へ往った。

「もし、もし、しょうしょう、伺います」

「どなた」

中から声がして顔を出した者があった。それは彼の旅僧であった。

「あれほどお断りしてあったのに、来られたならしかたがない、まあ、おあがりくだされ」

僧は厭な顔をして云った。三左衛門は僧が己《じぶん》が往くと云った時に断った詞《ことば》を思いだして、来なければ良かったと思った。

「いや、わざわざ参ったのではござらんが、今日は、貴殿《あなた》が見えられないし、退屈でたまらないから、若党を伴れて、眺望の佳い処へ参ろうと思い、この下の谷の処まで来るとこの庵が眼に注き、貴殿のことを思いだして、ついこうした処におられるかと思って、立ち寄った次第だ」

「じゃ、まあ、まあ、おあがりくだされ、お茶でもさしあげよう」

僧が引込んだので三左衛門は其処へ草履を脱いであがった。庵の内には藁を敷いて見附に仏間を設けてあったが、それは扉を締めてあった。左側には二つの竈があって、それには茶釜と鍋が懸けてあった。

竈の前へ往って僧が坐ったので、三左衛門も其処へ往って僧と向きあって坐った。

「どうもお勤めの邪魔をして気の毒じゃ、すぐお暇《いとま》をいたそう」

三左衛門は僧の人の来るのを嫌うのは、勤行の邪魔になるから嫌うのだと思った。

「いや、勤めの邪魔と云うことはないが、すこし理由《わけ》があってな、まあ、お茶でも沸かそう」

僧は厳《きび》しい親しみのない眼をしていた。

「お茶は沸かさなくても、別に飲みたくもないから、よろしゅうござる」

三左衛門はそう云ってから、ちらと茶釜の方へ眼をやった。茶釜の下の竈の下から人間の顔がすうと出て来た。それは色の蒼醒めた恐ろしい顔であった。三左衛門はびっくりしたが、剛胆な男であったから何も云わずに僧の顔を見た。僧は怪しいその顔を見つけたのか眼を瞋《いか》らして其の方を睨んだところであった。と、その顔は消えるように引込んでしまった。

「あ、木の自由な処におると、かえって油断して、木をきらした、ちょっと枝を執って来る、待ってくだされ」

僧はそのまま起って出て往った。三左衛門は傍に置いてある刀を引き寄せて、竈の下を中心に庵の内を注意していたが、こんな処に長くいるのは不吉であるから早く帰ろうと思いだした。そして、帰るには逃げるようにして帰るのは武士の恥であるから、立派に布施も置いて帰ろう、しかし、正面から僧の前へ出しては、復た何とか難癖をつけて押し返されないとも限らないので、布施は今の内に出して置いて、僧が帰り次第に帰ろうと思った。三左衛門は竈の下を見ながら考えた。

（仏壇の中が好い）

彼は仏壇の中へ布施を入れて置こうと思いだした。彼は懐中の紙入を探って銭を出し、それを鼻紙に包《くる》んだ。

「源吉」

三左衛門は揮り返って入口の石に腰をかけている若党を呼んだ。

「へい」

若党は起って来た。

「これを、彼《あ》の仏壇の中へ入れてくれ」

「へい」

若党はあがって来た。三左衛門から紙包を受けとって仏壇の前へ往き、恭しく扉に手をかけて開けたが、何かに驚いて後へ飛び退った。

「アっ、く、く」

三左衛門も竈の下のことがあったので、また何かあったのだろうと思った。

「どうした」

「首がございます、生首が」

「そうか」

三左衛門は起って往った。怪しい黒ずんだ風変りな仏像の前に、前方向《むこう》きにした男髷の首が据えてあった。

「よし、その包を持って来い」

三左衛門は若党の手から紙包を執って、それを仏像と首との間に置いた。仏像は眼のぎらぎら光る三面六臂の奇怪なものであった。

「よし、彼方《あっち》へ往って、なにくわない顔で待っておれ」

三左衛門は扉を締めて元の処へ往って坐った。それといっしょに若党は入口の石の処へ往って腰をかけていた。

「やれ、やれ、木の中におって、木をきらしたぞ」

僧は枯枝を小腋にして帰って来た。

「これは、どうも、御厄介をかけますな」

三左衛門は平気な顔をして云ったがすこしの油断もしなかった。

「木の中におって木をきらすとは、けしからんことじゃ」

僧はこう云って枯枝を竈の下へ入れはじめた。三左衛門は竈の下へ眼をやった。さっきの顔がまたにゅうと出て来た。僧はいきなり拳をこしらえてそれを打とうとするようにした。と、顔は引込んでしまった。僧はそれを見ると傍の火打石を執って火を出し、それを竈の下へ移した。

「今まで火があった釜だで、すぐ沸く」

「どうか、もうすぐお暇をするから、おかまいないように」

三左衛門は僧に怪しいそぶりがあれば、一打ちにしようと僧のそぶりに眼を放さなかった。

「石があるなら、一手位は願えますが」

僧は温泉宿で云うようにおちついた声で云った。

「そうだな、石があると願えますな」

三左衛門はそれでも油断をしなかった。

「さあ、お茶が沸いた」

僧はそう云って何処からか二つの茶碗を持って来て茶柄杓を持った。

「では、一ぱいいただいてから、すぐお暇をしよう」

「まあ、まあ、そう急がなくても」

「いや、路が面倒だから、すぐお暇をします」

「そうかな」

僧は茶を汲んで一つの茶碗を三左衛門の前へ置き、一つの茶碗を入口の方へ持って往った。三左衛門は僧の眼が無くなると茶碗の茶を藁の間にこぼしてしまった。

「お供の方、あなたにもお茶をあげよう」

僧の声とともに若党の声がしていた。三左衛門は刀を持って起ちあがった。其処へ僧が引返して来た。

「ひどく御厄介をかけたが、これでお暇します、また明日でもお暇があれば、手合せを願います」

「それではお帰りかな、じゃ、また明日でも伺おう」

三左衛門は僧を後にしないようにと用心して草履を穿いた。若党は揉手をして立っていた。

三

三左衛門は後を用心して庵を離れて山をおりた。

「旦那様、あなた様は、彼《あ》のお茶を召しあがりましたか」

若党が後から呼吸《いき》をせかせかさせながら聞いた。

「お前はどうした」

「私は捨てました」

「そうか、捨ててよかった、あんな処の茶なんか、決して飲むものじゃない、俺も飲むふりをして、捨ててしまった」

三左衛門は若党を促して走るように山をおりて温泉宿《ゆやど》へ帰ったが、どうも不審でたまらないのですぐ宿の主翁《ていしゅ》を呼んだ。

「今日は、豪《えら》い目に逢うた、主翁、お前は、彼の毎日碁を打ちに来る坊主を、何んと思う」

「何か御覧になりましたか」

「見たとも、彼の庵へ通りかかって、たいへんなものを見たぞ」

　主翁は急に何か思いだしたように手をあげて押えるようにした。

「お客さん、待ってくださいませ、それを云ってはなりません、それが恐ろしい坊主じゃ、それをあなたが人に話すと、生命《いのち》がありません、そのことじゃ、それを云ってはなりません、早く私の家を出て、今晩は、そっと何処かへお泊りになって、お江戸の方へお帰りになるが宜しゅうございます、私は人に聞いております、早くお帰りなさいませ」

　主翁は顔の色が変って声も顫えていた。

「しかし、おかしいじゃないか、ぜんたいありゃなんだろう」

　三左衛門は不思議でたまらなかった。

「そ、それを云ってはなりません、あなたはきっと不思議な目にお逢いなされたでしょう、何もおっしゃらずに、すぐ此処をお発ちになるが宜しゅうございます、決して何人《たれ》にも云ってはなりません、そのことを云うと、生命にかかわります」

「それにしてもおかしいじゃないか」

「ま、ま、もう、そんなことを云っては、駄目でございます、私は決して嘘を申しません、早く早く」

　三左衛門も主翁の云うことははっきり判らないが、不思議だらけのことを見ているので、何か事情があるだろうと思って、江戸へ帰ることにして払いもそこそこにして出発した。

　もう日が暮れていた。三左衛門主従はその晩は山の麓へ宿をとり、翌晩は藤沢あたりに泊り、その翌日金沢へまで帰ってみると、宿の入口に江戸の邸から来た家臣が二三人待っていた。

「お前達は何しに来た」

三左衛門は不審そうに訊いた。

「旦那様が、今日、江戸へお帰りになると云うことでしたから、お迎えにあがりました」

三左衛門は不思議でたまらなかった。

「俺《わし》が帰ることをどうして知った」

「昨日、四十位のお坊さんが来て、門番の衆に、こちらの旦那様は、箱根から急にお帰りになってるから、明日はお邸へお帰りになる、私《わし》は頼まれてそれを知らせに来たと申しますから、急にお迎えにあがりました」

「なに四十位のお坊さん」

「黒い破れた法衣《ころも》を着たお坊様《さん》でございます」

三左衛門はもう何も云わなかった。そして、夜になって江戸の邸へ帰った。江戸の邸へは親類や友人達が来て帰国の祝いをするために待っていた。

三左衛門が上へあがると皆が前へ集まって来た。その時四つになる三左衛門の可愛がっていた末の男の子が縁側に出て立っていたが、不意に大きな声を立てたので三左衛門が驚いて出た。男の子の首の無い体が縁側に倒れていた。

仲間

三島由紀夫

お父さんはいつも僕の手を引いてロンドンの街を歩き、気に入つた家を探してゐました。それはなか／＼見つからず、お父さんは古い古い家が好きなのでしたが、住人が気に入らなかつたり、家具が気に入らなかつたり、飼はれてゐる動物が気に入らなかつたり、鐘の音や馬車のひゞきが近すぎたり、よく眠れないといふことがイヤなのでした。しかしお父さんほど眠らない人はありませんでした。

お父さんは湿つた古い大きな肩衣つき外套を着て、僕もその小型のやうな外套を着てゐました。僕はまるでお父さんの小型でした。そして霧の深い町を夜になるとあちこち歩きました。あるとき、僕が煙草を吸ひながら歩いてゐるのを見て、お巡りさんが見咎めると、お父さんは何でもなく言ふのでした。この子は喘息がひどくて、これはこの通り、煙草の形をした薬なのですよ。しかしそれは嘘でした。僕の煙草は本当の強《きつ》い煙草で、その匂ひは、外套にまでしみつき、外套を少し重たくしてしまつてゐるほどでした。

ある晩のこと、あの人に会ひ、あの人は少し酔つてゐましたが、その蒼白い顔で、お父さんの興味を引きました。それは幽霊のやうに蒼白い顔でした。快活かと思ふとすごく陰鬱で、恐ろしい地の底からひゞくやうな声で、「私は永いこと、こんな風に煙草を吸ふ子供を探してゐた」といふのでした。その人は霧の中から突然現はれてずつと、僕たちのあとをついて歩いてきたといふのでした。馬車が、三人の横をとほりすぎると、その人は軽蔑したやうに言ひました。「乗物で漂泊《さすら》ふことはできない。あんた方は賢明だ。それにあんた方は、一番賢明な父親と、一番すばらしい息子だ」

お父さんとその人は、何か低い声で永いこと話しながら歩いてゐましたが、僕にはよくわかりませんでした。その晩、かうして僕たちは、はじめてあの人の家を訪れたのです。あの人は一人で住んでをり、鍵をあけて入ると、召使らしい人の姿もなく、カビくさい匂ひがたちこめてゐました。僕はその家が好きでしたが、お父さんも大へん気に入つたやうでした。しかしお父さんはそんなことは顔にも出さず、無関心な目で、その人のおびただしい本の書棚や、古い骨董物の家具や、キラ〳〵暗い光りのなかで光る東洋風の壁掛の織物などを見まはすだけでした。たしかにその家には、お父さんの大好きなあるもの、永いこと探してゐたものがありました。あの人は、お父さんにお酒を出し、僕に一箱の巻煙草を出しました。お父さんが話をしてゐる間、僕はたえず煙草をのみつゞけ、部屋の中を霧のやうなもので一杯にしてゐました。少し酔つてゐたその人は、僕のことを、沼の霧を作つてゐる青白い蛙のやうな顔をしてゐる、外套を脱ぎなさい、と言ひました。しかしお父さんも僕も外套を脱ぎませんでした。

その人はお父さんの話が大へん気に入つたやうでした。そしてお父さんが暇乞ひをすると、又ぜひ来てくれ、自分はよく旅行をするが、今月中はずつとゐる、その間に少くとも十ぺんは来てくれ、と言ひました。

お父さんと僕は言はれたとほり、何度も深夜にその家を訪れ、お父さんはお酒の、僕は煙草のもてなしに預りました。箱一杯の煙草が片つぱしから空になるのをその人は大へん喜んでゐまして、僕がはじめからをはりまで、笑ひもせず、一言も口をきかないのを気にしてもゐませんでした。ヤニクサイ坊や、とその人は僕をからかつて言ひました。君は下らん俗物どもの食物などは喰はんだらうね、立派な将来があるよ君は、などと言ひました。私などはとても及びもつかんね。

その人はまだ若く、大へん金持で、人ぎらひで、気ままな生活を送つてゐるらしくみえました。僕たちの話の間にあるとき、窓遠く鐘が鳴るのがきこえました。あれはイヤだ、とあの人が言つたので、お父さんは大へん共鳴しました。あんな音がきこえないところへ引越したいが、イギリスはどこでも鐘の音がする、イタリアはもつとひどい、とその人は言ひました。お父さんは、しかしロンドンで、ここほど鐘の音が耳ざはりでなくひゞく家はない、とはじめてお世辞を言ひました。

ある晩のことでした。たうとう僕が失敗をしました。その晩の何十本目かの煙草で、うつかり僕の煙草の火が、外套の裾に落ちて、そこを焦がしはじめ、僕は火を消しもせずに、うつとりとそれを眺め、その匂ひを嗅いでゐたのです。「おや、へんな煙草だぞ」とその人は煙の中からこちらを見て言ひました。そしてあわてて、僕の膝の上をはたからうとしたので、僕は思はず冷たくあの人の手を払ひました。お父さんは一部始終を見てゐましたが、そばの花瓶の水をいきなり僕の外套にかけて火を消しました。あの人は、外套を乾かしてやらうと言ひましたが、僕は断わり、又、笑はない蛙め、とあの人にからかはれました。どう言はれようと僕は平気でした。

お父さんは心底この家とこの人が気に入つたやうでした。そんなお父さんを見たのははじめてのやうな気がします。夜、霧の中を僕の手を引いて歩きながら、お父さんは、たび／＼その人の名を言ひ、その人のことを話し、あの古いカビくさい、陰気な、部屋の隅々で家具に足をぶつけるやうな無秩序な家に興味を示しました。

あの人がいよ／＼旅行することになり、二ヶ月でかへる筈だが、さうしたら又ぜひ来てもらひたい、と言はれました。その時のお父さんの顔は、大へん淋しげで、その二ヶ月の待ち遠しさに耐へられないやうでしたし、僕も二ヶ月の間、あんなに沢山煙草を喫めないと思ふと悲しいのでした。

二ヶ月たつうちにたうとうお父さんはある決心をしたやうでした。あの人が旅行からかへる晩、お父さんは待ちかねて、僕の手を引いて霧の町をあの人の家のはうへ歩きました。いつもとちがふ歩調でまるで飛ぶやうでした。

しかし落胆したことには、あの人の家にはまだ灯はついてゐず、戸にはカギがしまり、ひつそりとしてゐました。まだ帰つてゐない、しかしお父さんはおどろきませんでした。「きつと今夜には帰つてくる」と信じてゐる、といふよりはお父さんは知つてゐるらしいのでした。どうするのか、と僕はお父さんの顔を見守りました。お父さんは僕の手を引いて、ドアの中へ入りました。

部屋の中はたださへかびくさいのが、二ヶ月の留守で、人くさい匂ひのかけらもなくなり、いろんなものの堆積の匂ひが占めてゐました。僕はお父さんがそこへ入れてくれたのではしやいでゐました。お父さんは灯りはつけず、暗い部屋の上下を自由に歩き、高い洋服簞笥の上に腰かけて、外套の裾を垂らして、ずつと部屋の中を見廻してゐました。ここまで上つておいで、とお父さんが言ひましたが、僕は断つて、暗い壁掛のはうへ近寄りました。そして、ほとんどボロ〳〵になつてゐる壁掛の端を引きちぎつて巻き、それにマッチで火をつけて、口にくはへました。この家で出されたどの煙草よりもおいしい煙草で、僕はやめられなくなつて、片端から煙にしてしまひました。次いで、あの人の洋服箪笥をあけると、外套や着物がいつぱい下つてゐたので、それも喫んでしまひました。部屋の中は気持のよい煙でいつぱいでした。お父さんがその煙を煖炉へみんな追ひ込んでくれたので、窓から洩れたりすることはなかつたのですが。

　お父さんは、部屋の中を軽やかに嬉しさうに歩いてゐました。湿つた外套の裾が鏡面にぶつかつて、鐘に軽い水滴を垂らしてゐました。つひにお父さんは、僕のはうへ来て、半透明になりながら、じつと僕の手を握り肩を抱き寄せました。遠い鐘の音がそのとき来て、お父さんの心を一寸《ちよつと》傷つけたやうでしたが、それはすぐ治りました。

　お父さんは、あの人の寝室へ入つて行つて、あの人の寝台掛を外し、そこへ花瓶の水をこぼして一面に濡らし、もうあの人も眠ることはない、と言ひました。僕は喜んで湿つた外套のまま、そこに横たはつて煙草を吹かしました。お父さんは、きげんのよい時の癖で、じつと僕を見ながら、外套の中でしづかに指を鳴らしてゐました。それは鞭のやうな音を立てゝつゞきました。

　突然お父さんは窓のはうを向き、深夜の街路に靴音がひゞくのに耳をすませました。それは鞄を下げてかへつてくるあの人の姿でした。お父さんは喜びにあふれて、僕の耳もとに口を寄せてから言ひました。

「今夜から私たちは三人になるんだよ、坊や」

妙な話

芥川龍之介

ある冬の夜、私は旧友の村上といっしょに、銀座通りを歩いていた。

「この間千枝子から手紙が来たっけ。君にもよろしくということだった」

村上はふと思い出したように、今は佐世保に住んでいる妹の消息を話題にした。

「千枝子さんも健在《たっしゃ》だろうね」

「ああ、このごろはずっと達者のようだ。あいつも東京にいる時分は、ずいぶん神経衰弱もひどかったのだが、——あの時分は君も知っているね」

「知っている。が、神経衰弱だったかどうか、——」

「知らなかったかね。あの時分の千枝子ときた日には、まるで気違いも同様さ。泣くかと思うと笑っている。笑っているかと思うと、——妙な話をしだすのだ」

「妙な話？」

村上は返事をする前に、ある珈琲店《カッフェ》の硝子扉《ガラスど》を押した。そうして往来の見える卓子《テーブル》に私と向かい合って腰をおろした。

「妙な話さ。君にはまだ話さなかったかしら。これはあいつが佐世保へ行く前に、僕に話して聞かせたのだが——」

君も知っている通り、千枝子の夫は欧洲戦役ちゅう、地中海方面へ派遣された「A——」の乗組将校だった。あいつはそのるすの間、僕のところへ来ていたのだが、いよいよ戦争もかたがつくというころから、急に神経衰弱がひどくなりだしたのだ。そのおもな原因は、今まで一週間に一度ずつはきっと来ていた夫の手紙が、ぱったり来なくなったせいかも知れない。なにしろ千枝子は結婚後まだ半年とたたないうちに、夫と別れてしまったのだから、その手紙を楽しみにしていたことは、遠慮のない僕さえひやかすのは、残酷な気がするくらいだった。

ちょうどその時分のことだった。ある日、——そうそう、あの日は紀元節だっけ。なんでも朝から雨の降りだした、寒さのきびしい午後だったが、千枝子は久しぶりに鎌倉へ、遊びに行って来ると言いだした。鎌倉にはある実業家の細君になった、あいつの学校友だちが住んでいる。——そこへ遊びに行くと言うのだが、なにもこの雨の降るのに、わざわざ鎌倉くんだりまで遊びに行く必要もないと思ったから、僕はもちろん僕の妻《さい》も、再三明日《あした》にしたほうがよくはないかと言ってみた。しかし千枝子は剛情に、どうしても今日行きたいと言う。そうしてしまいには腹をたてながら、さっさとしたくして出て行ってしまった。

ことによると今日は泊まって来るから、帰りは明日《あす》の朝になるかも知れない。——そう言ってあいつは出て行ったのだが、しばらくすると、どうしたのだかぐっしょり雨にぬれたまま、まっさおな顔をして帰って来た。聞けば中央停車場から濠端の電車の停留場まで、傘もささずに歩いたのだそうだ。ではなぜまたそんなことをしたのだと言うと、——それが妙な話なのだ。

千枝子が中央停車場へはいると、——いや、その前にまだこういうことがあった。あいつが電車へ乗ったところが、あいにく客席が皆ふさがっている。そこで吊り革にぶらさがっていると、すぐ眼の前の硝子窓に、ぼんやり海の景色が映るのだそうだ。電車はその時神保町の通りを走っていたのだから、むろん海の景色なぞが映る道理はない。が、外の往来の透いて見える上に、浪の動くのが浮き上がっている。ことに窓へ雨がしぶくと、水平線さえかすかに煙って見える。――と言うところから察すると、千枝子はもうその時に、神経がどうかしていたのだろう。

それから、中央停車場へはいると、入り口にいた赤帽の一人が、突然千枝子にあいさつをした。そうして「旦那様はお変わりもございませんか」と言った。これも妙だったには違いない。が、さらに妙だったことは、千枝子がそういう赤帽の問いを、別に妙とも思わなかったことだ。「ありがとう。ただこのごろはどうなすったのだか、さっぱりおたよりが来ないのでね」――そう千枝子は赤帽に、返事さえもしたと言うのだ。すると赤帽はもう一度「では私《わたくし》が旦那様にお目にかかって参りましょう」と言った。お目にかかって来ると言っても、夫は遠い地中海にいる。――と思った時、はじめて千枝子は、この見慣れない赤帽の言葉が、気違いじみているのに気がついたのだそうだ。が、問い返そうと思ううちに、赤帽はちょいと会釈をすると、こそこそ人ごみの中に隠れてしまった。それきり千枝子はいくら探してみても、二度とその赤帽の姿が見当たらない。――いや、見当たらないというよりも、今まで向かい合っていた赤帽の顔が、不思議なほど思い出せないのだそうだ。だから、あの赤帽の姿が見当たらないと同時に、どの赤帽も皆その男に見える。そうして千枝子にはわからなくても、あの怪しい赤帽が、絶えずこちらの身のまわりを監視していそうな心もちがする。こうなるともう鎌倉どころか、そこにいるのさえなんだか気味が悪い。千枝子はとうとう傘もささずに、大降りの雨を浴びながら、夢のように停車場を逃げ出して来た。――もちろんこういう千枝子の話は、あいつの神経のせいに違いないが、その時風邪を引いたのだろう。翌日からかれこれ三日ばかりは、ずっと高い熱が続いて、「あなた、堪忍してください」だの、「なぜ帰っていらっしゃらないんです」だの、何か夫と話しているらしいうわごとばかり言っていた。が、鎌倉行きのたたりはそればかりではない。風邪がすっかり癒《なお》ったあとでも、赤帽という言葉を聞くと、千枝子はその日じゅうふさぎこんで、口さえろくにきかなかったものだ。そういえば一度なぞは、どこかの回漕店の看板に、赤帽の画《え》があるのを見たものだから、あいつはまた出先まで行かないうちに、帰って来たという滑稽もあった。

しかしかれこれ一月ばかりすると、あいつの赤帽をこわがるのも、だいぶ下火になってきた。「姉さん。なんとかいう鏡花の小説に、猫のような顔をした赤帽が出るのがあったでしょう。私が妙な目に遇ったのは、あれを読んでいたせいかも知れないわね」――千枝子はそのころ僕の妻《さい》に、そんなことも笑って言ったそうだ。ところが三月の幾日だかには、もう一度赤帽におびやかされた。それ以来夫が帰って来るまで、千枝子はどんな用があっても、決して停車場へは行ったことがない。君が朝鮮へ立つ時にも、あいつが見送りに来なかったのは、やはり赤帽がこわかったのだそうだ。

その三月の幾日だかには、夫の同僚がアメリカから、二年ぶりに帰って来る。――千枝子はそれを出迎えるために、朝から家《うち》を出て行ったが、君も知っている通り、あの界隈は場所がらだけに、昼でもめったに人通りがない。その淋しい路ばたに、風車売りの荷が一台、忘れられたように置いてあった。ちょうど風の強い曇天だったから、荷に挿した色紙の風車が、みなめまぐるしくまわっている。——千枝子はそういう景色だけでも、なぜか心細い気がしたそうだが、通りがかりにふと眼をやると、赤帽をかぶった男が一人、後ろ向きにそこへしゃがんでいた。もちろんこれは風車売りが、煙草か何かのんでいたのだろう。しかしその帽子の赤い色を見たら、千枝子はなんだか停車場へ行くと、また不思議でも起こりそうな、予感めいた心もちがして、一度は引き返してしまおうかとも、考えたくらいだったそうだ。

が、停車場へ行ってからも、出迎えをすませてしまうまでは、しあわせと何事も起こらなかった。ただ、夫の同僚を先に、一同がぞろぞろ薄暗い改札口を出ようとすると、誰かあいつの後ろから、「旦那様は右の腕に、おけがをなすっていらっしゃるそうです。お手紙が来ないのはそのためですよ」と、声をかけるものがあった。千枝子はとっさにふり返って見たが、後ろには赤帽も何もいない。いるのはこれも見知り越しの、海軍将校の夫妻だけだった。むろんこの夫妻が唐突とそんなことをしゃべる道理もないから、声がしたことは妙と言えば、確かに妙に違いなかった。が、ともかく、赤帽の見えないのが、千枝子にはうれしい気がしたのだろう。あいつはそのまま改札口を出ると、やはりほかの連中といっしょに、夫の同僚が車寄せから、自動車に乗るのを送りに行った。するともう一度後ろから、「奥様、旦那様は来月じゅうに、お帰りになるそうですよ」と、はっきり誰かが声をかけた。その時も千枝子はふり向いてみたが、後ろには出迎えの男女のほかに、一人も赤帽は見えなかった。しかし後ろにはいないにしても、前には赤帽が二人ばかり、自動車に荷物を移している。——その一人がどう思ったか、とたんにこちらを見返りながら、にやりと妙に笑って見せた。千枝子はそれを見た時には、あたりの人目にも止まったほど、顔色が変わってしまったそうだ。が、あいつが心を落ち着けて見ると、二人だと思った赤帽は、一人しか荷物を扱っていない。しかもその一人は今笑ったのと、全然別人に違いないのだ。では今笑った赤帽の顔は、今度こそ見覚えができたかというと、相変わらず記憶がぼんやりしている。いくらいっしょうけんめいに思い出そうとしても、あいつの頭には赤帽をかぶった、眼鼻のない顔より浮かんでこない。——これが千枝子の口から聞いた、二度目の妙な話なのだ。

その後一月ばかりすると、君が朝鮮へ行ったのと、確か前後していたと思うが、実際夫が帰って来た。右の腕を負傷していたために、しばらく手紙が書けなかったということも、不思議にやはり事実だった。「千枝子さんは旦那様思いだから、自然とそんなことがわかったのでしょう」——僕の妻《さい》なぞはその当座、こう言ってはあいつをひやかしたものだ。それからまた半月ばかりののち、千枝子夫婦は夫の任地の佐世保へ行ってしまったが、向こうへ着くか着かないのに、あいつのよこした手紙を見ると、驚いたことには三度目の妙な話が書いてある。というのは千枝子夫婦が、中央停車場を立った時に、夫婦の荷を運んだ赤帽が、もう動き出した汽車の窓へ、あいさつのつもりか顔を出した。その顔を一目見ると、夫は急に変な顔をしたが、やがて半ば恥ずかしそうに、こういう話をしだしたそうだ。——夫がマルセイユに上陸中、何人かの同僚といっしょに、あるカッフェへ行っていると、突然日本人の赤帽が一人、卓子《テーブル》のそばへ歩み寄って、なれなれしく近状を尋ねかけた。もちろんマルセイユの往来に、日本人の赤帽なぞが、徘徊している べき理窟はない。が、夫はどういうわけか格別不思議とも思わずに、右の腕を負傷したことや帰朝の近いことなぞを話してやった。そのうちに酔っている同僚の一人が、コニャックの杯をひっくり返した。それに驚いてあたりを見ると、いつの間にか日本人の赤帽は、カッフェから姿を隠していた。いったいあいつはなんだったろう。――そう今になって考えると、眼は確かにあいていたにしても、夢だか実際だか差別がつかない。のみならずまた同僚たちも、全然赤帽の来たことなぞには、気がつかないような顔をしている。そこでとうとうそのことについては、誰にも打ち明けて話さずにしまった。ところが日本へ帰って来ると、現に千枝子は、二度までも怪しい赤帽に遇ったと言う。ではマルセイユで見かけたのは、その赤帽かと思いもしたが、あまり怪談じみているし、一つには名誉の遠征中も、細君のことばかり思っているかと、あざけられそうな気がしたから、今日まではやはり黙っていた。が、今顔を出した赤帽を見たら、マルセイユのカッフェにはいって来た男と、眉毛一つ違っていない。――夫はそう話し終わってから、しばらくは口をつぐんでいたが、やがて不安そうに声を低くすると、「しかし妙じゃないか？　眉毛一つ違わないというものの、おれはどうしてもその赤帽の顔が、はっきり思い出せないんだ。ただ、窓越しに顔を見た瞬間、あいつだなと……」

村上がここまで話してきた時、新たにカッフェへはいって来た、友人らしい三四人が、私たちの卓子《テーブル》へ近づきながら、口々に彼へあいさつした。私は立ち上がった。

「では僕は失敬しよう。いずれ朝鮮へ帰る前には、もう一度君を訪ねるから」

私はカッフェの外へ出ると、思わず長い息を吐《つ》いた。それはちょうど三年以前、千枝子が二度までも私と、中央停車場に落ち合うべき密会の約を破った上、永久に貞淑な妻でありたいという、簡単な手紙をよこしたわけが、今夜はじめてわかったからであった。…………

予言

久生十蘭

安部忠良の家は十五銀行の破産でやられ、母堂と二人で、四谷谷《たに》町の陽あたりの悪い二間きりのボロ借家《しゃくや》に逼塞《ひっそく》していた。姉の勢以子《せいこ》は外御門《そとみかど》へ命婦《みょうぶ》に行き、七十くらいになっていた母堂が鼻緒の壺縫いをするというあっぷあっぷで、安部は学習院の月謝をいくつもためこみ、どうしようもなくなって麻布中学へ退転したが、そこでもすぐ追いだされ、結局、いいことにして絵ばかり描いていた。

二十歳になって安部が襲爵した朝、それだけは手放さなかった先考《せんこう》の華族大礼服を着こみ、掛けるものがないのでお飯櫃《はち》に腰をかけ、「一ノ谷」の義経のようになって鯱《しゃち》こばっていると、そのころ、もう眼が見えなくなっていた母堂が病床から這いだしてきて、桐の紋章を撫で、ズボンの金筋にさわり、

「とうとうあなたも従五位になられました」

と喜んで死んだ。

安部は十七ぐらいから絵を描きだしたが、ひどく窮屈なもので、林檎しか描かない。腐るまでそれを描くと、また新しいのを買ってくる。姉の勢以子は不審がって、

「なにか、もっとほかのものもお描きになればいいのに」

といい、おいおいは気味悪がって、

「林檎ばかり描くのは、もう、やめてください」

と反対したが、安部がかんがえているのは、つまるところ、セザンヌの思想を通過して、あるがままの実在を絵で闡明《せんめい》しようということなので、一個の林檎が実在するふしぎさを線と色で追求するほか、なんの興味もないのであった。

安部は美男というのではないが、柔和な、爽やかな感じのする好青年で、一人としてこの年少の友を愛さぬものはなかった。仲間の妹や姪たちもみな熱心な同情者で、それに、われわれがいくらいに嗾《け》しかけるものだから、四谷見附や仲町あたりで待伏せするようなのも三人や五人ではなく、貧乏な安部のために進んで奉加につきたいのも大勢いたが、酒田忠敬の二女の知世子《ちよこ》が最後までねばりとおして、とうとう婚約してしまった。

酒田はもとより、知世子自身、生涯に使いきれぬほどのものを持っているので、そちらからの流通で安部の暮しもいくぶん楽になり、四年ほどはなにごともなく制作三昧の生活をつづけていたが、安部が死ぬ年の春、維納《ウィーン》で精神病学の研究をしていた石黒利通が、巴里のヴォラールでセザンヌの静物を二つ手に入れ、それを留守宅へ送ってよこしたということを聞きつけた。

セザンヌは安部にとって、つねに深い啓示をあたえる神のごときものであったから、そうと聞きながら参詣せずにおけるわけのものではない。紹介もなく、いきなり先方へ乗りこむと、石黒の細君が出てきて、

「まだ、どなたもごぞんじないはずなのに」

と、ひょんな顔をしたが、こだわりもせずにすぐ見せてくれた。

一つは陶器の水差とレモンのある絵で、一つは青い林檎の絵であった。画集ではいくども見たが、ほんものにぶつかったのははじめてなので、これがセザンヌのヴァリュウなのか、これがセザンヌの青と黄なのか、物体にたいする適度の光、じぶんと物体の間にあるなんともいえぬ空気の適度の量、セザンヌが好んだといわれる曇り加減のしっとりとした午後の光線までありありと感じられ、ただもう恐れいるばかりだった。

それ以来、安部は石黒の留守宅に入りびたっているようだったが、むかしの待伏せ連が、「安部さんも案外ね」というようなことをいいだすようになった。安部が石黒の細君とあやしいというのだが、どうしたいきさつからか、石黒の細君がヴェロナールを飲んで自殺するという大喜利《おおぎり》が出、それを毎夕新聞が安部の名と並べて書きたてたので、だいぶうるさいことになった。

いちど安部に誘われてその絵を見に行き、石黒の細君なるものに逢ったが、臙脂《えんじ》の入った滝縞のお召に古金襴の丸帯をしめ、大きなガーネットの首飾をしているというでたらめさで、絵を見ているわずかな間に酒の支度が出来、

「お二人とも、きょうは虜《とりこ》よ」

などと素性の察しられるようなことをいいながら椅子に押しつけると、安部の手をひっぱったり、しなだれかかったりして、しきりに色めくのだが、安部はすうっとした恰好で椅子に掛け、飲むでもなく飲まぬでもなく、ゆったりと笑っている。石黒の細君は焦《じ》れたのか照《て》れたのか、いきなりわっと泣きだし、なにかいいながらむやみに顔をこするので、鼻のあたまや頬がひっぱたかれたように赧《あか》どす色になった。もともと眉が薄く、眼がキョロリとしているので、上野の動物

園にいたオラン・ビン・バタンという赤っ面の猿そっくりの面相になり、とても見られたざまでない。手も足も出るどころか、どんなものずきな男でも、懐手でごめんをこうむってしまうだろうという体裁だった。

石黒の細君とのとやかくのいきさつについては、安部は、「べつに、なにもなかった」というだけで弁解もしなかった。知世子は健康で美しく、知世子はべつにしても、そういう種類の情緒なら、安部の周囲にありあまるほどある。雪隠《せっちん》でこっそりと饅頭を食うようなケチなことをしないのが安部の本領なので、おおよそ考えたって、世間でいうようなものでないことは、安部を知るくらいのものはみな承知していた。石黒の細君の自殺もへんなもので、嫌われたぐらいで突きつめるような人柄とも見えない。そのころ、石黒はシベリヤの途中まで来ていたが、それが日本へ帰りつく前に安部を陥落させようと、あれこれ手管をつくしているうちに、ついお芝居に身が入りすぎたというようなことだったのだろう。

それから十日ほどして石黒が帰ってきた。一面、洒脱で、理財にも長《た》け、落合にある病院などもうまくやり、理知と世才に事欠くように見えなかったが、内実は、悪念のさかんな、妬忌《とき》と復讐の念の強い、妙に削《そ》げた陰鬱な性情らしく、新聞社へ出かけて行って安部の譏訴《ざんそ》をしたり、なんとかいう婦人雑誌に、「自殺した妻を想う」という公開状めいたものを寄稿し、安部が石黒の細君を誘惑したとしかとれないようないいまわしをするので、世間では、なにも知らずに安部を悪くいうようになった。

酒田は腹を立てて告訴するといきまいたが、なんといっても、亭主の留守へ入り浸ったという一条があるので、強いことばかりもいえない。それで、仲間と伯爵団の有志が会館へ集まっていろいろ相談した結果、このままでは、懲罰委員会というようなことにもなりかねないから、いっそ早く結婚させて、二人をフランスへでもやってしまえということになり、式は十一月二十五日、日比谷の大神宮、披露式は麻布の酒田の邸でダンス付の晩餐会、船は翌二十六日横浜出帆の仏国郵船アンドレ・ルボン号と、ばたばたときまってしまった。

結婚式の前日、維納から帰ったばかりの柳沢と二人でいるところへ、安部がモネのところへ持って行く紹介状をとりにきて、しばらくしゃべっていたが、思いだしたように、

「石黒って奴はえらい予言者だよ。僕は今年の十二月の何日かに、自殺することにきまっているんだそうだ」

と面白そうにいった。

前日、石黒から手紙がきたが、それが蒼古たる大文章で、輪廻《りんね》とか応報《おうほう》とかむずかしいことをながながと書いたすえ、つらつら観法《かんぼう》するところ、お前は何日に西貢《サイゴン》へ着くが、その翌日こういうことがある。何日にはジブチでこういうことが起る。何日にはナポリでこういうことをするが、その場の情景はこうと、アンドレ・ルボン号が横浜を出帆する日から向う何十日かの毎日の出来事を、そのときどきの会話のようすから、天気の模様までを眼で見るように委曲をつくし、トド、なにかむずかしいいきさつののち、安部が知世子と誰かを射ち殺し、その拳銃で安部が自殺する

段取りになっていると、予言してよこしたというのには笑った。

「なにを馬鹿な、でたらめをいうにもほどがある。摩訶止観《まかしかん》とか止観十乗《じょう》とかいって、観法というのはむずかしいものなんだ。静寂な明智をもって万法を観照するというから、一種の透視のようなものだが、そんなことが出来たのは増賀《ぞうが》や寂心《じゃくしん》の頃までで、現代には止観文《もん》を読めるようなえらい坊主は、一人だっていやしないよ。どうして石黒のような下愚《げぐ》が」

と、いきまくと、安部は出来るなら和解したいと思って石黒を披露に招んだが、それがかえって気に障ったのかもしれないといった。

柳沢は煙草をふかしながら聞いていたが、

「寂心や増賀のことは知らないが、ダニエル・ホームのようなやつなら、欧羅巴《ヨーロッパ》にうようよしているぜ」といいだした。

「いま石黒の話が出たようだが、石黒には、前にこんな話があるんだ。墺太利《オーストリア》の代理公使をしていたカレルギー伯爵と結婚して墺太利へ行った、れいのクーデンホフ光子夫人ね、あのひとが維納の近くに住んでいるが、そこへよく日本人が集まる。テニスのデヴィス・カップ戦がすんだあと、S選手と女流ピアニストのTがベルリンから遊びに来ていたところへ石黒がやってきたら、SとTが顔色を変えて石黒をやっつけはじめた。なんでも、Tの友達の女のひとに、石黒が悪いことをしたというんだが、あまりこっぴどくやっつけるので、光子さんが見かねて仲に入ったくらいだった。それから間もなく、Tがくだらない交通事故で死んでしまった。見ていた人の話だと、止れの標識が出ているのに、夢遊病者のようにふらふらと前へ出てやられてしまった。あまりわからない話なので、一時は自殺だという評判が立ったくらいだ。その翌年だよ、日本へ帰る途中、なんの理由もなく、Sがマラッカ海峡で船から投身したのは」

「えらいことをいいだしたね。二人がへんな死に方をしたのが、石黒に関係があったというわけなのか」

「さあ、どうかね。僕はただ石黒が、動物磁気学のベルンハイムの弟子だったことを知っているだけだ……しかしまあ、どういうんだろう。話はとぶが、ロマノフの皇室をひっかきまわした、れいのラスプーチンね。あれはメスメルの弟子なんだが、あいつを排斥しようとたくらんだやつは、みんなへんな自殺をしているんだ。宮廷だけでも、十人はいたそうだ」

「他人の心意を、勝手に支配出来る能力が存在するというのは、愉快じゃないな。でも、そういう心霊的な力が、ほんとうにあり得るのだろうか」

「あり得るんだよ。のみならず、そういう人間は、それくらいのことは、わけなくやれるので困るんだ。僕はシャルコーやベルンハイムのことを調べたから知っているが、それがどういうものだと、理解のいくように語りわけることはいるまい。信じられない人間は、信じなくともかまうことはない。SやTの場合だけでも、まぎれもなく、そういうことが現実にあったのはたしかだ」

　翌日、三時過ぎに式が終って、二人は麻布の邸へひきあげたが、四時から披露式がはじまるので、知世子は美容師が待っている部屋へ着換えに行った。安部は一人で居間にいると、四時近くになって、小間使が松濤《しょうとう》の石黒さまからといって、金水引をかけたものを持ってきた。四寸に五寸くらいのモロッコ皮の箱で、見かけに似ず、どっしりと持ち重りがする。なんだろうと明けてみると、コルトの二二番の自動拳銃が入っている。まったく、いやはやというほかはないので、どんな顔で石黒が水引をかけたろうと思うと、くだらなくて腹を立てる気にもなれない。御厚意は十分に頂戴したからと、礼状をつけて小包で送り返してやろうと考えているところへ、知世子が入ってきた。びっくりさせるにもあたらないから、それをそっとズボンのヒップへ落しこみ、そのうちに時間が来たので、階下へ降りた。玄関を入ると、正面のリンブルゴの和蘭焼《オランダやき》の大花瓶に、めざましく花をつけた薔薇の大枝を一と抱えほども投げ込みにし、その前に安部と知世子が立ってニコニコ笑いながら出迎えをしていた。そこへ酒田が来て、二人のほうを顎でしゃくりながら、

「なかなかいいじゃないか」

と自慢らしくいう。大振袖を着た知世子も美しいが、燕尾服を着た安部も見事だ。安部を知世子にとられたとも思わないが、やはり忌々しい。

「これゃ、ちょっと口惜しいね」

すると後にいた松久が、

「あまり、いい気になるといけないから、すこし、たしなめてやろう」

といって知世子のところへ行った。

「知世子さん、安部を一人でとってしまった気でいては困るよ。あなたには、いろいろ怨みがかかっているんだ、男の怨みも女の怨みも……気をつけなくっちゃいけない」

知世子は、ええ、それはようく承知していましてよ。もう、さんざどやされましたわ、と、うれしくてたまらないふうだった。

二人は五時頃まで玄関に並んで、出迎えをしたり祝詞を受けたり、華々しくやっていた。そのうちにホールで余興がはじまり、おもだったひとも来つくしたようなので、脇間に集まっている女子部時代の仲間に知世子をひきわたし、安部はホールへつづく入側《いりがわ》になった廊下のほうへ歩いて行った。

一方は広い芝生の庭に向いた長い硝子扉で、一方はホールの窓がずうっとむこうへ並び、そこからシャンデリアの光があふれだしている。暮れ切ったが、まだ夜にならない夕なずみの微妙なひとときで、水色に澄んだ初冬の暮れ空のどこかに、夕焼けの赤味がぼーっと残っている。樹のない芝生の庭面《にわづら》の薄明りに溶けこみ、空と大地のけじめがなくなって、曇り日の古沼のように茫々としている。はかない、しんとした、妙に心にしむ景色だった。安部は眠いような、うっとりとした気持で、人気のない長い廊下を歩いていると、ふいに眼の前に人影がさした。おどろいて右へよけようとすると、むこうも右へよける。反対に動くと、むこうもそっちへ寄る。二、三度、ちんちんもがもがやっているうちにたがいに立ちすくんで睨みあうようなかたちになった。

こんな羽目になると、たいていなら、やあ、失礼とかなんとかいって笑いほぐしてしまうものだが、相手はひどく機嫌を損じたふうで、むっとこちらの顔ばかりねめつけている。窓と窓との間の、薄闇のおどんだツボに立っているので、あいまいにしか見えないが、眼の強い、皮肉らしい冷やかな感じのする、とりつき場のない男だ。安部は気むずかしいやつだと思ったが、その瞬間、これは石黒だなと直感した。

石黒なら、これくらい渋味を見せても、ふしぎはないわけだが、明日、日本を離れるのだから、和解出来るものなら和解しておきたい。石黒がなにかいいだしたら、すまなかったくらいのことはいうつもりでいたが、石黒は狭く依怙地になっているとみえて、和《やわ》らぐ隙をくれない。しょうがないので、失礼だが、石黒さんではありませんかと切りだしかけると、ちょうどむこうもなにかいいかけ、こちらがひかえると、むこうもひかえる。そんなことをやっているうちに、気がさすと、もういけない。キッカケをとちった芝居で、まずい幕切れになった。

安部は気持にひっかかりを残したままホールへ入ると、ちょうど余興のかわり目で、十二聖徒の彫刻をつけたエラールのハープがステージにおし出され、薄桃色のモンタントを着た欧州種らしい二十五六の娘が、いいようすでハープを奏《ひ》きだした。うしろの椅子に正親町《おおぎまち》と松久がいたので、その間に割りこんで古雅な曲をきいていると、どうしたのか、あたりが急に森閑として、なんの物音も聞えなくなった。安部は、淋しいなとつぶやいていると、ステージの端のほうへ裃《かみしも》を着た福助がチョコチョコと出てきて、両手をついてお辞儀をした。安部は、

「おや、福助さんが出て来た」

とぼんやり見ていたが、こんなところへ福助などが出てくるわけはない。きょうはよほど疲れているなと思って、しばらく息をつめていると、間もなく福助はいなくなり、へんに淋しい感じもとれた。

老公のテーブルスピーチなどがあり、賑々しく派手な晩餐会で、八時からホールでダンスがは

じまった。十二時すぎにそれも終り、みなを送りだして二階の居間へひきとったのは、もう一時近くだった。知世子は疲れたようなようすもなく、幸福でしょうがないというふうに、安部の胸へ顔をおしつけたりしてから、いそいそと着換えの手伝いをはじめたが、ズボンに入っていた拳銃を見つけると、顔色を変えて安部のほうへふりかえった。安部は言訳をしようとしたが、こんなものを石黒が送ってよこしたなどとは申せない。結婚式の夜、新郎のズボンのヒップに、拳銃が入っているなどというのは平凡なことではないから、説明はむずかしい。これは弱ったと思ったら、安部の顔色も変った。知世子は利口だから、なにもたずねなかったが、明るかるべき大切な初夜に、それで暗い翳《かげ》のようなものを残した。

アンドレ・ルボン号は真白に塗った一万六千噸の優秀船で、ポール・クローデル大使が同じ船でフランスへ帰るので、にぎやかな出帆だった。夕方、チャイム・ベルが鳴ったので、食堂へ出ると、一等の日本人は安部と知世子の二人きりで、食卓はチンダルという墺太利《オーストリア》公使館の書記官と、マカオの名家だというフェルナンデスという若い葡萄牙《ポルトガル》人の四人の組合せになっていた。夫婦も、とりわけ新婦ということになると、水入らずで二人が組みあうようにはからうのが普通だが、婦人客の少ない航海だったので、知世子のような若い美しい夫人を、亭主だけに独占させておくのは公平でないと、事務長は考えたのかも知れない。チンダルは墺太利の古い貴族だそうだが、いつも固いカフスをつけている作法のやかましいやつで、話といえば宗教論ばかり。フェルナンデスのほうは、揉上げを長くし、洒落たタキシードを着、うるんだような好色じみた眼をもったジゴロ風の色男で、立つにも坐るにもうやうやしく知世子の手に接吻し、支那からマカオをひったくったアルヴァーロ・フェルナンデスは私の大祖父で、銅像は、いまもマカオにあります、などと愚にもつかぬことを口走るので、安部は最初の一日から食慾をなくしてしまった。

外国船の生活は、一人で孤独を楽しむようなことは絶対に許さない、念入りな仕組みになっているもので、九時の朝食にひきつづいて十一時のビーフ・ティ、一時の昼食、三時のアイスクリーム、五時のお茶、七時のアペリチフ、八時の正餐、十時のディジェスチフと、一日に二十四品目もおしつけられるのに、酒場の交際、ポォカァ、デッキゴルフ、カクテル・パァティ、日曜日の弥撒《みさ》、ティ・ダンス、サパァ・ダンス、運動競技、福引と、手を代え品をかえ、出席しないと、事務長から催促の電話がくる。知世子のほうはたいへんで、西貢《サイゴン》を出帆した夜、船長のアトホームに敬意を表して和服で出たら、これが大喝釆で、以来、ティ・ダンスにもサパァ・ダンスにも義務のようにひっぱりだされ、午後と夜は、ほとんどラウンジか舞踊室で暮し、安部とはたまに食堂で顔が合うくらいのものであった。

船はマラッカ海峡からまだ荒れ気味の印度洋へ入ったが、安部は馴れない暑さで弱っているところへ、印度洋の長いうねりにやられて不機嫌になり、アンドレ・ルボンというちっぽけな枠にはまった社交と、一日中、鏡の上に坐って、人から見られる自分の姿ばかり気にしているような生活が、我慢のならぬほどうるさくなり、船酔いを口実にして食堂へ出ず、船室に籠って、汗もかかずに端然と絵ばかり描いていた。

欧洲航路の外国船には、婦人帽子商とか婦人小間物商とかと名乗り、高級船員や乗客のそのほうの御用をうけたまわる女たちがかならず二人や三人は乗っているものだが、コロンボを出帆する頃から、船の社交というものがそろそろ正体をあらわしかけ、そういう婦人連が二等からやってきて、公然とダンスにまじり、西貢から乗ったあやし気なフランス人が、徒党を組んで、朝から甲板で、アブサントをあおるという狼藉ぶりになった。

コロンボを出帆してから三日目の明け方、安部がふと眼をさますと、そばに寝ているはずの知世子がいない。となりの化粧室にでもいるのかと見てみたが、そうでもない。待っていたが帰って来ないので、水を一杯飲んで寝てしまった。翌朝、起きだしてからたずねると、知世子は、

「どこへも行きはしなくってよ。夢でもごらんになったんだわ」

と笑い消してしまった。昨夜、水を飲んだコップが夜卓の上にある。夢であるはずはなかったが、言い張るほどのことでもない。しかし、へんな気がした。

ジブチへ入港したのは十二月の二十四日だった。ジブチはいかにもアフリカじみた、暑い殺風景な港だったが、長い航海にみな飽きあきしていたので、船でレヴェーヨンをしたのは、ほんの老人組だけで、乗客のほとんど全部が、夕方から上陸して、ホテルへ騒ぎに行った。

知世子も事務長達といっしょに町へ行ったが、朝の五時頃、前後不覚に泥酔して、フェルナンデスに抱えられて帰ってきた。靴はどこへやったのか跣足《はだし》で、ソワレの背中のホックがはずれて白い肩がむきだしになり、首から胸のあたりまで薄赤いみょうな斑点がべた一面についている。安部は礼をいってフェルナンデスにひきとってもらったが、いくら安部でも、蕁麻疹《じんましん》だろうか、蚤の痕だろうかなどと、見当ちがいするほど単純でもない。蚤は蚤でも、タキシードの襟にカーネィションの花をつけた大きな蚤なので、安部もむっとしないわけではなかったが、西洋の女蕩

しというものは、どれほど執拗で抜目がなく、そういうものにたいして、日本の女性がいかに脆《もろ》く出来ているかということも承知している。こんな結構なエピキュールの園に四十日もいたら、頭のしっかりした人間でも、いくらか寸法が狂ってくるのは当然なことで、つまりは、こういう、いかがわしい習俗の中で暮すようになったためぐりあわせが悪いのだと、無理やり、そこへ詮じつけた。

地中海へ入ると、急に温度が下った。海の形相《ぎょうそう》がすっかり変って、三角波が白い波の穂を飛ばし、ミストラル気味の寒い尖った風が、四十日目の惰気をいっぺんに吹きはらってしまった。安部は急に食慾が出て、久し振りに食堂へでかけて行くと、半白の上品な顔をした給仕長が安部を見るなり、給仕の一人になにかささやいてから、安部のところへ来て、

「只今、只今」

と、うろたえたようにいった。見ると、いまささやかれた給仕が、隅の補助卓にナップを掛け、食器を並べ、おおあわてに安部の食卓をつくっている。なるほど、食卓の組合せが変って、チンダルは大卓へ移り、知世子とフェルナンデスが奥の二人卓《ににんたく》で向きあって食事をしている。つまるところ、ここにはもう安部の食卓はないというわけなのであった。

奥の二人は気がつかなかったが、食堂にいる人間はみなフォークの手を休め、たがいに眼配せをしながら、入口に突っ立って食卓の出来るのを待っている安部をくすぐったそうに見、おゆるしが出るなら、いつでも噴きだしますといった顔つきだった。そのうちに知世子が気がつき、急に立ち上がろうとしたが、フェルナンデスは行くほどのことはないというふうに、腕をとってひ

きとめるのが見えた。

　安部はそのまま船室へひきとったが、考えてみると、毎日、むっつりと絵ばかり描いていて、そうなるように、知世子をむこうへ追いやった形跡もないではない。フェルナンデスなどというもくぞうは、どうなったってかまうことはないが、なるたけ、知世子を傷つけずにすむような解決にしたいと思った。

　それで、頃合いをはかってバァへ行ってみると、知世子は奥の長椅子にフェルナンデスと並んで掛け、相手の肩に手をかけて、なにかしきりにかきくどいている。安部は痩せて小さくなった知世子の顔を見ると、思ったよりみじめなことになっているらしくて、知世子がかわいそうになった。

　安部が二人のそばへ行くと、知世子はあげた眼をすぐ伏せ、観念したように身動きもしない。フェルナンデスは椅子から立ちあがると、微笑して腰をかがめ、病気はもういいのか、印度洋と紅海の暑さには、誰でもやられる、というようなことをいいながら、白い歯を見せ、流し眼をつかい、口髭をひねり、こういう種類の女蕩しが、当然、果すべき科《しぐさ》を、残りなく演じてみせた。

　安部は、

「あなたがいてくれたので、家内が退屈しないですみました。どうもありがとう」

と礼をいうと、フェルナンデスは、明日、ナポリへ着いたら、世界的に有名なカステル・ウォヴォ（卵の城）の魚料理へご案内しようと、いま奥さんに申しあげていたところですが、あなたもご一緒に、いかがですかと誘った。

翌日、午後二時頃、カプリを左に見ながらナポリ湾へ入った。出帆は七時だというので、大急ぎで上陸し、暑いさかりのカンパーニャ平原を自動車で飛ばしてヴェスヴィオの下まで行き、またナポリへ戻って、急傾斜の狭い町々を駆けまわってから、海へ突きだした古い城壁のある、島の生臭い屋台店の並んだ坂の上の「チ・テレース」という料亭へおしあがった。三人はテラスへ出て、夕陽に染まりかけたヴェスヴィオを眺めながらヴィーノを飲んでいると、エオリアンという小さなハープとマンドリンを持った二人連れの流しがきて、いい声で唄をうたった。

そのうちに安部は、テラスにこうして坐っていることも、このナポリ湾の夕焼けの色も、流しの音楽も、すぐそばで揺ぐ橄欖《オリーブ》の葉ずれの音も、なにもかもひっくるめて、このままのことが、たしかに過去に一度あったような気がしてきた。どういうところからこういう情緒がひき起されたのかと、気の沈むほど考えているうちに、いつかの石黒の手紙の中に、この景色があったのではなかったかと、ふとそう思うと、われともなく吐《と》むねをつかれた。ちょうどそれを読み終ったところへ、知世子が入ってきたので、なにげなく机の上のスケッチ・ブックの間へ挟んだようだったが、そのスケッチ・ブックなら、船の倉庫室の大トランクに入っている。安部は船に帰ってあの手紙を読みかえし、事実かどうか確かめてみたいという苛立ちで、あたりの景色が眼に入らなくなってしまった。

船へ帰ると、知世子は匆々《そうそう》に着換えてラウンジへ出て行ったので、安部はクロークの大トランクを開けてみると、果して、手紙はあの日のままスケッチ・ブックの間に挟まっていた。あの時は、笑ってすませられるようなものだったが、あらためて読みかえしてみると、とても、可笑《おか》しいなんていうだんではない。いつかの明けがた、知世子がふいに居なくなったこと、知世子が泥酔して帰ってくること、安部が食堂でみなの物笑いになること、ナポリでは魚料理へ行くが、その料亭の名は「チ・テレース」と、その日その時の情景や状況が、自身で日記をつけたように、いちいち仔細に書きつけてあるので憔《やつ》れてしまった。

どういうお先走りな心霊が、こんな細かいことまで見ぬいてしまうのか。理窟はともかく、なにもかもみな的中しているのだから、どうしようもない。あの時の記憶では、十二月の何日かに、知世子と誰かを射ち殺し、じぶんもその拳銃で自殺すると書いてあった。今日までの毎日が、石黒の予言通りに運んで来たのなら、これからも、やはりそのように動いて行くと思わざるをえない。先を読んでみようと思うと、手紙は卵の城から帰ってきたところで無くなっている。安部はスケッチ・ブックを振るったり、床を這ったりして探したが、ない。思えば、あの時、残りの何頁かを、畳んだまま机の上に残してきたような気もする。

船はナポリを出帆したらしく、窓の中で雲が早く流れている。その雲を眼で追っているうちに、もう絶体絶命だという気持が胸に迫ってきた。

石黒の予言には十二月の何日とあった。きょうは二十九日だから、十二月は、あとまだ二日と何時間ある。あの二人が、どんなまずいところを見せつけたって、絶対に逆上しないと決心しても、生《なま》の神経を持っているのだから、次第によってはどんな馬鹿をやらかすか知れたものではない。安部は汗をかき、煙草の味もわからなくなるほど屈託していたが、どうでも生の神経が邪魔だというなら、今から二日半の間、見も、聞きも、感じもしないような状態に、自分を置けばよろしかろうと考えをそこへ落着けると、つまらない思いつきが、とほうもない良識のような気がして上機嫌になった。そこで適当にジアールを飲んでおいて、給仕にアブサントを持ってこさせ、茴香《ういきょう》とサフランの香に悩みながら、あおりつけあおりつけしているうちに、まもなく混沌となった。それからいくどか覚醒したが、そのたびにアブサントをひっかけ、ジアールを飲み、とうとう夜も昼もわからなくなってしまった。

何度目かに、ふと眼をさまし、朦朧とあたりを眺めると、部屋の家具の配置が変っていて、どうも自分の船室のようでない。はてなと腰を浮かしかけると、なにか膝から辷り落ちて、床で音をたてた。見ると、石黒が送りつけてよこした、れいの二二番のコルトだった。安部はあわててヒップへしまいこみ、いつの間にこんなものを持ちだしたのだろうと、重い頭で考えているうちに、なんともつかぬ情景をぼんやりと思いだした。

知世子が大きな眼で安部を見ながら、

「あなたは、はじめっから、あたしを殺すつもりでいらしたのね。今日まで待たなくとも、披露式の晩に、お殺しになればよかった」

といった。あれはなんのことだったのだろう。

正面の寝室の扉がよくロックされず、船がローリングするたびに、ひとりで開いたり閉ったりしている。気中《きあたり》がして、中をのぞいて見ると、寝台の上にフェルナンデスが俯伏《うつぶ》せになり、知世子のほうは、ひどくちぐはぐな恰好で床《ゆか》の上にのびている。馬鹿な念は入れなくとも、二人の魂《こん》魄《ぱく》はもう肉体にとどまっていないことが、一と眼でわかるような状態になっていた。安部は流血の場からそろそろと退却し、船室の扉に鍵をかけて冷たい風の吹き通る遊歩甲板へ出ると、今晩もまたお祭りがあるのだとみえ、舞踏室のほうからさかんなジャズの音がきこえてくる。

安部はブールワークに凭《もた》れて星の光のきらめき落ちる暗い海を眺め、どうせ自殺するにちがいなくとも、なにからなにまで、石黒の予言どおりに動いてやることはない。せめて最後の一点だけを、自分の力で狂わせてやりたい。コルトでなく、海へ飛びこんで死んでやろうと、真面目になってそんなことを考え、力まかせにコルトを海へ投げこむと、二十年の瘧《おこり》がいっぺんに落ちたようにさっぱりした。なにしろ面白くてたまらない。ざまあ見ろといいながら、靴をぬいでブールワークにのぼり、その上に馬乗りになって、マラッカ海峡で投身したSも、たぶんこんな具合だったのだろうなどとニヤニヤしていると、むこうの通風筒のうしろから、紙の三角帽をかぶった船客が三人、よろけながらやってきて、やあ、コキュ先生がこんなところで一人で遊んでいると、無理やり、ひきずりおろして舞踏室へかつぎこんでしまった。

今日はどういう趣意のパァティなのか、よくもまあこんなに振り撒いたと思うくらい、色とりどりのコンフェッチが、食卓にも床にも雪のように積もり、天井から蜘蛛の巣のように垂れさがった色テープの下で、三角帽や紙の王冠をかぶった乗客が、しどろに踊っている。

安部は酔いくずれそうになっているそばのフランス人に、今日は、いったいなんの会だとたずねると、今日は聖シルヴェストルの聖日さ、除夜さ、つまり十二月三十一日さ。あと十分もすれば、歳が一つふえるのさ。どうも、はばかりさま、というようなことをいった。

安部はなんということもなくその辺のテーブルにおしすえられ、誰が注いでくれたともわからない三鞭酒《シャンパン》をガブガブ飲んでいると、事務長が笑いながらやってきて、新しい年のスタータァの役を、あなたにおねがいするといった。どんなことをするのかとたずねると、午前零時にピストルを射ち、それを合図に、三鞭酒をみなの頭にふりかけて、おめでとうをいうんです。私がここにいて、秒針を数えますから、「さあ」といったら射ってください。硝薬だけで、弾丸は入っていませんから、ご心配なく、といって安部の手に拳銃をおしつけた。

十二時五十九分になると、船長はコルクをゆるめた三鞭酒の瓶を高くあげ、事務長は三〇……二〇……と秒針を数えはじめた。安部は、すこしばかり石黒にからかってやれと思って、銃口を曖昧に自分の胸に向け、合図と同時に笑いながら曳金をひいた。その途端、左の鎖骨の下あたりにえらい衝撃を受け、眼の前が、芝居のどんでんがえしのように、日本を発つ前の晩の披露式のホールの景色になった。みな椅子にかけて、ステージで欧州種の娘がいいようすでハープを奏いている。眼を落す前に、自分の過去を一瞬のうちに見尽すというが、するど、おれはやはり死ぬんだなと、ぼんやりそんなことを考えているうちに、大地がぐらりとひっくりかえった。

余興のハープがはじまるころ、安部がブラリとやってきて、正親町と松久の間に掛けたが、しばらくすると、ポケットからハンカチをだして、しきりに汗を拭く。煖房はしてあるが、暑いというほどではない。松久が、

「おいどうした」

と低い声でたずねたが、安部は返事もしない。感興をもよおしているふうで、熱心にハープを聞いていたが、終りに近いころ、ヒップから拳銃を出して、しげしげと眺めはじめた。これはへんだと、正親町と松久が眼を見合せた瞬間、銃口を胸に向けたまま、いきなり曳金をひいてしまった。松久が、

「馬鹿なことをするな」

といって支えようとするはずみに、安部は椅子といっしょにひっくりかえって、胸からたくさん血を出した。それでみな総立ちになった。そこへ知世子が飛んできて、

「しっかり遊ばして」

と安部を抱き起こした。安部はしげしげと知世子の顔を見ていたが、渋くニヤリと笑うと、

「石黒にやられた。死にたくない、助けてくれ」

といった。

すぐ病院自動車で大学へ運んだが、鎖骨の下から肩へ抜けた大きな傷で、ついて行った人間だけで、ともかく輸血した。病室へ帰ると、安部は元気になり、酒田に、

「へんなことをやっちゃった。船はいやだから、シベリアで行く。一日も早くモネのところへ行きたいから、査証のほうをたのむよ」

と気楽なことをいった。

「よしやっておこう。それはいいが、どうして、あんな馬鹿な真似をしたんだ。驚かせるじゃないか」

と酒田がいうと、安部は澄んだ美しい眼で、

「石黒の催眠術にひっかけられたんだ。ホールへ入る前、廊下で石黒にひどく睨みつけられたから、たぶん、あの時だったんだろう……だが、面白いには面白い。ハープを一曲奏き終える間に、これでも、ちゃんとナポリまで行ってきたんだぜ」

と、くわしく話してきかせた。安部は死ぬとは思っていないから、ひとりではしゃいでいたが、われわれは、もう長くないことを知っているので、なんともいえない気がした。

幽霊

吉田健一

恐いもの見たさでなくて幽霊、或は一般に妖怪といふものに興味を持つ人間もゐるものである。それは一種の好奇心からだらうか。併しそれにも増して自分で確めたい気持がそこに働くからに違ひなくてそんなものはないと決める根拠は我々に与へられてゐない。その何とかが飛ぶ今日の世の中にといふやうな子供瞞しは大人には通用しないのである。それが妖怪変化でなくて例へばネス湖の未知の動物といふものであつてもどうもそれがゐるやうで併しまだ確認されてゐないと言つた状況では同じ気持が働くもので自分の眼で見なくても誰かに見て貰つて出来れば間違ひなくそれと解る写真の二枚か三枚が公表されるといふ位のことがあつて欲しいのである。その写真は実は既に二、三十年前に一度公表されてゐる。併し妖怪変化を一括して幽霊といふことにして幽霊に就て困ることは仮にこれに出会ふことが出来てもそれが写真に取れるものかどうかさへも解つてゐないことである。何か白いものが暗闇の中にぼうつとといふやうな時にその白が写真を取るのに最小限度に必要な光線と呼べるものであることも疑つて掛る余地が残されてゐる。

もう一つ幽霊の場合に自分の眼でといふことになるのは幽霊といふものにどれだけ物質的な要素が加つてゐるのか解らなくて寧ろそれが全くないと考へた方がよささうである時に幽霊がその心理的、或は精神的な作用で何人かのものがゐる所に現れてそれが望む相手以外のものにも見えるとは限らないからである。別にそれが暗闇、或は薄暗闇のことでなくても構はなくて現にマクベスの芝居ではマクベスがスコットランド国王になつて盛宴を張つてゐるとバンクオの幽霊が現れてこれはマクベスにしか見えない。それが見えないのは並ゐる貴族どもだけでなくてマクベス夫人、或は既に夫がスコットランド国王なのであるからスコットランド女王にもでマクベスが何に向つて喚いてゐるのか誰にも解らないのである。勿論これは芝居であるからその限りでは作りごとであるがこの芝居の背後にはマクベスの伝説があり、さうした伝説は真実を語る場合が多い。又牡丹燈籠の話ではお露の幽霊が新三郎にはお露に見えても他のものの眼には骸骨としか映らないのは人間が死んで最後まで残る物質がその骨であることを思へば道理に適つてゐる。併しその骨も何れは跡形もなく消え去る。

それで幽霊がゐることが確めたいものはその写真を誰かが取つてくれることを期待もしなければそのことに就ての証言を求めもしない。或る特定の人間にしか現れないものは自分がその特定の人間でない限り状況が摑まへどころがなさ過ぎるからである。又それが怨みの結果であるといふことで片付けられることが多くても怨みがあつて幽霊になつて出るといふ説明はその幽霊そのものを見ることの代りに少しもならない。従つて幽霊がゐるかゐないかといふ一般論はそれを自分で確めるといふ条件の下でしか解決出来なくてこれは尤も幽霊に就ての一般論だけのことでないが幽霊もさういふもののうちに入る。イエイツが言ふ通りに人間は生れる前にそれからの一生で起ることの凡てに就て納得させられてから生れてその一生の終りに来て死んでから又自分が一度生れる前に納得して忘れてしまつたことを改めておさらひさせられるのかも知れない。併しこのこともその性質からして人間の銘々が自分で経験する他ないことなのである。

さういふ次第でもつと通常のことに話を戻してここに幽霊といふものに興味を持つてゐる一人の男がゐた。又その資格があることを示してこの男は古今の怪談や心霊術その他の文献に一切頼らなかつた。それが凡て自分が関心を持つてゐることに就ては他所ごとであることを知つてゐたからであるがその代りに何かが出ると言ひ伝へられてゐたり人が話すのを聞いたりした場合は自分でそこまで出向く労を取るのを惜まなかつた。この男には食べて行けるだけのものがあつて稼ぐことに時間を割く必要もなかつたからさうした探訪をする暇は充分にあつて寧ろさういふ身分だつたから幽霊のやうなものに興味を持つことになつたのかも知れない。併しそれで出掛けて行つたのがどれだけ評判が高い化けもの屋敷でもお化けにも幽霊にもなかなか出会はなかつた。ださういふことをしてゐて一つ気が付いたのは何かが出るといふことになるとそこに期待もあつてその出るといふことの方に引き寄せられるといふ現象を生じてその結果ぞくぞくして来たりしては自分の五官も信用出来なくなるといふことだつた。その状態では何が出ても、或は出たと思つても枯れ薄であつて幽霊がゐるならばゐるのであり、それは正常に働く眼に幽霊と映るのでなければならない。或は後から考へて見て幽霊と判断する他ないといふ結論が出ることが必要である。

それで男が化けもの屋敷や人玉が飛ぶと噂される古寺に行つて何も得る所がなかつたのではないかとも考へられる。さういふ場所で男がいつもの自分であることを失はないでゐることを心掛けてゐればどういふものが出て来るのであるよりも先にそこにゐること自体が不愉快になつた。一体に化けもの屋敷と呼ばれてゐるやうなものはそのこともあつて人が住まなくなつてゐてもともとが人間が住んで温めてゐる筈の家が空き家になつてじめじめした畳の上を破れ障子から吹き込む風が通つて行つたりするのはそこにゐるだけで幽霊でなくても怨めしい気分になる。或は人に捨てられた家の怨みがそこに籠つてゐるのを感じる。又古寺は蚊が男にはやり切れなかつた。さういふ場所が幽霊や化けものが好きなのかも知れなくてもそれならばそれは朽ち果てつつあるものが発する妖気と見分けが付かなくて幽霊と思はれるものが現れても幽霊がゐるといふ証拠にならない。案外その古寺や化けもの屋敷の座敷に月が差し込んで空気が清澄であればそこがただの余命幾許もない建物に戻るかも知れないのである。

もし幽霊といふものがあるならばこれを探してただ旅行することだと男は考へ始めた。或は同じ東京でも偶にはホテルや旅館に行つて泊ることで自分の家を男が除外したのはその隅々までを子供の頃から知つてゐてそこにゐた人達やそこであつたことの幽霊といふまだゐるのかゐないのかも解らないものよりも遥かに確実な記憶がその家を満してゐる時にそこに幽霊が入り込む余地があると思へないからだつた。併しもし例へばどこかのホテルに泊つてゐてそこの長廊下で給仕と擦れ違つてから何気なく振り返ると戸が締る音もしなかつたのに給仕が消えてゐればそれが幽霊の類だつたと断定出来る。それも勿論さういふことがあるのを期待してであつてはならなかつた。実際に、或は正真正銘にこの世にあることは期待しなくても起つて期待はそれがあるだけ既に判断に影響する。ただどこかにゐてそこにゐることに魅力を感じながら幽霊といふのがもしあるものならばそれが自分の場合はどういふ形で現れるのだらうかと思ふのである。その関心がなくてもこの男は旅行することや兎に角自分の家でない所に泊るのがもともと嫌ひでなかつた。

化けもの屋敷といふやうなものにはもう期待しなくなつてゐたが妙なことが時々ある宿屋といふ風なことになれば話は別だつた。併しこれは景勝の地とか人殺しがあつた所とかいふのと違つて幽霊が出るといふのが何故か客に嫌はれることが多かつたからそれが出る宿屋の方でそのことを黙つてゐて男は旅行が好きなのと幽霊が出る宿屋に泊り合せる偶然に恵まれるかも知れないのを兼帯にする他なかつた。或は特別に自分の為だけにどこかで出てくれるといふことも考へられないことでなかつた。かういふ場合に髪を振り乱したり怨めしやと言つたりどこかに血が付いてゐたりすることを想像するのも普通に行はれてゐる幽霊話に気を取られてのことであつてヨーロッパの古い城では十八世紀の服装をした貴族や貴婦人が出て来ると伝へられてゐる。又犬は古今東西に亙つて幽霊が取る一つの形であることになつてゐるやうである。それ故に男は幽霊がどういふ恰好をして出て来るとも決めてゐなかつた。併し夜中にどこかの宿屋の部屋で飲んでゐて銚子が中の酒をこぼさない程度にお辞儀をして口を利き出したら面白いだらうといふやうなことは考へた。

尤も幽霊のことばかりが頭にあるのでは明かに病的と見る他なくて幽霊に対するこの男の関心が正常なものであることはそれがそれ以外にも場所や人間や人間がすることに正常な人間が持つ興味の延長をなしてゐることで解つた。それで或る時北陸の海岸の町に幽霊が出るからといふことでなくていい宿屋があることを友達から聞いたのでそこまで出掛けて行つて二、三日を過した。その宿屋の二階にある部屋から海が見えた。又そこからの眺めで我が国には松原といふものがあることを男は久し振りに思ひ出した。そこの海岸の砂丘に沿つて松原が続いてその緑に対して日本海の色には太平洋にない何か暗くて明るいものがあつた。それが外見は暗くて暗いと思つてゐるとただそれがどこまでも拡つてゐる為だけであるやうに明るい感じがして来るのである。その時は秋だつたが男はその辺が春になつて空が晴れればさういふ色をしてゐるのではないかと思つた。何か底冷えがするやうな明るさなのである。

或る日の夕方町の中を歩き廻つて男が宿屋に戻つて来ると部屋の障子に斜めに向つて女がゐた。そのなり、又そこにさうしてゐることから察してそれはそこの女中でなくて又男は愛読者といふものがゐる文士でもなかつた。併しさうして頭を働かせる前に男はそれが幽霊であることを直覚した。ここでその幽霊といふことを改めて定義するならば男にはその部屋やそこにあるものと同様に間違ひなく見えても他のものには見えない何かである。現に男が戻つて来ると直ぐに宿屋の女中が茶を運んで来たが女に気付いた風でもなくて又出て行つた。そのやうに前から望んでゐたことが適つた時の気持といふのはそれに就て一般に考へられてゐることと必ずしも一致しない。男は幽霊がゐることが確めたくて化けもの屋敷の湿つた畳を踏んで不愉快になつたり古寺の蚊に刺されたりホテルに部屋を取つたりして今漸くその女が眼の前にゐるのを見るとこれが幽霊なのだと思つた。

船乗りが海から帰つて来るといふのは誰の詩だつたのか。男はそこにゐる女と前にもゐたことがあつて従つてこれが再会であるといふ気分でゐるのと同時にその宿屋の部屋も自分が住み馴れた所である感じがするのをそのまま受け入れた。少くともその夕日が僅かに差す部屋にあるものがそれまでのやうにあり来りの宿屋の部屋にある掛け軸や机でなくなつて子供の頃から知つてゐてただその為に由緒があるものであるのに似て来た。その部屋がその部屋になつたとでも言ふべきだらうか。男は遂に幽霊に会へたといふ満足もあつたに違ひないがそれは女とそこにさうしてゐることから来る落ち着きに代へられるものでなかつた。その女は男が床の間を背にして坐るとその方に向きを変へて坐り直して男はその顔に見覚えがなくても始めて会つた感じがしないことに変りはなかつた。それに遠山の色を宿した眉といふやうなのは言葉がそれまでは意識されることがなかつた過去を設定する。或は喚起する。

「貴方は幽霊でせう、」と男は言つた。

「それで身の上話を始めるのでせうか、」と女が答へた。その様子は足がなくてどこか輪廓がぼやけてゐる普通の幽霊の観念に少しも似てゐなくてただ一人の女がそこにゐるのを男の方がそれが幽霊であることを知つてゐるだけだつた。

「それを伺つた所で貴方が別な人になる訳でもないでせう、」と男は言つて何か懐しさに似たものを感じるのに動かされて机に両肘を突いて手を組み合せた。「よく来て下さつた。いつもかうでなかつたといふやうな話は聞いた所で仕方ありません。」

「今のままの私を私と御覧になる、」と女が言つた。

「人間だつてさうでせう、」と男は言つた。「その人が前に人殺しをしたとか失恋したとか北海道庁長官だつたとかいふことが解つてもそれが消えてなくなつたことならば聞くだけ無駄でその人の一部に今でもなつてゐるならばその感じでその人が今そこにゐることで足りる。」その女が幽霊であることは確かだつた。併し言ふことも見た所も人間と変りがなくて幽霊といふものがあるのかないのか長い間決め兼ねてゐた後でそれがあることが解つた今は男は人間と見分けが付かない相手に人間の積りで応対する方に気が動いてゐた。尤もその相手が人間でないことは女中が気が付かないでゐたことでも明かだつた。併し幽霊の扱ひ方といふものはない。或はまだ決められてゐない。それ故に幽霊が犬の恰好をしてゐればこれに犬の積りで近づき、もし人間の形をしてゐれば人間と見るのである。それを初めから実際に犬とか人間とかなのだと思つて後でそれがさうでないことが解つて驚く程男は間抜けでなかつた。それとも自分の前にゐるのが幽霊であるのを感じてこれを無視するのだらうか。かういふ面白い心理的な現象もあるといふやうなことでそれを片付ける程男は礼儀知らずでなかつた。

併し部屋に女がゐてただ向き合つてゐるのも芸がないことで男は部屋から電話を掛けて酒を持つて来させた。それを二人分にする訳に行かなかつたが注文したものを持つて来るものに女は見えないのだつたから気兼ねすることはなかつた。併し男の前にだけ色々と並べて女中が出て行つた後はやはり何かばつが悪くてそれを隠す為に、

「貴方も召し上るんでせう、」と女に言つた。

「幾らでも、」と女が答へて男の前の杯を起して男に先に注いだ。男は幽霊も本当に飲むのだらうかとちぐはぐなことを考へてゐた。それを女は直ぐに察して男が杯に手を出す前に自分で取つて空けて又男の前に置いて注いだ。さうすると幽霊、或はこの幽霊には神通力があつた。それはそれで少しも構はないのだつたが余計なことを考へては相手に察せられてゐるのではこれも相手に対して行儀がいいこととは言へないので今度は男は酒好きの女と飲んでゐるといふことに設定

を変へた。それは設定だつただらうか。その相手は女の形をしてそこにゐて酒が好きである様子で設定ではなくて眼の前の実況がその通りなのだつた。男は幽霊も酔ふのだらうかといふ考へが浮びさうになつたのを無意識のうちに抑へ付けた。さういふ二人の間に杯が一つしかないのは不便のやうであつても酒の間が旨く取れて男は酒が体を廻るのを感じた。その同じ働きが女に艶を加へた。聊斎志異に出て来る話では兄弟の牝狐が女の姿をして碁を打つてゐてそれを見た一人の男に一番下の妹を男に取り持つことを約束する。そして或る晩女の姿をしたまま泥酔させられたその下の妹が男の所に運ばれて来ると顔を赤くして眠つてゐるその風情が得も言へないものだつたことになつてゐる。今自分の前にゐる幽霊が酔ひ倒れてもさうだらうかと男は思つてこれは相手を傷けることでもないので男はその考へは抑へなかつた。

「私達の方がお酒に酔ひ易いのでせうか、」と女が言つて別に酔つた様子にも見えなかつた。その代りに前よりも優しげなのが増したやうでそのことに就て男が考へてゐるうちにそれが優しげなのであるよりも相手の体が着ものごと透き通つて来る感じなのだといふことに気が付いた。それが暫く続くと止んでそれまでよりも女が一層そこにゐることになつて行くやうに思はれた。さうすると何かさういふ光が差す毎に女の体が引き締つて影も濃くなつて来るのだらうか。併し男はもう一度たうとう幽霊を見ることが出来た満足を呼び戻さうとして幽霊よりも女とゐる気分が強くなつてゐるのを感じた。それでもそれは幽霊で女の恰好をしてゐるから女の幽霊だつた。もし自分の前にゐるものが女に見えるならばそれが女の幽霊だらうと実際の女だらうと何の違ひがあるかと言つた種類の抽象論に耽る程男は女といふものを知らなくはなかつた。併しそれならばそこにゐるのは幽霊であつて女なのだつた。

「イエイッによれば精神だけであるものは酒の気にも酔へるさうですからね、」と男は漸く女が言つたことに答へた。

「西洋には木乃伊といふものがあるやうですからね、」と女が言つた。「でも酒が血の中に入つて来て酔ふのならば酔はせる酒が血を作りもするのではないでせうか。」

「荒れ果てた家に又人が来て住めばその家が生き返る、」と男は言つた。「それは驚く程ですよ。だから炉には火がなくてはならないのです。」

「もし火が消えたらば、」と女が男の耳に悲しさうに響いたとも取れる声で言つた。

「その火は又起せないのでせうか、」と男は答へた。「もし精神の火が消えてゐなければ又熱を生じるかも知れない。」併しその幽霊はじめじめしたことが嫌ひのやうで女が急に笑顔になつて、「幽霊であるのとないのでそんなに違ふんでせうか、」と言つた。「この酒は酒の味がしますけれど。」男はこの人が人間だつた頃と同じにかといふ考へが浮びさうなのを感じて直ぐにそれを抑へ付けた。その間も宿屋の女中が男の注文でお銚子や料理を運んで来てその部屋に他のものがゐることに気が付かないでゐることに掛けては相手の女はやはり幽霊だつた。併しもう雨戸も締つてゐて電気の光で見る女にそれまでと変りはなかつた。

幽霊に触ればどうなのだらうと男は思つた。さうすると女の前に杯を置いた男の手を女が握つて男の方を見上げた。それが氷のやうに冷たいのを男は感じただけだつたが人間の中にも手が冷たいのがゐてそれだけ情が厚いことになつてゐる。併しそれならば幽霊に触れるのだつた。さういふ風に相手が人間である積りになつたり幽霊と思ひ直したりしてゐるのが男は可笑しくなつてかうして気に入つてゐる相手ならばその正体が何であるかといふやうなことは考へるだけ野暮なのだといふことに気が付いた。どこか見えない所から響いて来る音楽の音に合せて女と踊つてゐる時に自分の両腕の中で動くのが骸骨に肉と皮を被せたものだといふ風な賢しら立てをするのは全く余計なことである。併しそれならば今自分の前にゐる相手を人間と同じと見ていいのだらうか。それは人間であつてそれ相当の思ひやりが必要であり、その中には相手が幽霊であることも入つてゐた。それでその時になつて男の意識に上つたことに女が答へて、

「貴方のお命を吸ひ取るかも知れないとおつしやるのでせうか、」と言つたので男は笑ひ出して、

「それならば女に骨までしやぶり尽されるといふことだつてあるぢやないですか、」と言つた。

「何も幽霊だけの十八番ぢやありませんよ。かうして飲んでゐれば別に骨までも命を吸ひ取るもないでせう。あの平家琵琶の小坊主にたかつたのは余程もの欲しげな平家の亡者どもだつたと思ふ。」

「さう、私は何も考へてゐない、」と女が言つてその時に男の心が動いた。併しそれで相手が好きになつてといふのでは女と幽霊が一緒になつたその相手に骨までしやぶられて命を吸ひ取られることになるのが定石でその見本は殆ど幽霊話の数だけある。それよりも男女間、或は人間と人間の間柄がいつもさうした性質のことに限られてゐるかどうか考へるべきでもしいつもさうならばそのやうな間柄が長続きする訳がない。どうせ片方がやられるのだからそれは当り前であると言つた半畳は無用である。男には幽霊が人間になつたといふこと以上に相手がそこにゐるその女

になつた。

電燈の光の下で幽霊と飲んでゐてそれが幽霊であるよりも一人の女である感じならばそれは女と飲んでゐるのと変りはなくてその形でその晩は過ぎて行つた。そしてその翌朝も又その翌朝もといふのはラフォルグの言葉である。確かにその町の宿屋での日々はどこでもの日々と同じで誰も女がゐることに気付かないのも変らず男は女の手の冷たさから体はどうなのだらうかと思つたのだつたがこれは一緒に飲んでゐるうちに温もりが増したのか男が心配したやうなことはなかつた。それで一層のこと翌日も又その翌日もであつてただ女が自分の傍にゐることを知つてゐるのが自分だけであるのが普通の女と違つてゐてそれに馴れるのに時間が掛つた。どこかの店に入つて二人前の注文をしさうになつて変に思はれるのに気が付いて注文し直したりするのである。併しそのうちにそれよりも面倒なことが起つてそれは女が男以外のものにも見え始めたことだつた。

二人で町中を歩いてゐたりして人が急に男の方を振り返つたのだと男が初めは思つたのが女が見えたのが直ぐに又消えるとかそれまでゐなかつた所に女が現れるとかいふことが起る為であることがやがて解つた。それは幽霊の警戒心が薄れて来た為とも考へられてこれは男には嬉しいことであつても不便であることに変りはなかつた。かういふ場合に重宝なのは大概はそれがさういふ錯覚を起したのに過ぎないといふことにすることが出来て又自分の眼を信じて錯覚ではないと主張するだけの勇気があるものが少いことなのであるが度重なれば、又その錯覚でも何でもが或る程度の時間以上続けばウラニウムがどうとかしたこの御時勢にでなくたつて騒ぎになる。それで或る晩男が又宿屋で女と飲んでゐると女の方から、

「どうしませう、」と言つた。「私が気を付けてゐればいいんですけれど私が半分だけで廊下を歩いてゐるのを見られたりしたらそれこそ本当に、」とそこで女は言葉を切つて暫くしてから、「幽霊が出たことになるでせう、」と続けたその笑顔には憂ひ気な所があつた。

「このまま東京に戻つて東京に着くまでに、或は駅を出たら直ぐに貴方が気を付けるのを全然止めたらどうでせう、」といふこと位しか男には思ひ付かなかつた。

「それは出来ません、」女が言つた。「私が人間になり切るかもとの幽霊のままでゐるかする他ないんです。もしまだもとの幽霊に戻れるならば、」と女が一人言のやうに付け加へたその口調は寂しさうだつた。併しそれから又暫くして女が、

「これから毎晩ここを夜中に出て又夜明けにここに戻つて来るといふことをして下さるでせうか、」と言つた。その時はもう男は女とゐることに馴れてゐて幽霊にこつちがなるんですかといふやうなことを考へもしなかつた。その代りに、

「それは何でもないですよ、」と言つた。「その時間によつては夜遊びに出掛けるんだと宿屋の人達は思ふだけでせう。」

「その夜遊びなんです、」と女が言つた。

その翌日の晩男は女に教へられた通りに坂道を登つてその上の木立ちに囲まれた古い寺まで行つた。そこは寺の裏口になつてゐて先づ墓地があり、その中を通つてゐると男も女と付き合つてゐるうちに鍛へられたのか方々の墓にまだ骨が残つてゐるものは半欠けの骸骨の恰好で、もう骨が朽ち果てたものは常識で直ぐにそれと解る姿をして幽霊が墓石に腰を降して月見をしたり何を

眺めてゐるのかいつまでも同じ場所に立つたりしてゐるのが目に止つた。もう幽霊といふものがあるかないかどころでなかつた。併し前から男には幽霊が現れれば人に害をすると考へるのが異様、或は少くとも普通は見られないものに対する恐怖からの早合点としか思へなくてその晩それだけ多くの幽霊がそこにゐても月見をしてゐるものは月見を続けてどこかを眺めてゐるものは男の方に向き直りもしなくてこれに墓地といふものの静寂が加つて月光が冴えてゐた。この光はその幽霊のやうに輪廓が必ずしも明確でないものを引き立てる。

蚊ももうゐなかつた。まだ女は幽霊の力をそれ程なくしてゐないやうで男は古寺の湿つた畳や破れ障子が気になつてゐたのがその寺の庫裡に当るらしいその部屋は古寺の感じが少しもしなかつた。その建て方は昔風にがつしりしてゐてもそこの座敷は狭苦しくも広過ぎるといふこともなくて畳は真新しいのが敷かれて床の間の縁が漆塗りなのは磨き立てられてゐた。又そこに掛けてある絵は初期の浮世絵の掛け軸だつた。その古寺が前からさういふ風だつたことは考へられなかつたからこれは女が男をもてなす為に自分の力でしたことで一度そこを出て行つた女がお膳を持つて戻つて来た。男は床の間を背にして坐つてゐて、

「ここで夜遊びをするんですか、」と言つて改めて座敷を見廻した。そこの外に群つてゐる幽霊に就ては勿論何も言はなかつたが女が立つて行つて障子を開けると一面の月光で幽霊はもうどこにもゐなくなつてゐた。その代りに墓石が並ぶ墓地のどこかから虫の音が聞えて来てさういふ秋の夜だつた。その墓石、或はそれが区々の形をして並ぶ墓地が女には懐しいのかといふやうな話題も男は避けなくてその代りに、

「秋が寂しいなんていふのは俗説ですね。寧ろ光り輝くもの、」と言つた。さうすると、「幽霊が恐いなんていふのと同じでせうか、」と女が言つたので男は自分の傍に女を引き寄せて、「貴方が恐いのか、」と言つた。そんな風に一夜がたつて行つて月のとは別な光がその辺に漂ひ始めた頃に男はそこを出た。まだ朝とは言へない夜明けの薄暗闇であつても墓地の草は朝露に濡れてゐてそれを踏みながら不思議な後朝もあつたものだと男は思つた。その日女は宿屋に現れなかつた。併し夜になつて墓地の幽霊達の間を縫つて寺の庫裡まで行くと女はもう支度をして待つてゐた。さういふことを何日も続けて寝不足になりさうなものだつたがそれを感じないですんだのは女とゐた後の眠り方によるものだつたやうで男が宿屋で目を覚すといつもこれが朝といふものだといふ気がした。そして夜になつて女に会ひに行くとその体が少しづつ締つて来てゐることが解つた。さうすると荒れた家に住み着いて煮炊きをするものが出来て家は今生き返りつつあるのだらうか。それが起ると家の外観からでもそのことが感じられる。又そのうちにそれを間違へやうがないことにして大工が出入りし始めたりする。

もし荒れた家がその為に家でなくなつたか或はなくなり掛けてゐるのを悲むものならば幽霊も人間にもう一度戻ることを望むものなのかも知れない。それは人間の姿をするのはいつでも出来ることなのであるから実際に又人間になることでなければならなくて男は人間と幽霊がどうそれならば違ふかといふことから人間には体があることに思ひ当つた。併し人間を幽霊に体を加へたものと考へるのは信用に価する程の根拠がないことで男は自分が知つてゐるのが人間といふものの世界だけであるのを感じた。それが幽霊の世界も含む広いものであることは推定出来てもその幽霊の世界に立ち入る力が男にはなくて毎晩女に会ひに行く途中で墓地で見るのが幽霊であることはただその外観から察せられるのに止つてゐた。例へばそのうちで或る方角を眺めて動かずにゐるのが何を考へてゐるのか男には想像も付かなかつた。それは人間以外の動物との交渉に似てゐてその動物が自分に好意を持つてくれてゐること位は解つてもさういふ動物が何を考へてゐるのだらうと思ふことも男にはよくあつた。併し女が人間に戻ることを望んでゐて夜毎の遊びがその為の手段であるのは疑ひの余地がないことのやうだつた。

それが男にとつて楽しいものでないことはなかつた。併しそれ以上にただ女とゐて夜が更けて行くだけで何かが出来つつあること、成就といふやうなことに近づいてゐるのであることが感じられるのがその刻々を手で摑めさうに思へる位に間違ひないものにして時がたつといふことに男がそれまで知らなかつた意味、形を与へた。或る瞬間が確実に次の瞬間に続くのを覚えるのはその辺一帯にあるものに自分が漂つてゐるのに似てゐる。それはこれからどうしようかと思ふのでなくて自然にそれをしてゐる自分をその次に見出すことで始めてそれで夜が明けて朝になるといふことも解る。その間女がどういふ気でゐたのかは知らなかつた。併しそこに不調和があつたならばそれを男も感じる筈で夜明けの光で見る女の顔に影はなかつた。さうして朝を迎へる毎に女は人間に戻つて行くのだらうか。その手が冷たいのが好きで女が人間になれば手も気持悪く温くなるのだらうかと男はそのことが心配で女の手を握つて見たこともあつたがそれはやはり冷たかつた。

それから又幾晩かが続いた。既に女が人間であること、或は少くとも幽霊の力や特質のかなりの部分をなくしてゐることは男の感じだけでなくて或る晩のこと女が、「もう私は誰にでも見えます、」と言つたことで明かになつた。その時男は自分の前に女が始めて現れたといふやうな感じになつたが女はそれまでと変つてゐなかつた。寧ろそれまでにも会つてゐた女に優しい言葉を掛けられたのに似てゐて男はこれからは宿屋のものも町の人達も女に惹かれてその方を見るのかと思つた。それとそれまでとどつちがいいか解らなかつたが男が幽霊に付き纏はれてゐると人が噂するのはどういふことをしてでも避けなければならないことだつた。今度は男はかういふ女と人前に出るのが面映くなつた。併しその為にこの古寺通ひを続けたのでその上にこれは女が望んでしたことだつた。何だらうと喜ぶべきことなので男は女を宿屋に迎へるに就て必要なことを相談した。

東京から男の所に女が来るといふことにすることに話が決つた。初めからそこの町で落ち合ふ筈だつたのが女の方の都合で来るのが遅れてそれを紛らせる為の毎晩の夜遊びだつたといふことでも辻褄が合つた。それを聞いた宿屋の人達は金払ひがいい長逗留の客の大事な女といふ触れ込みで鞄を持つて宿屋に現れた女を鄭重に扱つた。それは男がゐる部屋の障子を開けて女中がお着きになりましたと言つたその声色からも解つた。それは男にとつても或る期待があることで今までにも何度も女とそこの廊下を歩きもすれば玄関から出て行きもしたのであつてもそれを人が見てゐる前でといふことを意識してするのはやはりそれまでとは違つた感じがするものだつた。普通はかういふ場合に女に迷惑が掛りはしないかといふことが気になるものである。併し今自分とゐる女にその心配は全くなくて名を惜むと言つた所で男はまだ女の名前さへも知らなかつた。その必要もなくて女が宿帳に恐らく男と同じ苗字で記した名前を男は見ないでゐた。食事の時になつてお膳が二つ運ばれて来るのも夜その部屋に床が二つ敷かれるのも男には新しいことだつた。それまでにも男は始終女を見もすれば抱き寄せもしてゐたのでこれはそのお膳や蒲団がそれまでは幽霊で普通は眼に見えなかつたのが漸く本もののお膳や蒲団になることが出来たのに似てゐてこの方がいいことを男は覚つた。もとはと言へば男が幽霊といふものに興味を持つてゐたのだつた。それはまださういふものがあるのかないのか解らない間でそれがあると解つて更にそれが今自分とゐる女のやうなのであれば他のものには見えないと言つたことは便利とか不便とかいふこととは別に人間の世界に相手が引き入れられないといふことだつた。それで幽霊は幽霊としてしか付き合つてゐなければそれがその人間の命取りになるのかも知れない。その人間が今度は相手との釣り合ひで幽霊になるのでこの均衡があつて人間の世界も他のどういふ世界でもが始めて成立する。

女は人間になつても、或はさうとしか思へない状態に達しても前と少しも変らなかつた。余り変らないので男は人間としての心得といふやうなものがあるのか、或はその記憶がまだ残つてゐるのか心配になることがあつてまだそこの宿屋にゐる或る晩、

「貴方が人間になつたのなら又死ぬことになる、」と女に言つた。

「前にも死んだことがあります、」と女が答へた。「貴方の後で死にますから構はないでせう、」と女は自分の腕を出して見て言つた。「これぢや死ななければもう消えることが出来ない。」その重みが男に掛つて来た。さうして人間に戻ることを望んだのは女の方であつてもその

時に男はそれならば幽霊であるのを通して消えてなくなれと言はなくてその上に女が人間に戻るのを骨身を惜まずに手伝つてゐた。もし女が人間になつて不仕合せであればその責任の一部は自分のものだつた。

さうした重苦しい考へから男を救つたのは人間といふもの自体がさう長持ちするものでないといふ考へだつた。もし人間には体があつて幽霊にはないならば人間もその体をやがてはなくして幽霊と変ることはないものになるのだつた。或は死後のことはよく解らないとして人間である間が未来永劫と言つたもので凡そなくてその人間である短い間に責任も取れば古寺の墓地も歩き、夜明けが朝に変るまでの清新な一刻を知るのでなければ人間に生れて来た甲斐がなかつた。今はその宿屋の部屋にその女がゐた。

「久し振りに東京見物も面白いでせう、」とそれで男は言つた。「まだ貴方はパンダといふ動物を知らないでせう。」さうすると女はそのパンダのことを本気になつて聞きたがつて男はパンダを見たことがないものにその説明をするのに四苦八苦してゐるうちに相手が本当に人間になつたのを感じた。その笑ひ声にもそれまでになかつた響があつた。それよりもそれまでに女が笑つたことがあつただらうか。

女を東京に連れて帰るのは要するに密会した二人の客が睦じくそこの宿屋を出たといふことで男が東京の家に戻つてから暫くして女が訪れて来てそのまま住み着いた。かういふ場合に近所の噂といふやうなことは大きな町では気にする必要がない。どこかで拾つて来た女と男が同棲してゐるといふことですんで籍に入れたくなつたとした所で女の戸籍はもう大分前に消えてなくなつてゐる筈だつた。

幽霊

正宗白鳥

吉村は急病で倒れた親類の若い男のお通夜に行つたが、十二時を過ぎた頃、拠《よんどこ》ろない家の用事に仮托《かこつ》けて、暇《いとま》を告げた。終電車の通り過ぎた後だつたが、宵《よひ》の雨も霽《は》れてゐたし、さして寒くもなかつたので、可成りの距離をも苦にしないで、自分の家まで歩いて帰ることにした。

辰次といふ死んだ男の生前の事も考へられた。お通夜に集つた人々が互ひに話し合つてゐた世間話も思ひ出された。

SとKとが幽霊の有無について論じだしたのをキッカケに、三四人がわれ勝ちに、自分の見たといふ幽霊や妖怪のはなしをまことしやかにしたのであつた。まだ本物の幽霊を自分の目で見たことのない吉村も、怪談には興味を有つてゐたので、怠屈もせずに聞いてゐたのであつたが、しかし、みんなの話振から察するに、幽霊を確かに見たといふ御当人も、心の底からさう信じてゐるのではなさゝうだつた。

恨みのために姿を現した幽霊にしろ、恋しさ懐しさに堪へかねてこの世に迷ひ出た幽霊にしろ、死後の魂魄が何等かの形をかりて現世の人々の目にあり〳〵と見えるやうなことが、疑ひを入れぬ事実であるとしたならば、われ〳〵の今の生活に大変化が起らなければならぬと、吉村には思はれた。幽霊を見たと云ひながら、たゞ珍しい物を見たといふ感じしか、その人の心に起つてゐないのは、彼れには得心の出来ないことであつた。幽霊に会つたゝめに気絶して、その後暫らく患つたと話してゐたTにしても、その後の生涯に変りのないところをもつて見ると、あの実験談も上の空で、根強い感じを含んでゐるのではないらしい。

いろ／＼な社会問題の姦《かしま》しい今の世の中、今日を生きるために忙しくつて心に余裕のない今の世の中に、真面目に幽霊の事なんかを考へる者はありはすまいし、たとへ、眼前に現れて来たつて、幽霊なんかを気にする者のないのは当りまへなのであらうが、吉村自身はそう淡泊に済ましてはゐられなかつた。この世とあの世との境が取れるといふことは、一国が亡びるよりも重大な事のやうに思はれてゐた。神秘な鉄の扉を押《お》し開《あ》けて、地獄か極楽かを、一目でも覘いて見て来た者には、浮世の様がまるで違つて来なければならぬ筈だと思はれた。日々の暮し方がまるで変つて来なければならぬ筈だと思はれた。

ダンテは地獄を見たといはれた人である。スキーデンボルグは霊界を細かに視察して来たと云はれてゐる。しかし、それ等の人の説くところは、天才の夢か痴人の夢か現在のわれ／＼には一種の面白い作り物語に過ぎぬのではないか。アンドレーフの描いた黄泉《よみ》を見て来たラザロも、いかに無気味に書かれてあらうとも、要するに作り物語ではないか。作者自身も空想を駆使して風変りの者を作つたのに過ぎないことを、自分で認めてゐるであらう。ボードレールにしろアンドレーフにしろ、新しい戦慄を世に与へたと云はれてゐるが、「空想を捏《こ》ねまはした作り物によつてわれ／＼は脅かされはしない。」アンドレーフの物はちつとも怖くはないと、トルストィが云つたのは当然だ。「鬼面人を嚇かさうとする文学者の奸用手段におれはもう乗らなくなつてゐる。」

吉村は、人通りの稀な、しかし街燈で明るくつて、夜の威嚇の現れてゐない大都会の路を気楽に歩きながら、独りでさう思つてゐた。彼れは俗間の迷信には容易に捕へられないだけの現代の知識階級並の常識を持つてゐたし、自分の鋭敏な神経で白昼夢を見るほどの詩人らしい天分も持つてゐないので、幽霊を見たり地獄を見たりして戦慄するにはおのづから縁の遠い人間になつてゐた。

「肉体を離れて魂魄が存在するものぢやあるまい。世の中はこれつきりなのだらう。……従つて、死んだ人間の葬式だの追悼会だのは、生き残つてゐる人間の気休めか余興見たいなもので、死人その者には関りのない無意味なことなのだ。」と、彼れは不断考へているやうな事を思ひ浮べたが、しかし、それだけでは何となく気が済まなかつた。

格子の外から誰れかゞ声を掛けたやうだつたので、障子を開けると、辰次によく似た羽織袴を着けた男が、此方《こつち》を見てニヤリと笑つて、呼び留めても返事もしないで通り過ぎたが、後で聞くと、その時が辰次の死んだ時刻と一致してゐると、Sが真顔で話してゐて、有りさうなことだといふやうな顔して、他の者が聞いてゐたが、それだけの事でも、若しも真実であるならば驚くべき天下の大事件だ。……辰次の奴、魂魄が自在に出現し得るのなら、何故《なぜ》おれの前に現れて来ない。Sよりもおれの方がお前と一層親しくしてゐたではないかと、吉村は亡霊に話し掛けてゐるやうな気で、さう思つた。そして、ふと後ろが顧みられた。

霊南坂を上つて、谷町の汚らしい狭い路を通り抜けて、市兵衛町の彼れの家に近づいたころには、雲が切れて、月の光も差して来た。お通夜の席で萌してゐた眠気も去つてゐるし、深夜の散歩が珍しかつたので、彼れは直ぐに家へ入るのが惜しいやうに思はれて、近所の小高い草原へ上つて、暫らく時を過してゐた。

丑《うし》三ッ時《どき》といふのであらう。大都会も寝鎮まつてゐて、前の瓦屋根に流れてゐる月の光も淋しく彼れの目に映つた。何処《いづこ》かを疾走してゐる自働車の音が耳に留つたが、それが消えると、後では物音一つ聞こえなかつた。「かういふ時に幽霊が出て来さうなものだが。」と、彼れは雨後で澄んでゐる空の星を仰いだり、左右を見渡したり、死んで間のない辰次の姿を思ひ出したりしてゐたが、やがて、そんな詰まらない心の遊びをしてゐるのが可笑《をか》しくなりだした。今の天文学で、星の距離が正確に分つたつもりになつたにしろ、新しい星が発見されたにしろ、（それは宇宙の神秘をまた一つ見破つたといふ喜びはあるにしても）星をたゞ不思議なものと思つてゐた古代の人間と同じやうに、究極の解らぬことは解らないのである。

無感無覚の醜骸となつてゐて、やがて焼場で焼かれるべき辰次の魂魄の行衛などを考へてゐたつて果てしがない、自分がさういふ運命に会はない前に、出来得るかぎり好きな事を為尽《しつく》して、いゝ汐時を見て、疼《いた》くない方法でころりと自分の生命《いのち》を絶つのが、何よりも賢明な量見だ。……彼れは虚仮《こけ》の幽霊話にかぶれて、考へたつて何の得るところもない、大仰な宇宙観に心を労したことを悔いながら、快い眠りを求めるべく家へ急いだ。

近所に気を兼ねてそつと声を掛けたが、妻のおとくが目を醒まさなかつたので、仕方なしに表の戸を力強く叩くと、

「どなたです?」と、おとくは驚いたやうな声を立てた。

「おれだよ〳〵。」と云ふと、

「今時分、どうなすつたんです。」

「急に帰りたくなつたから帰つて来たんだよ。早く開けないか。」

おとくはいやに手間取つてから、戸を開けたが、吉村は家へ入ると、

「随分よく眠つてゐたんだね。」と、寝呆け顔した妻の検束《しどけ》ない寝巻姿を見入つた。

「先《さ》つき眠《ね》たばかりなのよ。どうしても眠つかれなくつていろんな事が考へられて困つてゐたの。……あなたこそ、何故《なぜ》お通夜をしていらつしやらなかつたの。今夜は夜明かしだつて昼間あんなによく眠なすつたのに。」

「死人の側にゐるのはいやだつたから。」

吉村は長火鉢の側へ寄つて、残り火を掻き捜して煙草に火を点けて、「辰次も結婚前に死んだからよかつたんだね。両親は力を落してるけれど、あれが死んだゝめに困る人間はないのだし、男振が自慢なくらゐで、学才から云つても人物から云つても、人に惜しまれるやうな人間ぢやないんだし、長患ひをしないで死んだゞけ仕合せだつたのさ。」

「でも話が面白くつて、気立てもいゝ人だつたぢやありませんか。私は宵のうち、辰次さんの死んだことを考へてると、涙が出て仕方がなかつたのよ。」

「生きてるうちは、生意気だなんてケナしてた癖に。」

吉村はお通夜の様子を話しながら、寝床に就いた。そして、翌朝遅くまで前後不覚に眠つたが昨夕の夜歩きに風邪を引いたのか、目が醒めた時には、頭が痛んで熱もあるやうに感ぜられた。

「今日の葬式は成るべく御免蒙りたいね。代りにお前が行つて呉れる訳には行かないだらうか。」と云ふと、

「あなたの代りでなくつても、私辰次さんの葬式には行きたいと思つてゐたんだけど、着物が無いから駄目だわ。」と云つて、おとくはこれを機会に、祝儀不祝儀のいづれの時にも礼服の準備のないことをこぼしだした。

「着物なんか何でもいゝぢやないか。葬式もたまに行つて見ると面白いものだぜ。」

「お葬式といへば、私子供の時分に、祖母さんや伯父さんのを見たつきりなの。大人《おとな》になつてからは一度も式場の様子を見たことはないのよ。」

「これからいやでも幾度も葬式を見なきやなるまいね。おれの家なぞは無人だから、どちらが先へ死んでも、面倒な葬式なんかは出さないで済ますやうな簡便な方法を考へとくといゝんだね。」

「一体私の家のお宗旨は何ですの？」

「大本教でもモルモン宗でも、何でもいゝが、……。」吉村は戯談《じようだん》のやうに云ひながら、魂魄のことがふと心に掛つた。肉体を離れて魂魄が無いものなら、基督《キリスト》も釈迦《しやか》もお直婆さんやおみき婆さんと同じやうに痴愚の教へを説いて、幾億万の人間をたぶらかしたのだ。そいつが得心出来ないかぎりは、学問も何も浮世の事すべてが得心出来ない。

「昨夕《ゆうべ》幽霊の話が出て、辰次が死後に姿を見せたなんてSが言ひ出して、話に花が咲いたのだが、お前は臆病だけれど、まだ幽霊といふものを見たことはないだらうね。」

「辰次さんが死んでからSさんの目に見えたんですつて。」と、おとくは顔色を変へた。

吉村は妻の驚きに調子づいて、Sに聞いたことを詳しく話した。

「それは本当かも知れないわ。私、昨夕たしかに辰次さんの声を聞いたんですもの。あなたが帰つていらしつた時にもそれで怖かつたの。あなたが笑ひなさるだらうと思つて黙つてゐたのだけど、Sさんが見たつていふのなら、私が聞いたのも確かなのだわ。」

「辰次も死んでから、いやに人脅かしをするんだな。」吉村は世間に有りさうなことゝ思ひながら、「それで辰次は何を云つた？」

「あの人もおきくさんとの縁談が纏まりかけた間際に、不意に死んだでせう。私昨夕のことを思ひ出してゐたんですがね。さうすると、辰次さんとおきくさんがヒソ〳〵話をしてゐるのが聞えて来たの。あの二人は察してゐた通り、早くから秘密で約束が出来てゐたのよ。私の外には気づいてたものはないのかも知れないけど。」

「お前は居眠りでもしてゐたのだらう？」

「馬鹿仰有い。」おとくはいきり立つて、「あなたが外から声を掛けて戸を叩いたのが、私には辰次さんのやうに思はれたのだわ。あの人は夜おそく私の家を叩き起して泊つて行つたことがあつたでせう。不平があつて家を飛び出して、方々うろついてゐるうちに、谷町の原へ来て暫らく休んでゐたと云つて。」

「そんなこともあつたな。……しかし、おきくさんと辰次とが訳があつたつてことは人に云はない方がいゝよ。あの女が迷惑するだらうから。お前は聢《しつか》りした根拠もないのに、いやにその事を気にしてるぢやないか。」

「根拠がないものですか。辰次さんの口裏を引いて私にはちやんと分つてゐるんだわ。縁談が無事に纏まりさうだつたからいゝやうなものゝ、両親が許さなかつたなら、一騒ぎ起つたかも知れなかつたの。……今日のお葬式にはおきくさんも来てるかも知れないが、あの女がどんな気持でゐるか、私見たいやうな気がしてよ。」

「だから、お前が会葬したらいゝぢやないか。」

吉村は妻の好奇心を引き立てるやうに云つて勧めた。おとくもその気になつて、知人の家で喪服の借り入れが出来たら、それを着て出掛けて、式場の親族席に列して見ようと決心した。

妻が準備に取り掛つてゐる間、吉村は日当りのいゝ部屋に寝床を持つて行つて、新聞や煙草盆などを枕許に置いて、一日の休養を企てた。

おきくと辰次とがすでに相許し合つてゐたといふことは、辰次の平生の身持から見ても有りさうなことではあるが、おとくがひとりでそれを知つてゐるやうに云つてヤキモキしてゐたのは可笑しい。嫉妬心の強い人間は他人の色恋にまで気を廻し過ぎるから可笑しい。

妻が仲よしのお絹の家で仮着をして、そこから直ぐに俥で出掛けることにして、家を出て行つた後で、吉村は勤め先へは親類の不幸に仮托《かこつ》けて休暇を取つてゐる上に、会葬の義務をも免れたのをはじめは喜んでゐたが、時間が立つにつれて、熱が強くなつて頭がます〳〵重苦しくなつた。口が粘つて食慾はまるでなくなつた。「本物の感冒に罹つたのか知らん。」と気遣はれるとゝもに、昨夕のお通夜や夜歩きが後悔された。死の恐怖を最近念頭に置いて悩んでゐたことが一層無気味になりだした。知らず〳〵辰次に誘はれてこんな病気に取つかれたやうなものだと思つてゐると、昨夕白布を取って覗いて見て、殊勝らしく永遠の別れを告げた時の辰次の死顔が、実際に見た時よりも一層鮮明に死の色を帯びて目先にちらついた。豊かだつた頬がこけて、唇が褪《あ》せた紫色になつて、何年もの深い親しみも愛想の尽きるやうな醜骸になつてゐたことが思ひ出されて、その醜骸から発する臭気が今彼れの鼻を衝くやうな気がした。（彼自身の鼻液の臭ひが死人の五体から洩れる臭ひのやうな気がした。）

昏々として眠つてゐた目を開けた時に、おとくは白粉《おしろい》くさい顔して帰つて来てゐた。

「私はじめから終ひまで涙が出て為様がなかつたの。」と云つて、式場の様子を珍しさうに話した。

「おきくさんには会つたのかい。」

「いゝえ、あの人行つてゐなかつたの。内所で隅の方へでも来てやしないかと思つて、よく気をつけて見たのだけど、見えなかつたの。おきくさんも思ひ合つてゐた人に死なれて手頼《たよ》りないでせう。けれど辰次さんはどんなだつたでせう。この世に未練が残つたに極つてゐますよ。」

「ぢや、辰次の幽霊は誰れの所よりもあの女の所へ現れる訳なんだね。」

吉村は重苦しい頭で死人の噂を聞くには堪へられなかつたが、それよりも、不断にも勝《ま》して色つぽい目顔をして枕許に坐つてゐるおとくの顔を見るのが苦しかつた。色気も食ひ気も無くしてゐる今の彼れには、浮世の歓楽は思ふだに嘔吐《むかつ》きさうに厭《いと》はしくなつた。

「あなたは弱いのね。温かくして生薑湯《しょうがゆ》でも飲んで汗を出したら、こんな風邪くらゐ直ぐに癒るわ。」

健やかなおとくは、気軽にさう云つて、炬燵に火を入れたり温かい食物を拵《こしら》へたりしてゐたが、

「お前は昨夕《ゆうべ》辰次の声を聞いたつて云つてゐたが本当なのかい。」と、吉村はだし抜けに訊ねた。

「吃驚《びつくり》しちやつた。あなたは死人の噂はもう厭だつて云つてたくせに。」

「だつて可笑しいぢやないか。」

「何が可笑しいの。」おとくは口を尖らせた。

「寝呆けでもしなければ、死んだ人間の話声を聞く訳はないぢやないか。……お前は辰次の縁談には随分ケチをつけとつたが。」

「私、そんなことであなたに苦情を云はれる筋はなくつてよ。あの人とおきくさんと怪しいから怪しいと云つたことがあつただけなの。……あなたも熱に浮かされて可笑しなことを云ひ出すのね。」

「まあいゝや。おれは静かにしてゐて早く病気を癒さなければならない。」

吉村は寝返り打つて目を閉ぢた。辰次の幽霊が今二人の側へ立つているやうな気がした。何気なく見聞してゐた辰次の過去の挙動、ことに自分たち夫婦に対する態度が、今になつて意味ありげに彼れの心に映つた。色気も食ひ気も無い今の彼れは、そんなことを思ひ出すのが、生存を呪ひたいくらゐに忌はしく、気持が悪かつた。そして、辰次の死相が新たな無気味をもつて目前に迫つて来た。

生き口を問ふ女

折口信夫

卯之松は、さつきから急に睡くなり出して来た事に気がついて居た。火鉢の猫板に臂をついても、鉄瓶の蔓にちよいと手をかけても、運動がふつと停滞すると、からだ中の活動が、其処へ集つて来て、一時に底の知れない眠りに、落ちこみ相になるのを恐れた。

其かと言うて、うつかりからだを揺つたりすると、其が眠りを引き出す運動に、いつの間にか変つて来て居た。思ひきり大きく目を睜いて、ぢつと物を見据ゑようとすると、次の瞬間には、たまらなく瞼が重たくなつて、目の前に居るおちかの顔が、幾つにもぼやけて見えたりした。おちかは、卯之松の来た時から、頭が疾《ヤ》めてならぬと言うて、火鉢と鍵の手に置いた炬燵の上に、頬杖をした儘で、浮かぬ顔して、卯之松の心をひき立てる表情一つ見せないで居た。

おちかのいつもの口癖の、「またお酒だしたのか」を思ひ出して、其が出ぬ前に、睡気を払はう、と便所へ立つたりも、して見たのであつた。其で、元の座におちつくと、何だかほか／＼と温かみが、からだを包みかける様な気がするのである。昨夜《ユウベ》、寝《ネ》の足らなかつた覚えもない。朝から昼まで、店の端《ハナ》の大火鉢の前で、渋団扇を叩いて鰻を焼いて居たのも、毎日々々もうからだにこたへる様には感じ出しては居るが、今日に限つてやつた事ではなし、こんなに心《シン》の髄《ズヰ》まで萎え切つて了ふ原因とは思はれぬのであつた。「なんでやろ」と言ふ疑ひにふさはしい答へは、一つも胸に浮んで来なかつた。「俺も、たがゆるんだのやろ」と残念な気もするが、さう考へて一時落ちついては見たが、どうも腑におちない。幾度も〳〵一つ事ばかり考へて居ると、其退屈な思案が、又新しい眠り薬になつて働きかけて来る様であつた。「こないに居ねぶり〳〵してゝは、考へつく筈はない」と小刀を膝につき立てゝ居睡りをくひとめたと言ふ人の話を思ひ出して、火鉢の角にあてがうたきせるで、思ひきつて一つ、がちんとどやして見た。

なにしなはんね。あほらしい。来るなり、居睡つてばつかり居て。訣りまへんのか。つむりがやめて〳〵、どむならん言うてまつしやないか。其に何《ナン》ちふ人や。あほらしい。子どもやあるまいし。火鉢や等《ミナ》どついたりして。此灰見なはれ。すかん人。またお酒だしてんやろ。ふん。えらい元気やしな。

とう〳〵例のが出た。卯之松は、おちかの皮肉が、囲うては置いても、月々の為送りが十分でないばかりか、どうかすると、先月分《アトゲツブン》を翌月《アクルツキ》に渡したりすることがあるので、出るのだとは、十分知つて居た。

えらいお妾《テカ》はんやは。見こしの松どころか、月越しの家賃に、雪隠場《センチバ》の板塀や。こんなんなら、元の雇仲居《ヤトナ》やつた方がまつしやつた！

お酒が出たら、又此が出るねやろと予期して居ながら、面憎い様な、居づらい様な気がした。

お酒呑む様な臍くりがでけたら、ちつとは、此方《コッチ》いも廻しとうくれやす。お家《エ》はんに丸帯買うたげてやつた事も、聞かんやあれへんね。

と仕舞ひは、屈托した様な独り言に落ちて行つた。

こう。そない、酒々いふな。商売人が、何のみめで朝から酒呑むもんか。第一、そないなことして見い。お留がどない言《ユ》ひよる。これ言ふ覚えがないのに、こゝに這入つて坐ると一処に、ふら〳〵と睡たうなつて来たんやはい。丸帯かてお留が……。

感情が少し昂ぶつて来たので、眠気がすうと、ひいて行く様な気がしたと思ふと、同時に自分の言うたお留といふ名が、最前から暗く蟠つて居た疑ひに行き当つて、さらりともつれを解いた。

あゝそや。おのれ、くそたれ。あいつめ。

とぶる〴〵からだがふるふのを覚えた。こんなに怒つて居るのとは、別人の様な静かな心持ちで、からりと眠気のとれたのを、喜ぶ気もあつた。

いよ〳〵気違ひや。何だんね。急にくはい顔したりして。

お留の生霊《イキリヤウ》め。こゝい来てくさるねん。

えゝ。……あゝびつくりした。えゝ加減にしとうくんなはれ。朝から、血の道が催してまんねんで。

卯之松の語を抑へよう積りで、言うて見たらしいが、卯之松は女の語には反応なく、まつさ青《ヲ》になつた唇をぴく〳〵させて、目を据ゑて居た。

　どないしなはつてん。……一体。

卯之松は「男の癖に、何や」と言ふ、次いでおちかの口から出相な語を予覚して、努めて、語尾などにふるひの出ないやうに、

　巫女《ミコ》に生《イ》き口《グチ》寄《ヨ》せられてる時は、睡たうて〳〵ならん言ふやろ。其やねん。此間《コナヒダ》から、あいつめ。どこぞに新しいれこが置いてあるに違ひない、とどうしてがんづきくさつたのか。口癖見

たいに言うて居《ヨ》るのや。何処にあるのや言へ。言はいでも大抵は訣つたある。うちから十町四方の処に違ひない。まあ方角もおよそは北か東の中に極《ユ》ってる言ひよつた時は、ぞつとしたで！、ほんまに。こいでも知らん顔で浮めてるのんか。其《ソン》なら、生き口問うたる。近頃、よう青物屋《ヤホヤ》の姥《ヲバ》はん処《トコ》い、河内の大个塚《ダイツカ》から来る巫女はんは、とうないよう見透《トホ》しやはる言ふこつちや。きつと見て貰《モロ》て、女《ヲナゴ》の家いあばれこんだる。巫女はん任せにしとけへん。わてかて生霊になつて、おまはんの行く先、つきとめたる言ひよつてな、こつちは、弱身見せたらあかん思《オモ》たさかい。あほ吐《ヌカ》せ〳〵で、つゝぱつ而遣《タツ》たけど、あんなくはい奴はないは。やつぱり筋やな。

女は、掛け蒲団の上にしがみついた様になつて、顔を伏せて居る。

あいつのおかん言ふのが、四国から若い時にこゝへ来よつたんや相な。人の話では、犬神つきの家や言ふことやつた。おれが綿打ちしてゝ、毎日行《イ》た親方の家《ウチ》の隣が、其婆んつの菓子屋《クワシンヤ》やつてん。……

こんな話を進めると、おちかの気をわるくさせる処が出て来相に思はれたので、卯之松は急に話を更へた。

まあ、昔で言うたら、きりすたん・ばてれん見たいな、ちよつと見ても、ぞつとする様な婆やつた。そいつの娘やもん。人の胸の中位、易々《チヨロく》や。

おちかは、話が少しゆとりのある方に這入つて来たので、やつとおちついたどうきを、ぢつとかばふ様に、胸の処を押へて居た。

まあ。……そんなら今朝から、生き口問はれてたんに違ひない。いつもの血の道と、ころつと違うた塩梅や、思てたんだすもの。

二人は、相手の顔をお互に、見あはせた。そこに相手の顔の確かにあると言ふことで、自分の心を、おちつかせようといふ気で。

昼日中でも、何やら、しんとして来たな。

そないな凄いこと。言ひなはんな。

表通りから入り込んだ三軒建ちの露次の奥である。どこもかしこも昼寝時は、ちよいと夜中の様な心持ちをさせた。露路に向いた明り障子に強く当る日かげも、まつ白に澄んで見えた。

二人は、も一度顔を見あはせた。卯之松は薄暗い隅々に来て、耳たてゝ居る影の姿を想像した。ひよつと、目が其姿に行きあふことを恐れて、視線を反すまいとした。

怪談噺聞いてる様ななあ。

と大きな声で笑うて見た。女は其でも黙つた儘で、陰気な顔をして、ちつと、卯之松のからだに、縋りつきたい風を見せて居る。

出よやないか。こんなことしてたらかなはん。千日前《センニチ》でも行かう。にはかなと見て、わあと笑《ワロ》たら、生霊《イキリヤウ》も何も、尻に帆あげて逃げよる。

さうしまひよ。そんなら着物着かへまつさ。

其《ソン》なりで、えゝがな。

おちかはこはい物を見る様な風で、奥の三畳を覗き込んで、おづ／＼這入つて行つた。簞笥の環の鳴る音がした。

そない、粧《ヤツ》すと、生霊が追《オハ》ひかけよるで。

くはい……。

女は走りこんで来た。

もう、そんなこと言ふのなら、いけへん。

行かな、行きな。お前一人で、生霊に喰ひ殺されたら、えゝ。

そうれ。そないに、あんたは薄情や。

ぐづ〳〵言うてんと、ちやつと出かけたら、どうや。

暫くして、おちかは、此正月に履いたぎりの日より下駄を、下駄箱から出して、埃をはたいて居た。

早《ハヨ》したらどうや。それ、後に立つとうる。

女はこはがる様にして、障子の外へ出て来た。怨めし相な顔で、男を見ながら、雨戸を閉てゝ、錠を卸した。さうしてふり向いた顔は、ほつと安心した所為か、ほつかり赤みさへさして居た。

卯之松は、「こいつ。あんな間にも、お白粉塗りよつたな。女言《ヲナゴ》ふもんは、どこ迄、色気があるねやろ」と其どきようのよさに、感心する様な気になつて居た。

さあ、行《イ》こ。

卯之松は先に歩き出した。

お隣りの。ちよつと出て参じます。お頼《タノ》申します。

其声を、まだ若いなと聞いて居ると、言ふに言はれぬ満足がこみ上げて来た。

表通りへ出ると、追ひすがつて来た女が、

あんた。もつとつとゝ歩いとうくんなはれ。近所の者《モン》が、何のかんのとうるさいさかい。若い男女の道行きでもする様な、見せつけてやりたい様な気が、女の語に引き出されて起つた。同時に、近所の者には、堂島に出這入りする人だ、と言はしてある自分の身なりが、如何にも其にそぐはぬ者であると気がついた。さう思ふと、何やら、着物にしみついた鰻の脂の匂ひが、ひどく鼻につく様な気がして、白粉臭いよい匂ひをさせて居る女に対して、気がひける様に思うた。がすぐに、其が誇りがましい心持ちに変つて居た。

こんなことを考へて居る中に、女は十足も先を歩いて居た。輪の細い蝶々の様な恰好に結うた髷のまん中に、翡翠の大きな玉の簪がさしてある、其簪の金の耳が、ぴか／＼と三時過ぎの日かげに輝いた。此なら、誰も芸者や思ふやろ。やとな上りと気のつくもんはあるまい、と誰かを捉へて試してやりたくなつて来た。

　生霊がついてもかまへん。やつぱり此をなごを自分のもんにして、よい事をした。と考へ／＼、女と距離を保ち乍ら、土埃のあがる広い通りを、北へ歩いた。

さうかうする中に、随分歩いて来たにかゝはらず、其間一度も、おちかのふり返つて見ないのが、もの足らぬ気がし出した。外に気をとられて、自分の居ることを忘れて居るか、あまり自慢にもならない自分の様な者を、人から檀那だと悟られるのが、いやなのであらう。どうやら、その後の方らしいと思ふと、踊りかゝつてひきずり仆して踏んづけてやりたい程、怒りが湧き返つた。なるだけ人通りの少い裏どほりばかりを選《ヨ》つて歩いた。ごみ／＼した小路には、熱い日中でも子どもが、一杯に出て居た。中には、青鼻たれたどろんとした目つきの子どもが、此方を見つめて居たりした。「こんな奴らでも、もう羨《ケナリ》がつてけつかる」。かうした考へが浮ぶと、大人げなく思ひ、又、非常に得意にもなつた。

が、さつきと少しも変らぬ距離を持つて、連れだと知らない人だつたら、「えいとこの御寮人《ゴリョン》さんのよそいきとでも思ふ様に」とでも考へて居ると見えて、すまして先に立つた歩きつきが、どうもお伴《トモ》を連れた、と見える様にと言ふ考へから、して居るとしかとれなかつた。「まんで、箱屋でも雇《ヤト》た気になつてやがる」と忌々しくてならなかつた。卯之松の目は、こんもり持ちあがつた薄羽織の下から透いて見える光る帯を、ぢつと睨み据ゑてあるいた。二人の道へ、十の字なりに賑やかな通りが、行き違ふ処へ出た。若しおちかゞ黙つて、此通りへ曲つたら、「おれをのけ物にしてくさることが、もうはつきりしてる。つらいけれど我を折つてついて行くことは、男として出来ぬ。どうぞまつすぐに行てくれ」と咄嗟に考へて胸をどきつかした。おちかは躊躇もなく、通りには目もくれずに、来たとほりを前へ進んだ。

卯之松の心は、小恥しい程おちかに対する感謝と讃美で一杯になつて了うた。今度は、おちかのすらりとした後つきに、心が慰められる様になつて来た。十四五円もしたらしいぱなま帽を冠つた男が向うから来ても、「ふん。おまいら、金持ちがつても、こんな女囲ふ力《リキ》があるか」とそつと口の中だけで、彼がそぶりで挑みかけたものに対して、言ひ返して見た。

「其様《ソナイ》な浮《ウカ》めた（澄す）顔で、芸者がつてしやな〳〵してけつかつたかて、つひ此正月迄、周防《スホ》町《マチ》のお久婆《バア》さんの手下《テカ》で、雇仲居《ヤトナ》してくさつたやないけい、と大声で叫《ワナ》つて与《コマ》そか」と恚々《ムカムカ》して来るのをこらへて、前を行く女の羽織の背なかを睨みつけて歩いた。すると、今迄一向気のつかなかつたことで、見逃されぬ物に、目がとまつた。着物の紋に、縁輪《フチワ》をとるのは、男だけに限つたものと聞いて居る。処が、今、自分の女の背筋の上に繡《オ》いてある茶色の縫紋を見ると、丸《マル》に貫木《クワンヌキ》を入れた男紋である。屢《ヨウ》世間では、比翼紋と言ふことを言ふが、おのれくそ、此はてつきり、色男のをつけてくさるねやろ、といきなり飛びかゝりたくなつたのを、ぢつと抑へた。併し、目の玉に血が滲んだやろ、と思はれる程見つめて居ると、やつと、其が男紋でなかつたことが訣つて来た。けれども、其下からすぐ、落ちつきかけた心は、波立《ダ》ちかけて来た。

役者の紋や。いつも、家《ウチ》の表《オモテ》へ張りに来居《ヨ》る中座《ナカ》か、角座《カド》かの辻番附に、此通りの紋の役者が居《キ》る。が番附に大きう載る様な、えらい役者と曰はくのある程な女《ヲナゴ》やない。大方、あの役者の弟子やろ。さう〱。確か、小松島屋とか言ふねや相な。其奴《ソイツ》の棒鱈弟子か、其とも金剛（男衆）か。大方そこらの内やろ。から考へた彼は、大丈夫、彼女《テキ》の急処を押へた気で、いきなり、踵を踏む程近づいた。

是何や。此紋は。

節くれ立つた人さし指をつき出して、背縫ひの上を押すと、ごりつと背骨の上を辷つた。

大きい声しなはんな。他人《ヒト》が聞きまんがな。

聞えたかて、何《ナンニ》や。

ほうれ、見なはれ。米屋の小僧《ボフズ》め、此方《コッチ》見とうるは。てれくさやの！。

卯之松だけには、がんと来た小声で答へて置いて、今迄よりも、せかせか〱と小股を刻んで。

何処い行《イ》くね?、はゝん。やつぱり臭い事があるよつてに、遁げるねんな。

まあ黙つてなはれ。ちよつと、鉄眼寺《テツゲンジ》さんの表門迄行《イ》て貰ひまつさ。

細い、険しい声には、男を叱りつける響きがあつた。

何吐《ナンカ》しやがんね。言ひ訣が出来《デケ》てたまるもんか。

半分は、それでも、女のけんまくに呑まれて、口の内に消したが、何だか圧倒《ケオ》された様に思はれて、胸くそが悪かつた。其でも一度、此方も、女だけには徹《トホ》る様に、低い尖り声を投げつけた。

殆、同時に、女からは、

へゝん。

憎々しい応《コタ》へがあつて、まるで走る様な足どりになつた。逃げられるなら逃げて見やがれ。いつでも白い歯見せてる思《オモ》たら、あてが違ふぞ、と心の中でどなりながら、もう黙つて、女の後に、同じ距離を保つて急いだ。

ある四つ辻に来て西を向くと、突き当りは、唐風の門になつて居て、其少し手前に、小さな石の欄干橋が見えた。橋迄半町位の間は、幅広い空地《アキ》で、海鼠塀が両側を見切つて、長く続いて居る。門の中から、青い物のちら〳〵するのは、蓮池が見とほされるのである。女の足が急に緩《ユル》くなつたので、卯之松の低い肩は、自然、女の肩とすれ〳〵になつた。

あんた見たいな、思ひやりのない人は、あれへんし!。倦《ダル》うて〳〵、ちよつとでもゆつくり歩《アル》こもんなら、其処へ仆《ヘタ》つて了ひさうになつて来たよつてに、ぼち〳〵してられえへんのにな!。

おちかは、男を痛めつける様な、さうして蕩す様な流し目をよこした。卯之松には、其白みの多い潤んだ長い目が、すんなりと胸に来たのである。

そんなこと言うて、ごちやまかさう思たかて、あけへんぞ。

女の調子は、溜め息でもつく様な声に変つて居た。

復《マタ》、悋気だすねやろ。もう／＼、其処処《ソコドコ》だつかいなあ。歩いてる中に、又、朝からのが来て、あたまの心《シン》がじん／＼しますやろ。やれ／＼、千日前処《センニチドコ》かいな、何処ぞで腰かけさして貰ほ思《オモ》ても知つた家はなし。鉄眼寺さん迄行こ。さう思て、泳ぎつく様にしてやつて来ましてんで！。其に、あんたはあんたで、背後《オシロ》からつゝきやはるし。ほんまに、往来いでも臥《ネ》たろか、何程《ナンボ》思たか知れえへん。

おちかは、ばた／＼と馳け出して、五つ足程に石段を上ると、締め切つた潜り門の扉に、背を凭せて、敷石の上に屈んで了うた。

卯之松には、其が、女の逃げ口状とばかりも、思はれなくなつた。けれどもやつぱり、あの鍋蓋の様な紋が、目先にちら／＼して、胸が収りきらない。

おちかの側に立つて、胸毛や、腋の下の汗を拭うて居る卯之松に、

紋々て、紋がどないしまひてん？……。此《コ》らな、三つ引き言うて、妾家《ワヒトコ》の紋だんね。今は逼塞《ヒツソク》してゝも、昔は、えらい軍人《イクサニン》の後《ノチ》や言うて、死んだお父《ト》つあんが、始中終《シヨツチユウ》自慢してたんだつさ。ほれ、何時《イツ》やら、話しゝたことおますやろ。

卯之松は、どうやらそんなこともあつた様な気がした。併し、渋面作つた儘で首を振つた。

何が何《ナン》でも、此紋は、女に厳《イカツ》い言はゝつて、お母《カ》んはいつでも、うち（私）のべゞには、抱き茗荷つけはりましてん。私《ワテ》もさうしてるけれど、彼《ア》らほんまは、替へ紋だす。

さつきから静まりかけて来た所為《セヰ》か、少々女のからだの方の心配に傾きかけて居た卯之松の心は、一時に挫けて了うた。けれども急には、折れて出る気にはなれなかつた。

ふん。あゝ言《ユ》やかう言ふと、じゆんさい（白化けの偽）なこと言ひな。其《ソ》ら、小松島屋たらの紋や。

此人はいなあ。よう積つても見なはれ。うちとこらの身で、我当《ガタウ》はんの影法師《ボシ》やかて、蹈して貰へまつか。あほらしい。

然《ソ》やよつて、其弟子のや言ふね。

ぢやら／＼言《ユ》ふのん、止《ヤ》めとうくんなはれ。目がまふ様なのになあ。

女は語を截つて、拳を作つた拇指の腰で、額をとん／＼叩いて居る。言ひ負した、と男に思はせるのが、残念に思はれるかして、情無相に卯之松の顔を見上げて、

「兄故、弟に勝つもんならば、同じ空飛ぶ一挺鶴《イッチャウヅル》（銀杏鶴――松島屋我童の紋所）が、二疋龍（二引両――松島屋我当のもの）には、なぜ負ける」あの唄知つてなはるやろ。大松島屋が銀杏鶴で、小松島屋のは、二引き言うて、貫木《クワンヌキ》が二本だすがな。よう見とうくんなはれ。わての背中を。……

男は、もうすつかり凪ぎ切つた心持ちになつて居た。さうか、おれの思ひ違ひやつた、と切り出すのも、全《マル》負けになつて了ふ様で癪やな、と考へて居る。

あほらしい。こんな時に悋気どこか、自己《メンメ》の内儀《ナギ》さんが、生霊《イキリヤウ》になつて、追はひかけて来う言ふ時に、栄《エ》耀《エウ》たらしい。

独言言ひ／＼ぷん／＼して居た女は、仕舞ひには蹲んだ膝の上に前髪を押しつけて、ぢつとして了うた。其でもまだ、口だけは利《キ》いて居る。

頭が重《オモ》となる。手足が抜ける様に思はれる。目がちら／＼するやら、をかしいぐあひや思て、一心に此処迄走つて来たのに、人の心も知らずになあ。……

とう／＼、女は黙りこんで了うた。卯之松の目の下には、細りした頸と、長い領脚《エリアシ》とがあつた。仲間の年忘れが「堺卯《サカウ》」であつて、おれが酔ひつぶれてたのを介抱してくれよつたのが、此奴《コイツ》とかうなる抑《ソモ／＼》やが、あの後《アト》でも、おれが臥転《ネコロ》んでゝ、縁さきで庭を眺めて居よつた此奴に、「えゝ領《エリ》もとだんな」と少々昨夜からの世話やら何やらの礼心に、べんちやらも交ぜて、讃めて見たら、「へえ、どなたも、そないに言《ユ》うてくれはります」言ひよつた。唯領もとだけの長いのなら、電車の中で気《キイ》つけてゝも、一台に一人位きつとある。そやけど、此奴のと来たら、其が而も、三本脚となつて居て、まん中のんが、三つ一《ヒト》（三分の一）の短かさよりないのが、宛《マル》で富士山のてつぺの凹処《ヒツコンダ》見たいで、何とも言はれんのや、かう考へながら、其処を貪る様に見おろして居た。さうやつて居る中に、其三本脚の中の空いた処に、びく／＼と青筋の動くのが、目立つて来た。

あたまなと抑へたろか。

いゝえ。少間《チツトマ》かうさし而置《トイ》とうくんなはれ。

おちかは、膝の上の頭をにじらして、横顔を上にして、倦相《ダルサウ》に言うた。頬には、髪の毛が幾筋も、べつたりとくつゝいて居た。

卯之松は、音をさせない様に気をつけながら、門の敷居に腰をおろした。すると、自分のからだにも、どうやら撲ちのめしでもせられた様な、かひだるさの襲ひかゝつて来てるのに気がついた。道を歩き〳〵、おちかに対して、憎悪を燃して居た間から、妙に気づまりなものが、もだ〳〵と胸の辺に蟠つて居るのを感じて居たことが、今になつて、初めて思ひ出された。

やつぱりまだ、巫女のくちよせてくさる!。おのれ。何処迄どしぶといめろやろ。叩《タヽ》つ殺したりたい。こんな事を考へて居ると、思案は、何時の間にやら、お留の存在が、目の先にちらつかぬ様になつた時分の事に落ちて行つた。

お留が居ん様になつたら、おちかを内へ入れて、辰や、おつねや、おみちに、お母《カ》ん〳〵言はしたらんならん。辰め、もう十六にもなつ而《ト》居るさかい、これをば、目の敵にしよれへんやろか。其段になると、丑三の方は、年も経《イ》とうるけれど、彼奴《アイツ》は因循人《ナントクジン》やし、目先も利く方《ハウ》やよつて、お母ん〳〵で奉つて置つきよるやろ。……けど、肝腎のお留がまだぴん〳〵しとうる……。考へは、先から先へと移つて行つた。其間を縫うて、血緑《チミドロ》の胸が見えたり、毛だらけの手と、まつ白な華車《キャシャ》な腕《カヒナ》とに、両端を引かれた長い帯の様な物などが、隠見したりした。ひよいと目を定めると、向うの四つ辻を白い服を着た巡査が通つて行く。其剣が、ぴか〳〵と光つた。卯之松は、瞬間肝を抱いたが、直《ヂキ》に冷汗と一処に、落ちつきが出て来た。寺の中からは、涼しい風に連れて蓮の匂ひがして来る。夕立の様に、蝉の声も聞えて来る。どちらも、今初つた事の様な気がした。おちかの髪の毛のかゝつた横顔も、最前見たのではなかつたと言ふ風にも考へ出された。内側の石段をたん／＼と上つて来る足音がして、腰の曲つた婆さんが、卯之松の後を跨いで外へ出て行つた。欄干橋の処で、ちよつとふり向いたが、別に気にも止めないらしい風で、直《スグ》歩き出した。胸のわく／＼するのは鎮つたが、何やら又、睡たくなつて来相である。こんな処に居睡りでもして居て、女とかうしてる処を、知つた人に見つけられたら、と思ふ心から、女を何処ぞへ連れて行かうと考へた。おちかはと見ると、やつぱり、目を塞いでぢつとして居た。

　如何《ドウ》や。気持ちは。……薬買うて来たろか。

女は、返事を忘れた風で、目を瞑《ツブ》つた顔に、表情らしいものも浮べない。

　寝てるのか。え?。……薬いやなら、水汲んだろか。

おちかは、寝ても居なかつたと見えて、辛《ヤツ》と顔をあげた。額には、白い汗が滲んで居た。

へえ。手拭しぼり出して来とうくれやす。然《ソ》やけど、まあ執念《シフネ》深い女《ヲナゴ》はんだんな。殺されたら幽霊になつて出るのは、おうちのお家《エ》はん見たいな人やねんやろ。

吐き出す様に言うて、舌うちをした。最後の文句が、卯之松にはどきりと応《コタ》へた。

　ぢつき来んで。ぢつとしてえや!。

卯之松は門の中へ駆け込んだ。

　早来《ハヨ》とうくんなはれや。

心細げな女の声は、すべてを自分に凭せかけて居る其心持ちを示して居るのだ、と思ふと、おちかの為に、どんな勤労や、残虐でもやり遂げて見せる、と言ふ気になつて居た。井戸は、生憎遠方であつた。広い境内は、庫裡に近い水汲み場迄、一町足らずの道を曲りくねつて行かねばならなかつた。卯之松の心は、わく／＼し出した。むしが知らすと言ふことがあるよつて、お留の生き霊におちかゞ摑まれる事になるのではないか。

走り乍ら、こんな事を考へると、どうやら女が生き霊に連れて行かれようとして居る容子が、目に浮ぶ。井戸縄が、亦疳の立つ程長かつた。古寺の門には、昔から化け物が居るもの、と極つて居る。羅城《ラシヤウ》門の話も聞いて居る。門の廂から生き霊の長い手が出て、おちかの髪束をひつ摑んで、宙に吊り下げて居る。考へが、歴々《アリ／＼》幻になつて、目の前にちら／＼する。こんな処《トコ》にぐづ／＼してられん。お多福茶屋裏のぼんや（待合）いでも連れて行《イ》て、ゆつくり休ましたろ、と考へ／＼手早く手拭ひを絞つた。はふり込む様に井戸へ落した釣瓶が、両方の井戸側に当る音を聞き棄てて、走り出した。蓮池の処へ来ると、門は正面である。どうやら、やつぱり女の姿が見えない様である。失敗《シモ》た。とり殺しにうせたな、と涙がこみ上げ相になつて来るのを辛抱して馳け続けた。内段をせか／＼と飛び上ると、扉の陰に小さくなつて居るおちかの前に出た。はつと跳ね上る様に驚いた。其心持ちは嬉しいのか、悲しいのか、がつかりしたのか、訣らなかつた。やつとしてから、くた／＼に憊れた人の底から、安心が拡り出した。

ほんまに、びつくりしたで。

わてかて、びつくりしたは。生き霊が、走つて来たか思《オモ》て。

あほ言《ユ》ひな。生き霊が、ばた／＼下駄ばきで走るもんか。第一、生き霊なんちふもんがあつて如何《ドナイ》する。……さあ、手拭ひや。

おちかは、其を受けとつて、額の前を顳顬から顳顬へ亙して、人さし指できり〳〵と揉んで居る。

もうなあ、どつこいも行《イ》とうくんなはんなや。

行《イ》け言うたてゝ、行《イ》けへん。

卯之松は、鬼でも、幽霊でも出て来い、と言ふ気になつて、昔話の岩見重太郎や、宮本左門之助など云ふ、人身《ヒトミ》御供《ゴクウ》に上《アガ》つた美しい娘を救うた武者修行姿を、すつぽり自分にかぶせて考へて居た。

心がひき緊つて来る程、何処かに、空虚な処が出来て来るのを感じずに居られない。何だか斯《カ》う、勇気が片一方に倚つて了うて、心の一隅には、ひや〳〵する風の行き貫《ヌ》けに通つて居る様な気がする。

あんたの顔も、青なつてまんなあ。

平生なら、こんな時すぐに、見くびられたと言ふ感じを撥ね返す心が、自分でも不思議な位、女の語を素直に受け入れて、今上げたおちかの顔を、いたはる様に眺めた。

え?、もう行《イ》こやないか。どこぞ其処のぼんやいでも。

そんな嫌らしい事言ひなはんな。こんな時に。……男は、此やよつて、すかん。

あほ言ふな。をかしいこと解《ト》られてたまるもんか。ぢつくり休まう言ふのや。

何為《ナンシ》、わてかて、最前からせめて本堂の辺いでも行《イ》きたい思てまんねけど、立ち上る力《リキ》がおまへんね。

　そんなら、さうせう。さ、行《イ》こ。

おちかは其でもぢつとして居る。

　立ちんか……。

　行けへんのか。

女は、唯かぶりをふるばかりである。妙に気になり出したので、
　おちか
大きな声で、呼んで見た。併し、女の方で行くと言ひ出しても、此時はもう、卯之松にも本堂迄行く元気も抜けて居た。何時の間にか、彼は、門の敷居に腰をおろして、女の頭をしげ／＼見て居るより外は、殆無力になつて居たのである。

日は大分傾きかけて、門の影が、欄干橋を越えて長く伸《ノ》し出て居る。風が大分強くなつた。橋の上から小さな旋風《ツムジカゼ》が起つて、土埃を捲いてぐる／＼と、見る間に遠くへ中心を移して行く。卯之松は、ぐんなりとしたからだを引き緊めようとして、無理に立ちあがつた。宛《マル》で、敷居に張りつけられた物でも、引つ剝《ベガ》す程の努力がいつたのであつた。

　鎌鼬が、あんなとこ迄行つきよつた。

こんなおどけた言ひ廻し方でもして、おちかの注意をよそに向けようと言ふ考へから、旋風の行く方を斥《サ》した。其が却て、女の恐怖を更に引き立てた容子で、常よりも深く二重瞼《フタカハメ》が這入つた為、時の間に衰へた様に見える顔で、怨し相に睨みつけた。「おまいの方が、よつ程《ボド》生き霊見たいや」と殆《アヤフ》く言はうとした語を喰ひ止めた。

どうや、やつぱり内らへ這入ろやないか。いやか。

やはりいこぢとかぶりを振ることかと思ひ〳〵、其でも又、と考へて言うて見ると、

とても、如何《ド》むならん。連《ツラ》つて行《イ》とうくんなはれ。手引《テエ》いとうくれやす。早う〳〵。

卯之松は、「よし来た」と言ふ様に、女の手を握つてやつた。自分の元気が、女のからだへ伝るやうにと思ひ乍ら。

其で、おちかも元気を出したらしく、立ち上つて二足・三足踏み出したが、敷居を越えようとして、又べた〳〵と卯之松に手首を預けた儘で、崩ほれる様に、敷居の上に坐りこんだ。

如何《ドナイ》してん。しつかりしんか。

さう声を励して叱つて見た卯之松も、女の手を取つて歩き出さうとしたからだが、不思議な程に萎え切つて居て、自分だけならまだしも、重い女のからだ迄も支へては、石段を下りることさへ、とてもむつかしいと言ふことを覚つたのであつた。妙やなと思ふと、もう女を本堂へ連れこむ気込みなどは、亡くなつて居た。

そんなら此処に居てもえゝが、……誰ぞが来ると、うるさいさかいな。

何の気なしに言うた自分の語に、はつとした。さつきから段々気になり出した事が、はつきりとあたまに写つて、動されない事の様に思はれ出したのである。嫐の生き霊がやつて来よるに違ひない。さうでもなければ、こんな不思議なことのあらう筈がない。今度は、唯の怖気《オヂケ》づいた心から出た空想ではなくて、事実と同じ確かさで、はつきりとあたまに這入つて来た。「はて、恐しき執念ぢやなあ」と言ふ語が、ひよつこり浮んで来た。こんな切迫した心持ちにも、をかしな程

洒落た余裕があるものと見えて、其語の出処をすぐに思ひ出した。三年も旅興行に出て戻つて来ぬ丑三が、岡山を打ち出しに持つて廻る芝居の一つとかで、始めて師匠を向うに廻す敵役《カタキ》になるのだとか言うて、お岩の亭主で何たら言ふ男のせりふの稽古をするのや、と言うて毎日々々声張りあげて繰り返して居たあの文句や、と気がついたのである。

おれは、お岩の亭主見たいな餓死《ガシ》たれ（意気地なし）やないぞ。生き霊でも、何でもうせやがれ。高《タカ》が、嬶一人の怨霊位何《ナン》や、と極度に見くびる心が起つて来ると、からだ迄も、何処かしやんとして来た様な気がする。四方八方、彼ら二人の身の周りには、日の光りが充ちて居る。一町と離れぬ処には、ちらほら人が通つて居る。声を立てれば、寺の中に居る幾人とも知れぬ房《ボン》さんたちが、一分と経たぬ中に、馳けつけて来る。何のあほらしい。そんな事があつてたまるものか。よし又、あつた処で、何や。

来るなら、一層《イツソ》早《ハヨ》出て来い。摑へて見せ物に売つたるぞ。

胸の中の考へが調子づいて来て、声になり相に高まつて来た。一つは、人の心迄も見透すと言ふ悪霊をおどす積りをも交へて居たのであつた。けれどもひよつと、聞えなんだか知らんと目をやると、おちかは、十分前・廿分前、又其十分前にもして居た通りの姿で、両手で膝を抱いた其先をだらりつとさげて、いちの曲つて居るのも知らないか、膝頭よりも低く頭を垂れて、凍りついた様にしてゐる。

まあよかつた。聞えたら、又怖がつたり、膨《フク》れたりしられる処やつた、とそこどころでもない、から言ふ方面にも、心配せなければならなかつた。（未完）

解説

種村季弘

ゴーゴリの「鼻」では、持ち主本人の意向を無視して鼻がひとりで街頭にとびだしていってしまうし、芥川龍之介「芋粥」の弾智内供も長いながい自分の鼻をもてあましている。モーパッサンの「手」という小説のなかの手は壁にそっておそろしい勢いではしりまわる。あるいは世紀末詩人モルゲンシュテルンの、ひとりでにすたすたあるいてゆく膝。「膝ひとり世界をさまよう。」いずれも身体器官の一部が、身体の全体をはなれて勝手に動きまわる話である。一種の分身妄想である。この分身はしかし、ポオのウィリアム・ウィルソンのように、本体と頭から爪先までうり二つというのではない。身体局部が独立して動きまわるこの分身は、もはや断片でしかない。手足がバラバラにもげた廃物人形。それがわが身なのではないかという恐怖だ。鼻がもげた。手がはずれた。一事が万事だ。バラバラになる。バラバラになって虚無の淵に吸いこまれてゆく。あ、あーッ。

フロイト理論では、身体器官が独立する夢は去勢不安象徴である。切断された去勢男根がひとりでのこのこあるく。それをそれとして認めるのはいささか外聞が悪いので、「検閲」を通じて男根を他の身体器官におきかえる。それが夢やフィクションのなかでの、ひとりあるきする身体器官＝分身の正体というわけである。

怪談の読者にとっては、心理学の分析がぜひとも必要ということはない。いきなりなんの説明もなしに、手なら手、足なら足が、目の前にごろんところがる。その衝撃だけで充分である。なまじ合理化する説明をくわえるとかえって興ざめしかねない。ミステリー仕立のバラバラ殺人事件が怪談になりにくいのはそのためだろう。ミステリーの、いずれは謎の解決されるはずの予定調和的空間におかれたのでは、断片としてあくまでも孤立しているわけにはいかなくて、最後にはおさまるところにおさまってしまう。

これに対して、たとえば田中貢太郎の「竈の中の顔」では、一切説明ぬきで竈のなかから顔がにゆっとでてきたり、子どもの首がいきなり消えてなくなったりする。掛値なしに怖い。

説明しようにも説明のしようがないのである。近代科学の認識を適用しようとすれば、いたずらに歯こぼれがするだけだ。というより近代科学そのものがバラバラ殺人事件の死体になって虚無のなかへ沈んでしまいかねない。ことはナンセンスである。そもそもが意味なんかない。それを煎じつめようとへんに力めば、こちらが発狂しかねない。ひたすら恐怖にふるえあがるか、いきなりゲラゲラ笑いだしてしまうかだ。

鋭利な刃物でスパッと切断して、切断したそのものをごろりと投げだす。田中貢太郎の漢文脈の硬骨な文体は、そういう作業にはうってつけだった。「中国怪談集」や「日本怪談集」を編んだ人である。もともと土佐出身の政治青年だった。明治国家の成り立ちに通じている。ということはその屋台骨のこわし方も知っている。怪異譚は、実際には手をつけなかったそのこわす作業の余技だったのだろう。

志を得なかった国士の裏芸としての怪談。さしずめ蒲松齢『聊斎志異』が思い浮かぶ。だからといって、世に遇されなかった知識人でなければ怪談を書かないのではない。先頃物故した篤実な民間江戸学者、森銑三のような人も怪談の名手だった。ただし、攻撃性がまったくない怪談だ。動物の怪異を書いても、歯や爪の攻撃的なイメージがまるでない。猫とお婆あさんが口をきく。といって、それをきいていた人間が発狂するというような事態は起こらない。猫とお婆あさんが口をきくのが当たり前であるような世界がごく自然に現前している。怪異を外から見ておどろくのではなくて、怪異そのものの内懐にぬくぬくともぐりこんでのんびり昼寝をしているような、そんなノンシャランの味である。

徳川幕府が瓦解し、上野のお山で彰義隊の生首が血しぶきあげてとんでいた瞬間にも、どこかで猫がお婆あさんに干物をねだって、ことわられてはうらめしそうな顔をしていたものに相違いない。

武士階級や官僚階級に漢文脈で書く公文書があれば、その裏芸の、これまた中国伝来物の翻案の怪談（またはポルノグラフィー）があった。しかしそれとはほぼ無関係に、ひらがなの、あるいは口語体の怪談も、草双紙や噺家の怪談噺に語りつがれてきた。かりに原話が中国産の志怪小説であっても、原形の見分けがつかないほど口語化・ひらがな化されて長屋の夕涼みの縁台で団扇片手のご隠居さんの口から語りだされ、そしてそこらへんにはお婆あさんも猫もいた。こういう場では漢文調のむずかしい話はぬきにして、お上の今のごたごたより古くからある怖い話をあきもせずにくり返す。

古い魔法では、洋の東西を問わず憑き物をつかう。悪霊が人間に憑く。のみならず「人間以外のある動物、例えば、狐・狸・蛇・犬・猫・猪などの霊を始めとして、訳のわからぬ外道《げどう》とか、はては木精《こだま》の如き非情のものまで」が人間に憑いたり、「或いはこれらのものが人間に使役せられて」、そのためにまた第三者に霊が憑いてゆく（喜田貞吉）。狐狸に化かされたり、猫が化け猫になるのも、この類である。しかし「訳のわからぬ外道とか、はては木精の如き非情のもの」も憑き物になるという。非情のものとは、生命のない無機物だ。

器怪というものがある。古くなった器物・道具が化けるのである。「徒然草」には頭に鼎《かなえ》がはまりこんで取れなくなった男の話が報告されているし、土佐派の百鬼夜行図にも水壷や甕や釜を頭からかぶった怪物がうようよしている。一名を付喪神。「陰陽雑記云、器物百年を経て、化して精霊を得てより、人の心を誑す、これを付喪神と号すといへり」（「御伽草子」）

幸田露伴「骨董」がいい例で、骨董をめぐって血で血を洗う惨劇が起こる。これも露伴の「幻談」の野母袋《のぼでい》の釣竿や、碁盤（森銑三「碁盤」）のように、品のいいものが化ける場合もある。化けるのがこういう遊び道具なら、一部の趣味人の話といってすましていられる。けれどももっと身近に、日常だれしもがつかう、いやつかわないではいられない、蒲団（橘外男「蒲団」）や下駄（柴田錬三郎「赤い鼻緒の下駄」）、靴（藤本義一「足」）や、あるいは武士にとっての必需品の鎧櫃（岡本綺堂「鎧櫃の血」）のようなものが化けてしまったらどうなるか。日常生活が二進《にっち》も三進《さっち》もいかなくなって、はては破滅するしかない。

器怪にまつわる怪談はとりわけわが国に多い。八百万《やおよろず》の神のまします汎神論的風土では鰯の頭にも神が宿る。ものみなに神が宿るアニミズムの国だけに、物を大切にしないと化けてでるのである。東西の器怪画を比較研究したJ・バルトリュシャイテスという美術史家は、土佐派の器怪とほぼ同時代のボッシュの器怪を比較しながら、東アジアの器怪画のほうがはるかに歴史が古いことを確認している。器怪に関しては、どうやらわが国が本場らしいのだ。

もっと怖いのは、器物や動植物のようないずれ気心の知れないものではなくて、気心知れた女房や情婦が、どこか遠くの悪霊の怨念に憑かれていきなりぶきみな挙動にでる話だ。未完ながら折口信夫「生き口を問ふ女」は、源氏物語の六条御息所の再来を思わせる生霊の口寄せにあやつり人形のようにふりまわされる男女の生態を、大阪のねばっこい風俗を背景に描いて、文字通り鬼気迫る。風俗の細部を歌舞伎の極彩色の看板絵もさながらに丹念に描きこみ、一銭一厘もみのがさない大阪人の合理主義的勘定ずくを一点もゆるがせにしないだけに、かえって霊のリアリティーが現前した。応挙派描く幽霊絵をみる思いである。どうやら怪談は抽象では語れなくて、写実の極致からでてくるのである。

出典一覧

「猫が物いふ話」　森銑三著『物いふ小箱』筑摩書房　一九八八年
「くだんのはは」　小松左京著『黄色い泉』徳間文庫　一九八四年
「件」　『新輯　内田百閒全集』第一巻　福武書店　一九八六年
「孤独なカラス」　結城昌治著『風変りな夜』中公文庫　一九七七年
「ふたたび猫」　藤沢周平著『本所しぐれ町物語』新潮社　一九八七年
「蟹」　岡本綺堂著『影を踏まれた女』光文社文庫　一九八八年
「お菊」　三浦哲郎著『蟹屋の土産』福武書店　一九八三年
「鎧櫃の血」　岡本綺堂著『鎧櫃の血』光文社文庫　一九八八年
「蒲団」　『橘外男傑作集』②　教養文庫　社会思想社　一九七七年

「碁盤」　森銑三著『物いふ小箱』筑摩書房　一九八八年
「赤い鼻緒の下駄」　柴田錬三郎著『〈柴錬幽霊譚〉地獄の館』勁文社　一九七七年
「足」　藤本義一著『現代怪奇草紙』双葉社　一九七八年
「手」　舟崎克彦著『獏のいる風景』筑摩書房　一九八五年
「人間椅子」　『屋根裏の散歩者』江戸川乱歩推理文庫②　講談社　一九八七年
「竈の中の顔」　田中貢太郎著『日本の怪談』河出文庫　一九八五年
「仲間」　『三島由紀夫全集』第十七巻　新潮社　一九七三年
「妙な話」　『芥川龍之介小説集』五　岩波書店　一九八七年
「予言」　『久生十蘭全集』Ⅱ　三一書房　一九七〇年
「幽霊」　『吉田健一著作集』補巻2　集英社　一九八〇年
「幽霊」　『正宗白鳥全集』第九巻　福武書店　一九八六年

「生き口を問ふ女」

『折口信夫全集』第廿四巻　中央公論社　一九六七年

◉三島由紀夫(みしま・ゆきお)……一九二五年生まれ。
著書に『仮面の告白』『金閣寺』他多数。一九七〇年没。

◉芥川龍之介(あくたがわ・りゅうのすけ)……一八九二年生まれ。
著書に『鼻』『羅生門』他多数。一九二七年没。

◉久生十蘭(ひさお・じゅうらん)……一九〇二年生まれ。
著書に『金狼』『魔都』他多数。一九五七年没。

◉吉田健一(よしだ・けんいち)……一九一二年生まれ。
著書に『文学の楽しみ』『ヨオロッパの世紀末』『金沢』他多数。一九七七年没。

◉正宗白鳥(まさむね・はくちょう)……一八七九年生まれ。
著書に『何処へ』『入江のほとり』他多数。一九六二年没。

◉折口信夫(おりくち・しのぶ)……一八八七年生まれ。
著書に『古代研究』『死者の書』他多数。一九五三年没。

◉橘　外男(たちばな・そとお)……一八九四年生まれ。
著書に『ナリン殿下への回想』『陰獣トリステサ』他多数。
一九五九年没。

◉柴田錬三郎(しばた・れんざぶろう)……一九一七年生まれ。
著書に『イエスの裔 』『眠狂四郎無頼控』他多数。
一九七八年没。

◉藤本義一(ふじもと・ぎいち)……一九三三年生まれ。
著書に『鬼の詩』『元禄流行作家　わが西鶴』他多数。
二〇一二年没。

◉舟崎克彦(ふなざき・よしひこ)……一九四五年生まれ。
著書に『ぽっぺん先生と帰らずの沼』『雨の動物園』他多数。
二〇一五年没。

◉江戸川乱歩(えどがわ・らんぽ)……一八九四年生まれ。
著書に『怪人二十面相』『黒蜥蜴』他多数。一九六五年没。

◉田中貢太郎(たなか・こうたろう)……一八八〇年生まれ。
著書に『日本怪談全集』『旋風時代』他多数。一九四一年没。

著者略歴

◉森　銃三(もり・せんぞう)……一八九五年生まれ。
著書に『渡辺崋山』『おらんだ正月』他多数。一九八五年没。

◉小松左京(こまつ・さきょう)……一九三一年生まれ。
著書に『日本沈没』『日本アパッチ族』他多数。二〇一一年没。

◉内田百閒(うちだ・ひゃっけん)……一八八九年生まれ。
著書に『冥途』『阿房列車』他多数。一九七一年没。

◉結城昌治(ゆうき・しょうじ)……一九二七年生まれ。
著書に『軍旗はためく下に』『終着駅』他多数。一九九六年没。

◉藤沢周平(ふじさわ・しゅうへい)……一九二七年生まれ。
著書に『暗殺の年輪』『蟬しぐれ』他多数。一九九七年没。

◉岡本綺堂(おかもと・きどう)……一八七二年生まれ。
著書に『半七捕物帳』『室町御所』他多数。一九三九年没。

◉三浦哲郎(みうら・てつお)……一九三一年生まれ。
著書に『忍ぶ川』『拳銃と十五の短篇』他多数。二〇一〇年没。

＊本書は一九八九年八月に小社より刊行された文庫『日本怪談集』(下)を改題したものです。
＊今日では配慮すべき必要のある表現を含む作品もございますが、作品発表時の状況に鑑み、原文通りとしております。

新装版《しんそうばん》
日本怪談集《にほんかいだんしゅう》 取《と》り憑《つ》く霊《れい》

一九八九年 八 月 四 日 初版発行
二〇一九年 三 月二〇日 新装版初版発行
二〇一九年一一月三〇日 新装版2刷発行

編 者 種村季弘《たねむらすえひろ》
発行者 小野寺優
発行所 株式会社河出書房新社
〒一五一－〇〇五一
東京都渋谷区千駄ヶ谷二－三二－二
電話〇三－三四〇四－八六一一（編集）
〇三－三四〇四－一二〇一（営業）
http://www.kawade.co.jp/

ロゴ・表紙デザイン 粟津潔
本文フォーマット 佐々木暁
印刷・製本 中央精版印刷株式会社

Printed in Japan ISBN978-4-309-41675-5

江戸の都市伝説　怪談奇談集

志村有弘〔編〕　41015-9

あ、あのこわい話はこれだったのか、という発見に満ちた、江戸の不思議な都市伝説を収集した決定版。ハーンの題材になった「茶碗の中の顔」、各地に分布する飴買い女の幽霊、「池袋の女」など。

陰陽師とはなにか

沖浦和光　41512-3

陰陽師は平安貴族の安倍晴明のような存在ばかりではなかった。各地に、差別され、占いや呪術、放浪芸に従事した賤民がいた。彼らの実態を明らかにする。

見た人の怪談集

岡本綺堂 他　41450-8

もっとも怖い話を収集。綺堂「停車場の少女」、八雲「日本海に沿うて」、橘外男「蒲団」、池田彌三郎「異説田中河内介」など全十五話。

空飛ぶ円盤が墜落した町へ

佐藤健寿　41362-4

北米に「エリア51」「ロズウェルＵＦＯ墜落事件」の真実を、南米へナチスＵＦＯ秘密基地「エスタンジア」の存在を求める旅の果てに見つけたのは……。『奇界遺産』の著者による“奇”行文学の傑作！

ヒマラヤに雪男を探す

佐藤健寿　41363-1

『奇界遺産』の写真家による“行くまでに死ぬ”アジアの絶景の数々！世界で最も奇妙なトラベラーがヒマラヤの雪男、チベットの地下王国、中国の謎の生命体を追う。それは、幻ではなかった――。

自殺サークル　完全版

園子温　41242-9

女子高生五十四人が新宿駅で集団飛び込み自殺！　自殺の連鎖が全国に広がるなか、やがて“自殺クラブ”の存在が浮上して……少女たちの革命を描く、世界的映画監督による傑作小説。吉高由里子さん推薦！

ツクヨミ　秘された神

戸矢学　41317-4

アマテラス、スサノヲと並ぶ三貴神のひとり月読尊。だが記紀の記述は極端に少ない。その理由は何か。古代史上の謎の神の秘密に、三種の神器、天武、桓武、陰陽道の観点から初めて迫る。

完本　聖徳太子はいなかった　古代日本史の謎を解く

石渡信一郎　40980-1

『上宮記』、釈迦三尊像光背銘、天寿国繡帳銘は後世の創作、遣隋使派遣もアメノタリシヒコ（蘇我馬子）と『隋書』は言う。『日本書紀』で聖徳太子を捏造したのは誰か。聖徳太子不在説の決定版。

弾左衛門とその時代

塩見鮮一郎　40887-3

幕藩体制下、関八州の被差別民の頭領として君臨し、下級刑吏による治安維持、死牛馬処理の運営を担った弾左衛門とその制度を解説。被差別身分から脱したが、職業特権も失った維新期の十三代弾左衛門を詳説。

異形にされた人たち

塩見鮮一郎　40943-6

差別・被差別問題に関心を持つとき、避けて通れない考察をここにそろえる。サンカ、弾左衛門から、別所、俘囚、東光寺まで。近代の目はかつて差別された人々を「異形の人」として、「再発見」する。

賤民の場所　江戸の城と川

塩見鮮一郎　41052-4

徳川入府以前の江戸、四通する川の随所に城郭ができる。水運、馬事、監視などの面からも、そこは賤民の活躍する場所となる。浅草の渡来民から、太田道灌、弾左衛門まで。もう一つの江戸の実態。

山窩秘帖

水上準也　41404-1

三角寛の山窩長篇は未完に終わったが、山窩小説界で完結した長篇時代小説はこの一作のみ。由井正雪の慶安事件の背景に迫る、気宇壮大、雄渾のサンカ小説が初めて文庫に。

サンカの民を追って

岡本綺堂 他　41356-3

近代日本文学がテーマとした幻の漂泊民サンカをテーマとする小説のアンソロジー。田山花袋「帰国」、小栗風葉「世間師」、岡本綺堂「山の秘密」など珍しい珠玉の傑作十篇。

吉原という異界

塩見鮮一郎　41410-2

不夜城「吉原」遊廓の成立・変遷・実態をつぶさに研究した、画期的な書。非人頭の屋敷の横、江戸の片隅に囲われたアジールの歴史と民俗。徳川幕府の裏面史。著者の代表傑作。

部落史入門

塩見鮮一郎　41430-0

被差別部落の誕生から歴史を解説した的確な入門書は以外に少ない。過去の歴史的な先駆文献も検証しながら、もっとも適任の著者がわかりやすくまとめる名著。

性・差別・民俗

赤松啓介　41527-7

夜這いなどの村落社会の性民俗、祭りなどの実際から部落差別の実際を描く。柳田民俗学が避けた非常民の民俗学の実践の金字塔。

差別語とはなにか

塩見鮮一郎　40984-9

言語表現がなされる場においては、受け手に醸成される規範と、それを守るマスコミの規制を重視すべきである。そうした前提で、「差別語」に不快を感じる弱者の立場への配慮の重要性に目を覚ます。

被差別小説傑作集

塩見鮮一郎　41444-7

日本近代文学の隠れたテーマであった、差別・被差別問題を扱った小説アンソロジー。初めてともいえる徳田秋声「藪こうじ」から島木健作「黎明」までの11作。